못다 한 이야기:
문학과 영화

한애경

이화여자대학교 영문과를 졸업하고 서울대학교에서 석사와 박사학위를 받았다. 미국 코네티컷대학교, 퍼듀대학교, 노스캐롤라이나대학교(채플힐) 등에서 연구한 바 있으며, 현재 한국기술교육대 교수로 있다. 지은 책으로 『플로스 강의 물방앗간 다시 읽기』(대한민국학술원 우수도서), 『19세기 영국소설과 영화』(문화체육관광부 우수도서), 『19세기 영국 여성작가 읽기』 등이 있으며, 옮긴 책으로 F. 스콧 피츠제럴드의 『위대한 개츠비』, 조지 엘리엇의 『사일러스 마너』, 『미들마치』, 『플로스 강의 물방앗간』(공역), 메리 셸리의 『프랑켄슈타인』, 대프니 뒤 모리에의 『자메이카 여인숙』, 제인 오스틴의 『레이디 수전 외』 등이 있다.

못다 한 이야기: 문학과 영화

초판 1쇄 발행일 2019년 10월 10일
한애경 지음

발행인 이성모
발행처 도서출판 동인

주 소 서울시 종로구 혜화로3길 5 118호
등 록 제1-1599호
TEL (02) 765-7145 / FAX (02) 765-7165
E-mail dongin60@chol.com
ISBN 978-89-5506-811-5
정 가 23,000원

못다 한 이야기:
문학과 영화

한애경 지음

도서출판 동인

책머리에

—

이 책 『못다 한 이야기: 문학과 영화』는 필자가 지난 10년 간 집필한 논문들로 구성되어 있다. 이 책에 수록된 여러 논문들의 공통 화두를 작가의 "못다 한 이야기"로 잡았다. 이는 사후 출간된 제인 오스틴(Jane Austen)의 처녀작 『레이디 수전』(*Lady Susan*)을 논의한 논문의 제목이기도 하다. 오스틴의 처녀작에는 용감하게 당대 사회를 향해 하고 싶은 발언이 담겨 있지만, 이런 발언은 여성 작가에 대한 당대의 사회적 기준이나 통념에 부합하지 않았다. 따라서 작가의 생전에 출간되지 못하고 그녀의 사후 50여 년이 지나서야 출간된 저간의 사정에서 그녀가 하고 싶은 이야기를 다 못한 당대의 사회적 분위기를 엿볼 수 있다. 이와 정도는 다르지만, 다른 작가들에게서도 비슷한 상황을 볼 수 있다. 가령 스티븐 게스트(Stephen Guest)와 본의 아니게 멀리 떠났다가 하루 만에 돌아온 매기 털리버(Maggie Tulliver)에 대한 대우가 단지 그녀가 여성이라는 이유만으로 성경 속 '돌아온 탕자'(prodigal son)의 경우와 얼마나 다른지 극명하게 보여주는 조지 엘리엇이나, 당대 사회에서 받을 충격과 영향을 우려하여 프랑켄슈타인(Frankenstein)이라는 괴물과 이 괴물을 만든 과학자 프랑켄슈타인의 이야기를 세 겹 액자 속에 꽁꽁 감추어 전하는 메리 셸리(Mary Shelly)의 액자 내러티브를 이 "못다 한 이야기"의 단적인 예로 들 수 있을 것이다. 또한 19세기 영국소설을 20~21세기에 영화로 제작하는 과정에서 여러 영화감독－잭 클레이튼(Jack Clayton), 패트리샤 로제마(Patricia Rosema), 위트 스틸먼(Whit Stillman)－이 작가의 의도를 간파하여 작가가 애매모호하게 간접적으로 묘사한 부분을 집중조명하여 부각시키는 데서 이 "못다 한 이야기"가 드러나기도 한다. 이 작가들처럼, 누구나 하고 싶지만 미처 못한 이야기가 있지 않겠는가? 이런 연유로 이 책의 제목을 이렇게 붙여보았다.

이 책의 큰 틀은 조지 엘리엇(George Eliot)과 제인 오스틴, 메리 셸리 등의 19세기 영국소설들과, 이 원작을 토대로 만든 영화들 속의 페미니즘(Feminism)과 탈식민주의(Post-colonialism)라 할 수 있다. 이외에 조지 엘리엇의 "인류교"(또는 인본교, Religion of Humanity)와, 들뢰즈(Deleuze)적 탈주선 및 실재계(The Real), '통과 제의'(Rites of Passage) 등의 다른 주제도 포함되어 있다. 가령 20세기 영국소설 『자메이카 여인숙』(*Jameica Inn*)을 '통과 제의'(rites of passage)라는 관점에서 살펴본다거나, 『위대한 개츠비』(*Great Gatsby*)라는 원작과 영화를 '미국의 꿈'(American Dream)이나 들뢰즈적 탈주선이라는 관점에서 분석하고, 『프랑켄슈타인』(*Frankenstein*)을 실재계와 관련하여 분석한 논문도 있다. 이 논문 선집 중 필자에게 새로운 연구영역의 확대라는 의미가 있는 논문이라면, 조지 엘리엇의 『미들마치』(*Middlemarch*)와 21세기 조조 모예스(Jojo Moyes)의 소설 『미 비포 유』(*Me before You*)를 '죽음과 성장'이라는 관점에서 분석한 논문이다. 이 논문은 최근 필자의 주요 관심사인 '웰다잉'(Well-dying)과 죽음 준비 교육의 연장선상에 있기 때문에 중대한 의미가 있다. 다시 말해 필자의 연구방향과 관심사를 우리 삶의 실제 영역인 현실에 연결시켰다는 점에서 나름 의미 있는 작업이라고 하겠다.

이와 같이 이 책의 출간에 맞춰 논문들을 선별하는 과정에서 필자의 관심사가 페미니즘과 탈식민주의에서 '인류교'와 들뢰즈의 탈주선, 실재계, 통과제의 등으로 확대되었다는 사실을 확인해볼 수 있었다. 아울러 다루는 작가도 조지 엘리엇과 제인 오스틴, 그리고 메리 셸리 등의 19세기 영국 여성 작가로부터 영국의 조조 모예스와 대프니 듀 모리에(Daphne Du Maurier), 미국 문학의 F. S. 피츠제럴드(Fitzgerald)로 확대되었다. 이는 그간 논문 집필과 번역 작업을 병행한 결과이기도 하다. 번역과정에서 원작에 대한 깊이 있는 이해와 관심, 애정이 자연스럽게 그 원작에 대한 연구로 이어진 셈이다. 즉 원작에 대한 깊이 있는 접근이 즐거운 연구 영역의 확대로 이어졌다는 것이다.

이 책이 나오게 된 데에는 무엇보다도 가족의 사랑과 응원이 있었음을 밝히고 싶다. 독서와 글의 힘을 알려주신 아버지, 91세 연세에도 새벽마다 기도하시며 믿음의 길로 인도하신 어머니께 감사드린다. 또한 각자 자신의 영역에서 열심히 일함으로써 필자가 이만큼 연구와 번역 작업을 수행할 수 있는 환경을 만들어준 가족, 특히 늘 경청하며 격려하는 남편과 두 딸들에게 가장 깊은 감사를 전한다. 아울러 논문을 쓰는 과정에서 아낌없는 조언과 의견을 준 여러 교수들, 특히 동학 장 정희 교수에게 감사한 마음을 전한다. 또한 논문의 교열작업을 열심히 성실하게 도와준 한국기술대학교의 이 승애 양을 비롯한 많은 제자들, 그리고 도서출판 동인의 이성모 사장님과 송정주 선생님께도 진심으로 감사한 마음을 전하고 싶다.

4차 산업혁명 시대를 맞이하여 전 지구적으로 인문학의 가치나 의미를 재정립하려는 움직임이 힘겹게 이루어지는 과정에서 국내의 영문학 연구와 교육도 여러 가지 어려움에 봉착하고 있는 것이 사실이다. 이러한 현실에서도 이 책이 영미 문학작품들에서 재미와 의미를 찾아 삶에 적용하려는 독자와 연구자들에게 자그마한 나침반이 되어, 더 읽고 더 알아보고 싶은 열정으로 이어진다면 더 바랄 게 없을 것이다.

2019년 9월
저자

차례

책머리에 • 5

1부

01 조지 엘리엇과 "인류교": 『플로스강의 물방앗간』과 "돌아온 탕자"　　　13

02 상징폭력을 넘어선 새로운 대안적 공동체의 모색:

　　『로몰라』와 『대니엘 데론다』　　　39

03 『자메이카 여인숙』과 "통과제의"　　　61

04 '괴물'이라는 관점에서 본 「레이디 수전」과 『프랑켄슈타인』　　　87

05 『프랑켄슈타인』과 실재계(the Real)　　　109

06 죽음과 성장: 『미들마치』와 『미 비포 유』　　　133

2부

07 잭 클레이톤 감독의 〈위대한 개츠비〉와 '미국의 꿈'　　　161

08 『위대한 개츠비』와 「파열」에 나타난 들뢰즈적 탈주선　　　189

09 로제마 감독의 『맨스필드 파크』: 페미니즘과 탈식민주의의 영향　　　213

10 『레이디 수전』: '정숙한 귀부인'과 여성 악당　　　237

11 제인 오스틴의 못다 한 이야기: 〈레이디 수전〉　　　259

1부

조지 엘리엇과 "인류교":
『플로스강의 물방앗간』과 "돌아온 탕자"

I

조지 엘리엇(George Eliot, 1819-1880)의 『플로스강의 물방앗간』(*The Mill on the Floss*, 1860)은 19세기 중반에 쓰인 작품이지만, 현대 비평가의 여러 개념에 의거하여 접근해도 조금도 손색이 없다. 이런 연유로 미국 대학가에서 페미니즘 비평이 활성화된 1980년대 후반 이후 21세기인 지금까지 엘리엇의 가장 중요한 작품으로 급부상해 꾸준히 주목받고 있으며, 오히려 엘리엇의 원숙기 최고 걸작이라는 『미들마치』보다 더욱 활발하게 연구되고 있다.

지금까지 이 작품에 관해 주제나 형식면에서 접근한 논문은 많이 있었지만, 이 작품에 많이 등장하는 성경적 내용에 대한 국내 연구는 거의 없었다. 이 연구에서는 이런 성서적 암시에 무슨 의미가 있는지, 이런 성서적 언급을 어떻게 해석해야 할 것인지 루드비히 A. 포이에르바하 (Ludwig A. Fuerbach, 1804-72)의 "인류교"(Religion of humanity)와 관련하여 분석할 것이다. 이처럼 엘리엇의 작품 속 성서적 언급을 분석하는 작업은 언뜻 지나간 과거의 진부하고 케케묵은 따분한 작업으로 보일지 모르나, 엘리엇의 작품세계는 물론 엘리엇의 예술관과 종교관을 더욱 새롭고도 깊이 있게 이해하게 해줄 것이다.

우선 엘리엇의 종교관을 살펴보자. 엘리엇은 "평생 종교에 집착" (Philip C. Rule. "The Mystery beneath the Real: Theology in the Fiction of George Eliot." http://findarticles.com/p/articles/ "Mystery beneath the Real: Theology in the Fiction of George Eliot")했다고 표현될 만큼 기독교에 깊은 관심을 지녔다. 그녀는 20세까지 매우 경건하고 신실한 정통 기독교인이었지만, 그 후에는 정통 기독교를 버리고 독특한 보편적인 인간성(common humanity)에 입각한 비국교 교리를 택한다. 이런 변화의 계기로서 다음 몇 가지 점을 생각해볼 수 있다. 첫째, 그녀의 가정적 배경을 생각해볼 수 있다. 그녀는 아버지를 비롯하여 매우 기독교적 분위기의 집안에서 태어났지만, 코벤트리(Coventry)로 이사한 뒤 크게 바뀐다. 구체적으로 그녀는 영국 중부의 보수적인 저교회(Low Church)를 열심히 믿던 워릭셔(Warwickshire) 지방에서 태어나(George Eliot: Biography and Much More from Answers.com: http://www.answers.com/topic/george-eliot) 아버리 홀(Arbury Hall)의 농장 관리인을 지낸 아버지 덕분에 매우 엄격한 청교도 가정에서 자랐으며, 인니 크리스티나와 함께 1828년부터 1832년까지 넌이튼(Nuneaton) 기숙학교의 열렬한 복음주의자인 마리아 루이스(Maria Lewis) 교장의 영향으로 독서나 연극 같은 세상 즐거움을 포기하고 종교적 헌신과 자기 절제에 몰두한다. 하지만 그녀는 21세에 당시 급진적 사상의 중심지였던 코벤트리로 이사한 뒤, 브레이 집안(Bray family)과 헨넬 집안(the Hennells) 같은 자유사상 지성인들과 친하게 지내면서 그들에게 큰 영향을 받게 된다. 가령 그녀는 찰스 헨넬(Charls Hennell, 1809-50)[1]의 저서인 『기독교의 기원에 관한 연구』(*An Inquiry into the Origins of Christianity*, 1838)를 읽고 기존 기독교 신앙을 버릴 근거를 발견한다.[2] 이런 독서의 영향으로 엘리엇은 정통적인 기독교, 즉 복음주의(Evangelicalism)를 버리고 비극적이며 결정주의적 세계관을 갖게 된다.

둘째, 교회출석 거부로 인한 그녀의 가출 사건이 있다. 1842년에 그녀가 일요일에 교회 출석을 거부하자 이 일로 아버지의 노여움과 분노를 사게 되어 급기야 가출까지 하지만, 정점에 이른 부녀간의 갈등은 오빠인 아이작(Isaac)의 중재로 해결된다. 다시 집에 들어와 일요일마다 교회에 출석하기로 약속함으로써 아버지와 가까스로 화해하지만, 그녀는 이때 정통 기독교 신앙을 포기한다. 이외에도 그녀는 신약성서의 예수 신성을 초기 기독교인들이 쓴 신화로 보는 것이 옳다고 주장한 D. F. 스트라우스 (*Strauss*, 1808-74)의 독일어판 『예수의 생애』(*The Life of Jesus*)를 『비판적으로 점검한 예수의 생애』(*The Life of Jesus, Critically Examined*, 1846)로 번역한

---

1. 찰스 브레이는 리본 제조업자였으나 자신의 생업보다 지적 탐구에 더 관심을 갖고 있었으며, 그의 집은 저명인사들의 집합장소였다. George Eliot: Biography and Much More from Answers.com(http://www.answers.com/topic/george-eliot)
2. 이 책에서는 예수의 부활이 사도들의 상상 속에서 일어난 것일 뿐, 예수의 중요성은 그가 비범한 용기와 통찰력의 소유자라는 사실에 있으며 예수가 하나님의 아들이라는 사도들의 신앙 때문에 이전에 없었던 고귀한 도덕적 비전을 얻게 되었다고 주장한다. G. S. Haight(1968), R. Ashton(1997), G. Beer(1983) 참조.

일로 인해 정통 기독교 신앙을 버린다.

셋째, 그녀가 정통 기독교 신앙을 버리는데 가장 결정적인 영향을 미친 것은 포이에르바하의 "인류교"[3]인 것처럼 보인다. "인류교"는 원래 콩트(Comte)가 시작한 것이지만, 엘리엇은 포이에르바하의 "인류교"에 더 큰 영향을 받았다. 가령 1854년에 포이에르바하의 『기독교의 본질』(*Essence of Christianity*)을 번역한 그녀는 이 책에 크게 감명 받아 종교를 좀 더 넓은 인간성이라는 영역 속에 포용하게 된다.

포이에르바하의 "인류교"의 핵심은 유일신에 대한 절대적 믿음이 와해되던 19세기[4]에 근본 실재는 신이 아니라 인간이라 주장함으로써(새무얼 스텀프, 549-50) 역사 발전의 중심을 신에서 인간으로 옮긴 것이다. 그는 "인간이 신이라 부른 모든 것은 실은 인간의 자질과 필요, 욕망의 집합"이며, 인간은 자기 형상대로 신을 창조하고 인간의 본성이 인간에게 최고의 본성이라면 첫 번째 최고의 법칙은 "인간에 대한 인간의 사랑"

---

3. 엘리엇에게 가장 큰 영향을 미친 세 명의 인물(프랑스의 사회 철학자이자 실증주의자인 오거스트 콩트와 철학자와 역사가인 포이에르바하, 그리고 스피노자(Spinoza)) 중에서 종교적으로는 포이에르바하에게 가장 큰 영향을 받은 것으로 보인다. 포이에르바하는 피안의 인격적 신에 대한 표상은 단지 환상적으로 미리 취해진 "근본 없는 사치한 인간의 소원충족"이라 주장했다. 또한 윤리의 완전한 전개는 오직 인간적 공감의 감각적 생생함에만 기초를 둔다고 보았다. 그는 인간의 신에 대한 관념이 결국 인간의 감정과 요구를 떠나 존재할 수 없다, 즉 절대 정신이나 신에 대한 인간의 관념이 인간의 실존을 반영할 뿐이라고 주장했다. 쿠르트 프리틀라인, 378-79 참조.

   또한 엘리엇의 "religion of humanity"는 특별히 새로운 종교라기보다 정통 기독교에서 한 걸음 더 나아가 약자에 대한 연민과 공감(내지 인류애나 박애주의, 인도주의)을 강조한 것이지만, 적당한 번역어가 없어 보통 "인류교"로 통용된다.
4. 가령 『플로스강의 물방앗간』이 출판되기 일 년 전인 1859년에 찰스 다윈(Charles Darwin, 1809-82)의 『종의 기원』(*The Origin of Species*)이 출판되는 등 당시는 종교적·사회적 격변기였다. G. S. Haight(1968), R. Ashton(1997) 참조.

(Feuerbach 271: Galloway, Shirley http://www.cyberpat.com/Shirlsite/essays/casuist.html에서 재인용)이라고 주장했다. 그는 신앙에 대한 기독교적 개념을 사랑과 병치할 때 둘은 상충하므로, 기독교에서 믿음을 **빼야만** 사랑이 인도하고 치유하는 힘을 갖게 된다고 주장했다. 즉 사랑이 인간을 결합시키는 가장 강력한 힘이자 기독교의 본질이라는 것이다(Feuerbach 271: Galloway, Shirley http://www.cyberpat.com/Shirlsite/essays/casuist.html에서 재인용). 신이 사라진 19세기에 신을 대신할 만한 존재가 무엇인지 고심하던 엘리엇은 세상을 구원할 힘을 이런 타인에 대한 사랑과 희생, 연민에서 찾았다는 것이다. 이것이 바로 현대의 신이라 할 수 있는 "인류교"다. 다시 말해 엘리엇은 인간의 의지와 타인에 대한 사랑과 연민, 이해로 신의 자리를 메우려 했지만, 인간의 행동에 대한 개인의 책임과 의지, 인과응보를 강조했다는 점에서 부정적이기만 한 무신론과는 구별된다는 것이다.

이런 종교관은 엘리엇의 작품세계를 이해하는데 있어 매우 중요하다. 왜냐하면 이는 예술의 궁극적 목적이 타인에 대한 연민과 공감을 확대하는 것이라는 엘리엇의 예술관과 밀접한 관련을 맺고 있기 때문이다. 즉 엘리엇은 진정한 예술가가 우리에게 베푸는 가장 큰 혜택이 "공감의 확대"라 주장했던 것이다(Pinney 270). 가령 "독일 생활의 자연사"(The Natural History of German Life, July 1856)라는 에세이에서 그녀는 영국 시골을 그린 초기 소설의 문학적 모델인 월터 스콧(Sir Walter Scott)과 윌리엄 워즈워스(William Wordsworth)를 예로 들어 예술이란 "우리 공감을 확대"해야 한다고 주장했다(Pinney 270). 이런 예술관은 포이에르바하의 "인류교"에서 사랑을 강조하는 것과 같은 맥락의 주장이라 할 수 있을 것이다.

기독교에 대한 이런 관심 때문에, 엘리엇의 거의 모든 작품에는 성서적 내용이나 신앙심 깊고 경건한 인물들이 많이 등장한다. 엘리엇에게 있어서 성서적 우화는 일상생활을 통해 믿을 수 없는 일(the fabulous)을 보여주는 방안이다(Purdy; http://muse.jhu.edu/journals/studies_in_philology/v102/102.2purdy-pdf). 이런 맥락에서 "놀라운 것과 일상 세계, 우화와 현실"을 섞은 게 성서라는 지적(Fisch 352-54)은 매우 적합하다. 이는 예수가 우화나 비유를 통해 어려운 내용을 쉽게 풀어 설명한 것을 생각하면 쉽게 이해되는 바이다. 따라서 엘리엇의 작품에 나오는 성서적 함의는 첫 작품『시골 생활 풍경』(Scenes of Clerical Life, 1858)부터 마지막 작품인『대니얼 데론다』(Daniel Deronda, 1876)까지 엘리엇의 일관된 관심사라 할 수 있다.[5]『플로스강의 물방앗간』도 예외는 아니어서, 탕자 얘기 및 씨 뿌리는 자, 착한 사마리아인, 알곡과 가라지, 야엘(Jael), 드라빔(Teraphim), 토마스 아 켐피스(Thomas a Kempis), 사울(Saul)과 요나단(Jonathan) 등 성서에 관한 언급이 많이 나온다. 그 중에서도 가장 두드러진 성서적 암시라면 우선 한밤중에 아기를 안은 여인을 건네주어 축복을 받았다는 뱃사공 세인트 오그(St. Ogg) 전설과 마녀 이야기(물에 빠뜨려 수영해 살아나면 마녀로 판정되고 빠져 죽으면 죄 없이 무고한 여인으로 판정된다)를 들 수 있

---

5. 주요 작품만 대강 훑어보자.『시골생활 풍경』에는 아모스 바톤(Amos Barton) 목사가 등장하며,『애덤 비드』(Adam Bede, 1859)에는 엘리엇의 이모를 모델로 한 믿음 깊은 감리교 목사 다이너가,『사일러스 마너』(Silas Marner, 1861)에는 친구의 배반으로 교회에서 소외되자 사회에서도 소외된 사일러스가 인간에 대한 신뢰를 잃었다가 어린아이를 통해 사회에 복귀하는 과정이,『미들마치』(Middlemarch, 1871-72)에서는 "서곡"의 성 테레사 수녀와 이타적인 도로시이 외에도 페어브라더 목사와 신앙심 깊은 메리(Mary) 능이 등장한다. 15세기 후반 플로렌스를 배경으로 한『로몰라』(Romola, 1862-63)에는 르네상스 휴머니즘과 마키아벨리적 정치, 그리고 종교부흥운동을 초월하여 '인류교'에 의지하는 경건한 로몰라와 종교를 부흥시키려는 사보나롤라) 신부가,『대니얼 데론다』에는 경건한 데론다와 시오니즘(Zionism)이 등장한다.

다. 일례로 뱃사공 오그 얘기는 과거의 세인트 오그 사회에는 불쌍한 여인에 대한 연민과 동정이 있었지만, 지금 이 사회에는 그런 것들이 사라졌음을 암시한다.6 이외에 "돌아온 탕자"(The return of a prodigal son) 우화는 이 작품은 물론 작가의 예술관 및 이 예술관과 밀접한 관련을 맺고 있는 "인류교"를 이해하는데 있어 매우 중요한 내용이다. 그러므로 이 논문에서는 이 작품에 들어 있는 많은 성서 내용 중 "돌아온 탕자" 이야기에 초점을 맞추어 작품을 분석해보면서 엘리엇 특유의 기독교관을 분석해보고자 한다. 왜냐하면 탕자의 비유는 그저 성서상의 사소한 이미지 하나에 그치는 것이 아니라, 이 작품 전체를 관통하는 하나의 중요한 의미축이 되기 때문이다. 이런 연유로 엘리엇은 인본주의적 사고로 기독교를 재해석하여 연민 등을 강조하는 인본주의적 기독교관을 주장했음을 살펴볼 것이다. 다시 말해 이 탕자 우화를 통해 엘리엇의 예술관과 "인류교"의 밀접한 상호관계를 분석하는 것이 본 논문의 요지다.

---

6. 12장에 이 소설의 역사적·지리적 배경인 세인트 오그스 읍의 장구한 역사가 묘사된다. 로마 시대와 색슨족의 시대, 그리고 노르만족의 시대까지 거슬러 올라가 다른 사람에게 연민을 보여줌으로써 이 읍의 수호성인이 된 뱃사공 오그에 관해 서술된다. 플로스강의 뱃사공 오그는 어느 비 오는 날 밤에 아무것도 묻지 않고 아기 안은 여인을 배로 건네준다. 강 언덕에 발을 디디자 성모 마리아로 밝혀진 그녀는 오그의 연민 때문에 그를 축복한다. 이후 닥친 홍수에서 뱃머리에 앉은 성모 마리아와 오그의 모습 덕분에 노 젓는 사람들이 용기를 얻음으로써, 많은 사람들이 목숨을 구했다는 전설이 전해진다. 요컨대 오그에 대한 전설에서 타인에 대한 공감과 연민의 중요성이라는 이 소설의 주제가 강조된다는 것이다. Eliot, George. *The Mill on the Floss*. Harmondsworth: Penguin, 1974, 181-83 참조. 이제부터 나오는 본문의 인용은 이 판에 의거하여 면수만 표기하고, 제목도 『물방앗간』으로 약칭하기로 한다.

II

2.1 "돌아온 탕자"

작품 분석에 들어가기 전에 성서에 나오는 "돌아온 탕자" 얘기를 좀 더 자세히 살펴보자. 탕자의 우화는 (잃어버린 한 마리 양을 찾아낸 목자와 잃어버린 은화를 찾고 기뻐하는 여인의 우화와 더불어) 죄인의 구원에 관한 세 가지 우화 중 마지막 것이다. 어떤 아버지에게 두 아들이 있었는데, 둘째 아들은 아버지가 돌아가시기도 전에 미리 자기 몫의 유산을 달라고 하여 집을 나갔다가 외국에서 방탕한 생활로 가산을 탕진한 뒤 죽을 고생을 하며 굶주리게 된다. 그는 돼지에게 주는 쥐엄 열매를 주워 먹을 정도에 이르자, 이렇게 굶어 죽느니 아버지 집에 돌아가 종이 되더라도 배불리 먹겠다고 아버지 집에 돌아가기로 결심한다. 집에 돌아오자, 작은 아들을 늘 기다리던 아버지는 멀리서 보고 뛰어나와 껴안고 금반지를 끼워주며 살찐 송아지를 잡아 큰 잔치를 베풀어 아들의 귀환을 크게 환영한다는 얘기다(누가복음 15: 1-31).

이 작품에서 "돌아온 탕자"에 대한 명시적 언급은 아홉 살 난 매기가 물방앗간 일꾼인 루크(Luke)의 집에 놀러가서 그림을 보는 장면에서 약한 면에 걸쳐 나온다. 매기는 탕자를 그린 "놀라운 연작 시리즈"(83) 속의 탕자에게 각별히 동정심과 연민을 느낀다. 아버지가 그를 받아들여 줘서 기쁘다던 매기는 집에 돌아온 탕자가 후일 어떻게 되었는지 궁금해하면서 뭔가 더 나은 존재가 되었기를 기대하시만, 별로 훌륭한 인물이 못 되었을 거라는 루크의 말에 안타까워한다. 매기가 "그 젊은이의 후일담이 그렇게 공백으로 남지 않기를"(83) 바라면서 아쉬워하는 이유는 자신을 탕자와 동일시했기 때문이다.

이 유명한 일화는 다양한 각도에서 해석할 수 있으나, 주로 1) 우리의 잘못에도 불구하고 변함없이 따뜻하게 맞아주는 아버지의 무한한 절대적 사랑, 그리고 2) 용서받은 탕자의 회개와 감사, 그리고 이후 그의 달라진 생활을 예증하는 것으로 해석된다. 이외에 맏아들의 불만 섞인 반응에 주목해야 한다. 맏아들이 아버지의 안타까운 심정을 알았다면, 집에서 일만 하지 말고 동생을 직접 찾아 나서거나 좀 더 적극적인 노력을 했어야 했을 것이다. 그러나 그는 아버지가 돌아온 둘째를 환영할 때 동생에 대한 연민 없이 자신을 위해서는 염소 새끼나 양 한 마리도 잡지 않았다고 아버지 곁에서 그간 열심히 일한 자신을 알아주지 않는 아버지에게 불평을 토로한다.

이 일화에서 매기가 1) 자신의 생활에 대한 불만으로 가출했다가, 2) 고생한 뒤 집에 돌아와 아버지에게 환대받는 패턴을 볼 수 있다. 이런 "돌아온 탕자"의 패턴은 이 작품에서 점점 큰 동심원 형태로 두 번 반복된다. 탐과의 갈등으로 낙심한 매기가 집시 여왕이 되고자 집시들에게 도망갔다가 집에 되돌아오는 어린 시절의 첫 번째 일화에서7 매기는 명

---

7. 평소에 집시 같다거나 "거칠다"는 말을 들을 때면 집시들에게 가는 상상을 했던 매기는 자신의 탁월한 지식 때문에 자신을 집시 여왕으로 존경할 거라 기대하며 가출한다. 즉 매기는 남에게 인정받고 싶은 욕구 때문에 집시들이 사는 던로우 공지에 있는 집시 촌에 도착하지만, 막상 집시들은 그녀를 환대하고 존경하기커녕 매기의 모자와 소지품에만 관심을 보인다. 이에 매기는 자기 생각과는 다른 현실, 즉 집시들이 자기 생각과 달리 더 럽고 거친 데 대해 크게 실망한다. 집에 돌아오고 싶어 하던 차에 다행히 매기를 부잣집 딸로 짐작해 보상금을 바라고 집에 데려다준 집시 덕분에 집에 돌아온다. 털리버는 매기를 보고 놀라지만, 아무것도 묻지 않고 매기를 얼싸안고 환영하며 매기를 데려다준 집시에게 5실링을 주며 후하게 사례한다. 매기는 아버지에게 이제 다시 집을 떠나지 않겠다고 다짐한다. Eliot, George. *The Mill*, 168-180 참조.

백히 "돌아온 탕자"인 둘째 아들에 비유된다. 집시에게 도망갔다가 돌아온 매기는 아버지에게 야단맞기는커녕 환대받고, 절대로 야단치지 말라는 아버지의 엄명 덕분에 엄마와 오빠에게 한마디 야단도 맞지 않는다.

그러나 매기가 성장한 뒤에는 모든 양상이 달라진다. 두 번째 일화에서 매기는 본의 아니게 스티븐과 집을 떠났다가 5일 만에 돌아옴으로써 다시 "돌아온 탕자"가 되지만, 아버지가 돌아가셨기 때문에 환대는커녕 엄청난 냉대를 받게 된다. 이 사건의 정황을 구체적으로 살펴보자. 아버지가 파산한 뒤 2년간 외지에서 고달프고 힘든 가정교사 생활을 하다 엄마가 살림을 돌봐주는 사촌 루시네 집에 돌아온 매기는 사촌인 루시의 묵시적 약혼자인 스티븐에게 매우 이끌리던 중 일부러 떠난 것은 아니지만 겹친 우연으로 또 다시 집을 떠나게 된다. 루시는 필립과 매기를 맺어주려고 그들 둘이 보트를 타도록 일부러 먼저 떠났다. 게다가 원래 보트를 저어주기로 했던 필립이 스티븐에 대한 질투 때문에 밤을 꼬박 지새운 탓에 다음날 아파서 약속을 못 지키게 되자 스티븐에게 대신 노를 저어 달라고 부탁하는 바람에, 스티븐과 단 둘이 보트를 타게 된다. 매기는 루시와 만나기로 했던 목적지인 루크레스(Luckreth)를 우연히 지나치자 멀리 스코틀랜드로 가서 결혼하자는 스티븐의 구애를 뿌리치고 혼자 집에 돌아온다.

이전처럼 마을을 떠난 매기가 후회하고 집으로 돌아오는 것은 비슷하지만, 이번에는 모든 것을 용서하고 두 팔 벌려 안아줄 아버지가 계시지 않는다. 따라서 아버지에게 환대받던 첫 번째와 달리, 매기는 탐과 마을 사람들에게 엄청난 냉대와 비난만 받게 된다. 가령 탐은 매기를 집 안에 수치를 가져온 타락한 여성으로 취급한 나머지, 돌아온 매기의 말을 자세히 듣지도 않고 집에서 나가라고 쫓아낸다.

　　"오빠," 그녀가 힘없이 입을 열었다. "오빠에게 돌아왔어. 집에 돌아왔어. 쉬려고. 모든 것을 말하려고."

　　"난 너 같은 동생 둔 적 없어." 그는 분노로 떨면서 말했다. "넌 우리 얼굴에 먹칠을 했어. 아버지 이름을 더럽혔어. 제일 친한 친구들을 욕보였어. 비열한 거짓말쟁이. 아무것도 널 막지 못하지. 영원히 난 너에 대해 손 씻었어. 이제 우린 남남이야."

．．．

　　"오빠," 매기는 안간힘을 쓰며 말했다. "난 오빠가 생각하는 것처럼 그렇게 잘못하지 않았어. 내 마음 내키는 대로 한 건 아냐. 나는 그러지 않으려고 노력했어. 화요일에는 보트가 너무 멀리까지 가는 바람에 돌아오지 못했어. 그렇지만 최대로 빨리 돌아왔어."

．．．

　　"오빠," 그녀는 말할 용기를 얻기 위해 망토 밑으로 두 손을 꽉 쥐었다. "내가 무슨 짓을 했든 간에 정말 후회하고 있어. 보상을 하고 싶어. 뭐든지 참을게. 다시는 나쁜 짓을 하지 않게 막아줬으면 좋겠어."

　　"널 어떻게 막아?" 탐은 잔인하도록 쓰디쓰게 말했다. "종교도 소용없고, 감사와 명예심도 소용없는데. 그리고 그 사람 말이야. 만일 그게 소용이 있었다면 그는 총살당해야 마땅할 거야. 그런데 넌 그 사람보다 훨씬 더 나빠. 난 네 인격과 행동에 진저리가 나. ．．． 먹고 살 건 내가 대주지. 필요하면 어머니께 말해. 그렇지만 내 집에는 들어올 수 없어. 네 불명예를 안고 사는 것만 해도 끔찍해. 난 네가 꼴도 보기 싫어."

　　　　　　　　　　　　　　　　　　　　　　(『물방앗간』(민음사), 365-67)

　　'Tom—' she began, faintly, 'I am come back to you—I am come back home—for refuge—to tell you everything—'

'You will find no home with me,' he answered with tremulous rage. 'You have disgraced us all—you have disgraced my father's name. You have been a curse to your best friends. You have been base—deceitful —no motives are strong enough to restrain you. I wash my hands of you for ever. You don't belong to me.'

Their mother had come to the door now. She stood paralysed by the double shock of seeing Maggie and hearing Tom's words.

'Tom,' said Maggie, with more courage, 'I am perhaps not so guilty as you believe me to be. I never meant to give way to my feelings. I struggled against them. I was carried too far in the boat to come back on Tuesday. I came back as soon as I could.'

. . .

'Tom,' she said, crushing her hands together under her cloak, in the effort to speak again—'Whatever I have done—I repent it bitterly—I want to make amends—I will endure anything—I want to be kept from doing wrong again.'

'What will keep you?' said Tom, with cruel bitterness. 'Not religion— not your natural feelings of gratitude and honour. And he—he would deserve to be shot, if it were not—But you are ten times worse than he is. I loathe your character and your conduct. . . . If you are in want, I will provide for you—let my mother know. I have to bear the thought of your disgrace—the sight of you is hateful to me.' (612-14)

이처럼 탐은 돌아가시기 전 여동생과 어머니를 잘 돌봐주라는 아버지의 당부대로 매기를 돌봐주려 하지만 그리티(Gritty) 고모를 너그러운 사랑으로 대한 아버지와는 달리, 경제적으로만 지원할 뿐 매기의 곤경에 전혀 연민을 보이지 않는다. 다시 말해 동생을 찾아 나서지 않고 집을 지키며 맡겨진 일을 하는 것으로 자기 책임과 의무를 다한 것으로 착각한 맏아들처럼, 탐은 집안의 빚을 갚고 매기를 경제적으로 돌봐주는 것으로 자기 책임을 다한 것으로 착각했던 것이다. 아버지가 진짜 바란 것은 경제적 부양이 아니라 여동생을 아끼고 사랑하는 마음이지만, 그는 아버지의 진심을 몰랐던 것이다.

마을사람들도 마찬가지다. 작가는 "세상 아내들"(618)의 악의적 험담과 스티븐과 결혼하지 않은 채 돌아온 매기를 마치 술집 여자처럼 대하는 토리(Tory)라는 청년을 통해 마을의 여론 및 남성들의 반응을 보여준다. 매기가 스티븐과 결혼하여 몇 달 후에 돌아왔다면, 세인트 오그스 읍에서는 이 일을 "낭만적인"(620) 로맨스로 여겨 그녀를 동정하며 환영했겠지만, 마을에서는 매기가 마을의 공기를 정화시키기 위해 어딘가 멀리 떠나기를 바란다.

> 그 여자가 여기를 떠나서 미국 같은 데로 멀리 떠나면 좋을 텐데. 그녀 때문에 오염된 세인트 오그스의 공기를 정화할 수 있도록. 이곳 딸들에게는 정말 위험한 본보기야. 그 여자에게는 이제 좋은 일은 전혀 생기지 않을 거야. 오직 뉘우치기를, 그래서 하느님의 자비가 내리기를 바라야지. 그도 그럴 것이 하느님은 세상의 아내들처럼 사회의 일을 직접 챙기지는 않으니까. (『플로스강의 물방앗간』 민음사, 377)

> It was to be hoped that she would go out of the neighbourhood—to America, or anywhere—so as to purify the air of St Ogg's from the taint

of her presence—extremely dangerous to daughters there! No good could happen to her:—it was only to be hoped she would repent, and that God would have mercy on her: He had not the care of society on His hands as the world's wife had. (621)

두 일화에서 집을 떠났던 매기가 돌아오는 "탕자"의 패턴은 같지만, 두 번째 일화에서 집에 돌아온 매기는 이전과 다른 대접을 받는다. 돌아와 환대받는 첫 번째 일화와 달리, 두 번째 일화에서는 아버지가 돌아가셨기 때문에 환대받지 못할 뿐 아니라 탐에게 엄청난 비난을 받는다. 또한 첫 번째 일화에서 탐은 매기를 야단치지도, 아버지에게 불만을 토로하지도 않고 그냥 넘어가므로 아직 "집안의 탕자"의 모습을 보이지 않지만, 두 번째 일화에서 탐은 철저히 "집안의 탕자"로서의 모습을 보인다. 따라서 죄인과 구원받은 사람간의 구분이 분명한 첫 번째 우화와 달리, 두 번째 일화에서는 돌아온 매기를 환영하는 아버지도, 구원도 없으며, 매기가 다만 죽음을 통해 용서받게 된다.

2.2 "집안의 탕자"

이제까지는 주로 "돌아온 탕자"인 둘째 아들에게 주목해 왔지만, 맏아들에게 주목할 필요가 있다. 이 "돌아온 탕자" 얘기에서는 보통 아버지의 무한한 사랑과 탕자의 회개, 그리고 동생에 대한 사랑과 연민 없는 바리새인 같은 맏아들의 왜곡된 충성이 강조된다. 여기서 필사는 맏아들이 "돌아온 탕자"와는 대비되지만 공통점도 있다는 점에서 "집안의 탕자"라는 용어를 생각해 내었다. 이 "집안의 탕자"인 맏아들은 1) 불만과

2) 피해의식, 3) 늘 자기만이 옳다는 지나친 자기 의(이용규(2007), 101-75)를 드러낸다. 좀 더 자세히 살펴본다면, 탐은 자기 처지에 대해 강한 불만을 갖고 있으며, 자신만이 집안을 일으키기 위해 모든 욕망을 억제하고 열심히 일한다는 피해의식을 갖고 있으며, 언제나 자기만이 옳고 정당하게 처신한다는 강한 자기 의를 갖고 있다.

그런데 "집안의 탕자"를 살펴본다면 엘리엇의 기독교관을 더욱 면밀히 살펴볼 수 있다. 둘째 아들이 아버지 생전에 받은 유산을 탕진하는 동안 아버지 곁에서 열심히 일한 맏아들처럼, 도슨(Dodson)가의 아들인 탐은 집안이 파산한 뒤 모든 욕망을 억제하고 근면성실하게 일해 집안을 일으켜 세웠다. 즉 그는 저축하고 밥(Bob)과 함께 선박에 투자해 큰돈을 벌어 집안 빚을 갚는 등 겉으로는 아무런 잘못이 없다.

그러나 그는 둘째 아들을 애타게 기다리며 찾는 아버지의 심정을 모른 채 동생에 대한 연민이 전혀 없다. "돌아온 탕자"인 둘째 아들에 비해 맏아들은 "집안의 탕자"라 할 수 있으며, 이런 의미에서 둘 다 탕자라 하겠다. 더 나아가 모든 인간은 두 형제처럼 "돌아온 탕자"나 "집안의 탕자"라는 차이가 있지만, 결국 탕자라는 것이다. 이처럼 작가는 이 탕자 우화를 통해 매기가 허물 있는 "돌아온 탕자"임을 인정하면서 동시에 탐도 아버지의 심정을 모르는 맏아들 같은 "집안의 탕자"임을 암시한다.

이런 연결고리에서 "돌아온 탕자"지만 실은 지은 죄가 별로 없는 매기와는 대조적으로, "집안의 탕자"인 탐은 표면상 죄가 없는 의인처럼 보이지만 실은 자기 정의감에 입각해 남을 가차 없이 비난하고 정죄[8]하

---

8. 탐의 이런 측면은 "탕자의 비유에 나오는 큰 아들의 마음", 즉 "큰 아들이 자기 동생을 판단"하는 마음이라 표현된다. 이용규(2006), 149, 150면.

며 타인에게 연민을 베풀지 않는 죄인이다. 왜냐하면 그는 맏아들로 대변되는 위선적인 바리새인이나 서기관 같은 존재이기 때문이다. 작가는 어떤 의미에서 탐이 더 무서운 탕자임을 고발하며, 이것이 바로 작가가 성서의 "탕자" 얘기를 빌어 말하고자 하는 바다. 따라서 엘리엇의 초점은 "돌아온 탕자"보다 오히려 "집안의 탕자"에 있는 듯하다. 다시 말해 엘리엇이 "돌아온 탕자"의 비유를 통해 기독교적 색채를 강조하는 듯 하지만, 그 안에는 "인간성"(humanity)이라는 측면에서 "집안의 탕자"인 탐을 통해 오히려 약자에 대한 연민 없이 정죄하는 빗나간 기독교를 비판한다는 것이다.

이 점이 "격언으로 사는 남성"(man of maxims, 628)인 탐의 묘사에서 계속 강조된다. 즉 자기 잘못은 모르면서 남은 가혹하게 정죄하는 탐의 이런 모습은 다른 곳에서도 찾아볼 수 있다. 가령 본인이 저지른 잘못에 대해 반드시 벌을 받아야 한다고 생각하여 루시를 진흙에 밀어 넣은 매기의 잘못을 하녀에게 일러바치지만, 이모의 명령을 어기고 연못에 간 자기 잘못은 까맣게 잊어버린 첫 번째 일화가 그 대표적 예다. 죽은 토끼에 관한 두 번째 일화에서 그는 누이를 사랑하지만, 아버지처럼 매기의 영리함이나 상상력을 칭찬하지 않고 늘 공정함과 바른 행동을 요구한다. 그는 학교에서 집에 오면서 매기에게 낚시 줄을 선물로 가져왔지만, 자신이 돌보라고 당부한 토끼들을 깜빡 잊고 돌보지 않아 죽게 한 매기의 잘못을 절대 용서하지 않는다. 세 번째 필립과의 일화에서 탐은 집안 원수인 웨이컴의 아들이란 이유로 필립을 만나지 못하게 하며, 매기가 필립을 마지막으로 만나는 장소까지 따라가 그의 신체적 불구를 언급하며 모욕하는가 하면, 자신이 집안을 일으키려 분투노력할 때 필립이나 만나러 다닌다고 매기를 비난한다. 매기가 탐에게 참았던 분노를 폭발시켜 "바리새인"(a Pharisee)(450)처럼 비겁하며 동정심도 없다고 신랄히 비난할 때, 이는 바로 작가가 "집안의 탕자"인 탐에게 하는 말이라 할 수 있다. 이 세 일화에서 사랑보다 엄격한 올바름에 입각하여 연민 없이 매기를 정죄하는 "집안의 탕자"로서의 탐이 부각된다.

탐이 매기를 집안에서 내쫓는 행동은 집에서 쫓겨난 매기를 자기 집에 받아들여줄 뿐 아니라 자기 딸에게 매기의 이름을 붙여준 밥의 너그러운 행동과 매우 대조된다.9 밥은 집안의 파산으로 읽을 책이 거의 없어진 매기에게 예전에 책을 선물로 갖다 주었을 때처럼 "변함없이 기사도"(615)를 지닌 존재, 즉 공감을 지닌 인물로 제시된다.

작가는 충동적으로 집시에게 가는가 하면, 커서는 스티븐과 마을을 떠났다가 돌아오는 등 생각 없이 좌충우돌하는 매기의 잘못은 그것대로 비난하면서 동시에 겉으로는 문제가 없으나 바리새인처럼 연민을 잊고 자기 의를 내세우는 탐도 준엄히 비판한다. 다시 말해 탐과 마을 사람들은 자기만이 옳다고 잘난 척하는 바리새인과 서기관 같은 존재로서, 이들은 자신들에게 교만과 위선 등 더 큰 죄가 있지만 자기 잘못을 모르고 남만 정죄하며 비판한다는 것이다. 탐과 마을사람들은 바로 이런 부류

---

9. 밥의 등장에는 두 가지 목적이 있다. 즉 탐이 얼마나 자기 기준에 맞춰 행동하는 인물인지, 그리고 밥이 얼마나 자기 이익을 잘 아는 인물인지 보여준다. 사기꾼이라는 탐의 비난보다 주머니칼 선물을 기억하는 밥의 너그러운 마음은 탐의 편협한 정의감과 대비된다. 밥은 탐과 매기보다 무식한 하류계급 인물이지만, 털리버 집안을 진심으로 돕는 유일한 인물이다. 밥은 다정하지만 성급한 성격의 털리버 가와 현실적으로 영리하지만 지나치게 형식과 체면을 중시하는 도슨가 사이에서 중용을 지키는 인물이다. 밥의 너그러움은 조카인 탐을 도울 때조차 지나치게 따지는 글레그 부부의 신중함과 매우 대조적이다. Eliot, George. *The Mill*, 405-423 참조.

의 사람들이며, 이들에 대한 비판이 엘리엇의 핵심이다. 따라서 모든 인간은 어차피 똑같이 죄를 지을 수밖에 없는 탕자 같은 존재이며, 우리에게 필요한 것은 타인의 곤경에 대한 비판과 정죄가 아니라 타인에 대한 연민과 배려라는 것이다.

매기가 탐을 구하고 함께 익사하는 결말에 작가의 이런 생각이 더욱 확실히 드러난다. 구체적으로 다시 결혼해달라는 스티븐의 편지를 받고 밤새 고민하던 매기는 갑자기 물이 무릎까지 차오르고 집이 홍수로 범람했다는 사실을 깨닫자, 급히 밥 부부를 깨운 뒤 급류에 휩쓸리면서도 혼자 있는 탐을 구하러 가서 일층까지 물에 잠긴 집에서 톰을 구한다.[10] 루시를 찾아 나선 그들은 강에 떠다니는 나무기계에 휩쓸려 꼭 껴안고 함께 익사한다. 탐은 소설 내내 자기가 동생을 잘 돌보겠다고 주장해 왔지만, 홍수가 났을 때 탐의 안전을 생각하면서 생명을 무릅쓰고 노를 저어 결국 오빠를 구하는 사람은 매기다. 이런 맥락에서 연민을 지닌 뱃사공 오그 같은 존재, 즉 현대의 성인은 보트를 타고 오빠를 구한 매기다. 밥 외에 딱히 도와줄 만한 착한 사마리아인이 없는 곤경에 처한 매기는 오히려 타인의 곤경에 대해 연민을 보였던 것이다. 매기의 이 구조행위는 뱃사공 세인트 오그 전설이 암시하는 연민의 중요성을 상기시킨다. 이런 맥락에서 "인류교"를 더 나은 사회를 만들기 위해 필요한 "인간과 개인의 도덕적·지적 능력에 대한 믿음"이라 정의하고 독자에게 "인류교"를 주입하는 게 자신의 목표라 했던 엘리엇이 인류교에 도달한 여주인공의 모습

---

10. 탕자의 비유 외에 이 익사 장면에 내포된 여러 가지 복합적 의미에 대해서는 졸고 "『플로스강의 물방앗간』", 115-122; "『플로스강의 물방앗간』과 '상징폭력'." 167-69; "지젝의 이데올로기와 주체: 『플로스강의 물방앗간』", 185-88; "『플로스강의 물방앗간』: 남매의 사랑과 갈등," 130-31, 141-43 참조.

을 보여줬다는 지적(George Eliot Biography.Encyclopedia of World Biography. http://www.bookrags.com/biography/george-eliot)은 바른 지적이다.

또한 이 결말과 관련하여 마녀 이야기를 상기해볼 필요가 있다. 왜냐하면 앞에 복선처럼 암시된 마녀 이야기에는 중대한 의미가 함축되어 있기 때문이다. 매기는 죽어서 무죄를 입증하고 탐과 화해하여 탐의 인식을 바꾸므로 그녀의 죽음은 헛되지 않다는, 남매의 화해에 대한 긍정적 해석이 있다. 그러나 죽어서 무죄를 인정받는 마녀의 이야기에 대해 "하지만 물에 빠져서 죽고 난 다음에 그게 [마녀가 아니라고 판명되는 것이] 무슨 소용 있겠는가?"(66)라는 매기[11]의 질문처럼, 탐과 화해하고 죽는 것이 무슨 의미가 있느냐고 의문을 제기할 수 있다. 이런 맥락에서 매기가 탐을 구하는 익사 장면에는 성서를 비틀어 사용하는 엘리엇의 성서 수용방식이 잘 드러나 있다고 하겠다.

이처럼 작가는 이 탕자 이야기를 통해 매기가 "돌아온 탕자"지만 실은 상황의 희생자인 측면이 다분하며, 탐은 표면상 문제가 없으나 타인에게 연민과 인정머리 없는 "집안의 탕자"임을 암시한다. 요컨대 아무 잘못 없이 떠났다가 돌아와 죄 없이 비난받는 매기와 냉정한 바리새인 같은 탐을 통해 공감과 연민의 필요성을 강조한다. 따라서 작가는 누가 진짜 탕자인지 그 경계선이 분명치 않으며, 사회적 · 윤리적으로 죄를 판단하는 일이 얼마나 간단치 않고 복잡한 일인지 암시한다(Purdy; http://muse.jhu.edu/journals/studies_in_philology/v102/102.2purdy-pdf). 종교에서

---

11. 니나 아우얼바하는 마녀 모티브와 관련하여 매기의 눈이 번연(Bunyan)의 악마를 상기시킨다고 지적한 바 있다. Auerbach, Nina. "The Power of Hunger: Demonism and Maggie Tulliver." *Modern Critical Interpretations: George Eliot's "The Mill on the Floss."* ed. Harold Bloom (New York: Chelsea House Publishers, 1988), 55-56, 68 참조.

연민과 사랑이 빠진다면 인간은 누구나 "집안의 탕자"가 될 수밖에 없으며, 연민이 없는 "집안의 탕자"는 "돌아온 탕자"를 비난할 자격이 없다는 것이다. 작가는 이처럼 사랑과 용서 없는 규율적인 바리새인 같은 탐에 대한 경멸을 통해 성서를 교훈이나 윤리적 목적을 위해 융통성 없이 적용할 수 없음을 암시한다.

III

이상의 검토 결과, 엘리엇은 기독교 집안에서 자라고 교육받았으며 당시의 선진적인 신학 연구자들의 글을 탐독하고 번역하는 등 학문적으로나 실제 삶에 있어 기독교와 밀접한 관련 하에 지냈다. 그러나 과학의 발달 및 급속한 사회 변화로 인해 정통적인 기독교관이 지식인을 중심으로 해체되기 시작한 19세기에, 엘리엇은 많은 고민의 결과 "인류교"에서 한 가닥 희망을 발견한 것으로 보인다. 따라서 엘리엇의 19세기 기독교 연구는 당대 영국 지성사의 한 단면을 밝히는, 엘리엇의 작품 분석에 있어 필수적인 작업이라 하겠다. 이런 문제의식 하에 본고에서는 이 작품이 매기에게 극화시킨 "돌아온 탕자"라는 성경적 우화를 탐에게도 적용시켜 "집안의 탕자"로 새롭게 자리매김함으로써, 엘리엇이 평소 주장하던 약자에 대한 공감의 확대라는 그녀의 인본교에 내재된 문학관을 살펴보았다.

구체적으로 엘리엇이 이 작품에서 인용한 성서적 내용이 갖는 의미를 살펴보았다. 이 탕자 우화에서 매기가 "돌아온 탕자"인 것은 작품 속 언급에서 명약관화하며, 탐이 표면상 아무 잘못 없는 의인인 것 같지만 잘 들여다보면 여동생의 곤경을 외면하고 연민과 공감 없이 비판하고 정죄했다는 점에서 종교상의 형식주의자나 위선자, 즉 "집안의 탕자"라 할 수 있음을 확인해보았다. 즉 인간의 가장 큰 죄는 연민의 결여라는 점에서, 이 "탕자" 우화가 예술이 "연민의 확대"라는 엘리엇의 예술관 및 "인류교"에 맞닿아 있음도 확인하였다.

이처럼 전통적인 성서해석 방식에 따른 탕자의 비유를 탐과 매기의 관계에 적용시킨 결과, 이 작품에 성서적 언급이 많이 나오지만 엘리엇은 성서를 그대로 인용한 게 아니라 자신의 "인류교"에 입각하여 자기 식으로 재해석했으며, 이것이 엘리엇이 성서 속 우화를 끌어다 쓰면서 기존 기독교와 차별화되는 부분이다.[12] 즉 이 작품에 나타난 성서적 암시는 그저 성서적 의미만을 환기시키는 게 아니라, 성서를 자기 말로 비틀어 재해석해 사용함을 확인하였다. 다시 말해 작가는 두 탕자의 비교, 특히 "집안의 탕자"인 탐을 통해 연민과 사랑을 중시하는 기독교적 가치관을 수용하면서 동시에 성서를 율법적으로 받아들이는 기독교적 가치관을 비판하는 양면성을 보여준다는 것이다. 이런 맥락에서 대단히 성경적인 텍스트처럼 보이지만, 잘 들여다보면 배교적(pagan) 내용이 숨어 있다는 퍼디(Purdy 246)의 의견은 매우 적절한 지적이다. 따라서 엘리엇

---

12. 이교도적 생각을 믿고 있는 털리버가 아들에게 성경에 대고 복수를 맹세케 한다든지, 성경책에 웨이컴에 대한 복수를 기록한 것은(3권 9장) 그리 놀라운 일이 아니다. 종교와 일상생활이 별개인 그들에게는 종교에 대대로 내려오는 관습 이상의 기준이 없으며 그들의 삶은 관습에 지배된다. 즉 도덕적·종교적 원칙과 사회적 관습이 구별되지 않는다. "알곡과 가라지" 우화도 보는 관점에 따라 "알곡"과 "가라지"가 달라질 수 있으며 털리버가 아들에게 성경에 웨이컴에 대한 복수를 맹세하게 하는 것도 성경을 아이러니하게 사용하는 예가 된다. Purdy, D. H. 233-246 참조.

이 기독교와 거의 무관하며 "신이라는 문제와 관련하여 궁극적 입장은 무신론자"(172)이며, 엘리엇이 기독교 신앙에 있어 "비국교도이자 교리를 안 따르며 종교의 가르침을 실천하지 않았다"(noncomformist, noncreedal, nonpracticing)는 호지슨(Hodgson 174: The Mystery beneath the Real: Theology in the Fiction of George Eliot. Anglican Theological Review. Fall, 2002. Rule, Philip C. (http://findarticles.com/p/articles/mi_벼3818/is_200210/ai_n9136793에서 재인용)의 지적도 같은 맥락의 지적이다.

이런 종교관은 사회적 추방을 경험한 엘리엇 자신의 전기와 관련하여 설명될 수 있다. 그녀는 자신을 문학의 길로 인도하고 끊임없이 창작을 격려해준 G. H 루이스(Lewis) 덕분에 37세라는 늦은 나이에 소설을 쓰기 시작했다. 루이스의 격려가 없었다면 오늘날 위대한 작가 조지 엘리엇도 존재하지 않았을 것이다. 이들은 분명히 오랜 기간 서로 헌신한 영혼의 벗(soul-mate)이었지만, 남편의 친구와 바람이 난 루이스의 아내 아그네스 저비스(Agnes Jervis)와의 이혼을 허락지 않는 영국 법 때문에 루이스와 정식으로 결혼하지 못하고 동거할 수밖에 없었으며, 이 동거로 인해 엘리엇은 무수한 사회적·도덕적 비난을 받았다. 여기서 당대 윤리적·사회적 규범을 어긴 엘리엇의 고민과 외로움을 엿볼 수 있다. 그녀는 특히 오빠 아이작(Isaac)과의 단절을 가장 괴로워했다. 엘리엇은 루이스의 사후 그들 부부와 오랜 친구였던 미국의 은행가 20세 연하인 존 월터 크로스(John Walter Cross)와 1880년에 정식 결혼식을 올리고 나서야 이 합법적 결혼을 기뻐한 오빠와 화해했으니 거의 26년간 의절했던 것이다. 그녀는 오빠와의 의절 및 사회적 단절로 인한 자신의 쓰라린 경험 때문에, 율법보다 은혜, 바리새인보다 사마리아인의 긍휼과 사랑과 자비,

윤리적·사회적 비난 대신 인간적 연민과 공감의 확대를 기대한 것으로 보인다. 그녀에게 가장 아쉽고 그리웠던 것은 곤경에 처한 그녀에게 건네주는 따뜻한 말 한마디와 그녀의 손을 잡아주는 따뜻한 손길, 즉 동료 인간의 연민과 공감이었을 것이다. 따라서 이런 은혜와 사랑, 긍휼, 연민과 공감을 베풀지 못하는 탐과 마을 사람들을 비판하면서 "돌아온 탕자"도 받아들여주는 아버지처럼 연민의 필요성을 역설한 게 아닌가 싶다.

엘리엇은 이 작품에서 매기를 통해 온건하고도 점잖게 썼지만, 자신이 온몸으로 겪은 사회의 냉대와 비판, 정죄에 대한 묘사는 피를 토하며 부르는 백조의 노래와도 같다. 이런 맥락에서 엘리엇의 작품세계가 예술이 "연민의 확장"이라는 메시지의 반복이라는 점을 확인해보았다.

인용문헌

새무얼 이녹 스텀프. 이광래 옮김. 『서양 철학사』. 서울: 종로서적, 1983.

이용규. 『내려놓음』. 서울: 규장, 2006.

_____. 『더 내려놓음』. 서울: 규장, 2007.

쿠르트 프리틀라인. 『서양 철학사』. 서울: 서광사, 1990.

한애경. 「『플로스강의 물방앗간』」. 『죠지 엘리어트와 여성문제』. 서울: 동인 출판사, 1998. 95-122.

_____. 「『플로스강의 물방앗간』과 '상징폭력'」. 「지젝의 이데올로기와 주체: 『플로스강의 물방앗간』」, 『19세기 영국여성작가 읽기』. 서울: L.I.E., 2008. 153-173, 174-191.

_____. 「『플로스강의 물방앗간』: 남매의 사랑과 갈등」. 『19세기 영국소설과 영화』. 서울: L.I.E., 2009. 121-145.

_____ & 이봉지 역. 『플로스강의 물방앗간 1 & 2』. 서울: 민음사, 2007.

Eliot, George. *The Mill on the Floss*(1860). Harmondsworth: Penguin, 1974.

Adams, Kimberly VanEsveld. *Our Lady of Victorian Feminism: The Madonna in the Work of Ann Jameson, Margaret Fuller, and George Eliot*. Athens: Ohio UP, 2001.

Armitt, Lucie ed. *George Eliot: Adam Bede, The Mill on the Floss, Middlemarch (Columbia Critical Guides)*. New York: Cambridge UP., 2000.

Ashton, Rosemary. *The Mill on the Floss: A Natural History* (Twayne's Masterwork Studies). Twayne Publishers: Boston, 1990.

Auerbach, Nina. *Romantic Imprisonment: Women and Other Glorified Outcasts*. New York: Columbia UP, 1985.

_____. "The Power of Hunger: Demonism and Maggie Tulliver." *Modern Critical Interpretations: George Eliot's "The Mill on the Floss."* Ed. Harold Bloom. New York: Chelsea House Publishers, 1988, 55-68.

Beer, Gillian. *Darwin's Plots: Evolutionary Narrative in Darwin, George Eliot and Nineteenth-Century Fiction*. London: Routledge & Kegan Paul, 1983.

Byatt, A. S. *George Eliot's The Mill on the Floss*, Harmondsworth: Penguin, 2003.

Bushnell, John P. "Maggie Tulliver's 'Stored-up Force': A Re-reading of *The Mill on the Floss.*" *Studies in the Novel*, 16 (Winter, 1984): 378-95.

Carpenter, Mary Wilson. *George Eliot and the Landscape of Time: Narrative Form and Protestant Apocalyptic History*. Chapel Hill: The U. of North Carolina P., 1986.

Cross, John. *George Eliot's Life as Related in her Letters and Journals: Arranged and Edited by Her Husband, J. W. Cross*, V.II, 1885

David, Deidre. *Intellectual Women and Victorian Patriarchy: Harriet Martineau, Elizabeth Barret Browning, George Eliot*. New York: Cornell UP, 1987.

Engels, Frederick. *Feuerbach: The Roots of Socialist Philosophy*. Trans. by Austen Lewis. Chicago: Charles H. Kerr & Co., 1912.

Feuerbach, Ludwig. *The Essence of Christianity*. Trans. by George Eliot. New York: Harper & Row, 1957.

Fisch, Harold. "Biblical Realism in *Silas Marner.*" *Identity and Ethos: A Festschrift for Sol Liptzin on the Occasion of His 85th Birthday*. Ed. Mark H. Gelber. New York: Peter Lang, 1986. 352-54.

Galloway, Shirley. "The Casuitry of George Eliot." 1993. (http://www.cyberpat.com/Shirlsite/essays/casuist.html)

George Eliot: Biography and Much More from Answers.com (http://www.answers.com/topic/george-eliot)

Haight, Gordon S., Ed., *Selections of George Eliot's Letters*. New Haven and London: Yale UP, 1985.

_____, Ed. *A Century of George Eliot Criticism*. Boston: Houghton Mifflin Company, 1965.

Knoepflmacher, U. C. *Religious Humanism and the Victorian Novel*. Princeton, NJ: Princeton UP, 1965.

_____. "George Eliot, Feuerbach, and the Question of Criticism," *Victorian Studies*, V(1964), 306-09.

Law-Vilijoen. *Midras, Myth, and Prophecy: George Eliot's Reinterpretation of Biblical stories, Literature and Theology*, Oxford UP, 1997.

Leavis, F. R. *The Pilgrim Maggie: Natural Glory and Natural History in the Mill on the Floss, Literature and Theology*, Oxford UP. 1998.

Levine G. *Determinism and Responsibility in the Works of George Eliot*. PMLA, 1962.

McSweeney Kerry. *George Eliot (Marian Evans): A Literary Life*. New York: St. Martin's Press, 1991.

Paris, Bernard. "Toward a Revaluation of George Eliot's *The Mill on the Floss*," *Nineteenth Century Fiction*, 11 (1956). 18-31.

_____. *Experiments in Life: George Eliot's Quest for Values*. Detroit: Wayne State UP., 1965.

Paris, Benard J. "Rereading George Eliot: Changing Perspectives on her Experiments in Life." (http://grove.ufl.edu/~bjparis/books/eliot/index.html)

_____. "George Eliot's Religion of Humanity." JSTOR: ELH, V.29, No. 4(Dec., 1962). (http://www.418-443.jstor.org/pss/2871945)

Pinion, F. B. *A George Eliot Companion: Literary Achievement and Modern Significance*. London & Basingstoke: Macmillan, 1981.

Pinney, Thomas. *Essays of George Eliot*. London: Routledge and Kegan Paul, 1963.

Rignall, John, ed. *Oxford Reader's Companion to George Eliot*. New York: Oxford UP, 2000.

Purdy, D. H. "The Wit of Biblical Allusion in *The Mill on the Floss*," *Studies in Philology*, Chapel Hill. Vol. 102: 2 (Spring 2005): 233-246. (http://muse.jhu.edu/journals/ studies_in_philology/v102/102.2purdy-pdf)

Willey, Basil. *Nineteenth Century Studies*. New York: Harper & Row, 1949.

Wright, T. R. *The Religion of Humanity: The Impact of Comtean Positivism on Victorian Britain*. Cambridge: Cambridge UP, 2008.

상징폭력을 넘어선
새로운 대안적 공동체의 모색:
『로몰라』와 『대니엘 데론다』

I. 서론

이제까지 19세 영국 작가인 조지 엘리엇(George Eliot, 1819-1880) 연구는 기존의 엘리엇 비평 외에 20세기 초반의 사회학적 비평[1]과 20세기 후반에 활성화된 페미니즘 비평이 주류를 이루었다. 사회학적 비평에서는 엘리엇을 누구보다도 공동체 문제에 지대한 관심을 지닌 작가로 본다. 19세기 작가들이 전반적으로 개인과 사회의 문제에 관심을 갖기도 했지만, 당대로서는 파격적으로 유부남인 G. H. 루이스(Lewes)와의 동거로

---

1. 이런 연구에서는 엘리엇의 사회학적 관심을 잘 규명했지만, 이 평자들 역시 개인보다 사회에 관심을 갖고 있으며 사회를 개인과 대비되는 단일한 공동체로 간주하는 한계를 보이고 있다. 엘리엇의 사회학적 관심에 초점을 맞춰 분석한 여러 평자에 관해 졸저, 『조지 엘리어트와 여성 문제』. 서울: 동인, 1998. 9-10 참조.

사회에서 오랫동안 소외되었던 전력 때문에 더욱 공동체에 관심을 가졌는지도 모른다. 어쨌거나 그녀는 산업자본주의가 도래하기 이전에 가능했던 인간적 유대가 가능했던 과거의 유기적 공동체에 대해 짙은 향수를 지니고 있었다. 즉 인간에 대한 인정과 조건 없는 사랑과 연민이 살아있던 유기적 공동체를 그리워했다는 것이다. 그런데 문제는 공동체를 단일한 통일체로 파악하여 개인과 사회로 양분할 때 그저 개인에 대비되는 개념으로서의 공동체를 상정했다는 것이다.

또한 페미니즘 비평에서는 가부장제 사회 안에서 여성이 겪는 문제를 젠더 및 성 이데올로기와 관련하여 집중적으로 조명해주었다. 가령 『플로스강의 물방앗간』(The Mill on the Floss)의 주제가 "편협하고 압제적인 사회에 사는 영리한 한 젊은 여성이 이루지 못한 동경"에 대한 공감적 이해라는 일레인 쇼월터(Elaine Showalter, 125)의 지적은 엘리엇의 거의 모든 작품에 적용될 수 있다. 이런 페미니즘 분석에서는 기존의 다른 비평에서 밝혀주지 못했던 여성문제를 잘 조명해주었지만 주로 여성 개인에게 초점을 맞추는 경향이 있다.

한편 20세기 프랑스의 저명한 사회학자인 피에르 부르디외(Pierre Bourdieu, 1930-2002)의 '상징폭력'(symbolic violence)이라는 개념은 사회를 단일한 공동체가 아니라 좀 더 복합적인 형태로 이해하게 해줌으로써 이 두 가지 비평을 넘어설 단초를 제공한다. 가령 부르디외는 상징폭력을 정의하기 위해 『실천 이론개요』에서 알제리 카빌(Kabyle) 사회의 선물 교환을 예로 든다. 카빌리아 사회에서 선물교환은 일종의 상싱폭력으로서, 그것을 통해 이해관계가 호의적인 관계로 바뀐다. 왜냐하면 주는 것은 또 다른 형태의 소유를 의미하기 때문이다. 선물을 주었을 때 답례품이 아예 오지 않거나 비슷한 가치를 가진 답례품이 오지 않는다면, 선물은 갚아야 할 채무를 만들어내고, 채무자로 하여금 온순하고 협조적인 태도를 취하게끔 만든다. 그러나 지배를 지속시키는 이러한 방식은 관련된 모든 이들이 공모하지 않는다면 소용이 없다.[2]

　여기서 첫째 상징폭력은 가시적이며 직접적 폭력이 아닌 점잖고 비가시적인 폭력이며, 둘째 외적 압력에의 수동적인 복종도, 지배적인 가치의 자발적 선택도 아닌 집단적 오인(meconnaissance)이나 자의적 공모에 의한 폭력이며(톰슨, 존 B. 1984, 정일준 역 51),[3] 셋째 눈에 보이지 않는 비가시적인 상징폭력은 피지배자의 집단적 오인이나 자의적 공모를 통해 지배자의 가치를 자연스러운 가치로 개인에게 내면화시키는 동시에, 개인이 교육이나 검열을 통해 지배자의 가치를 재생산하고 제도화한다는 사실을 알 수 있다.[4]

---

2. 선물교환의 경제적 현실에 대한 오인은 속이는 사람 없는 집단적 현혹상태다. 즉 호의적 관계라는 오인이 상징폭력의 핵심이다(정일준 66-67). 상징적 폭력을 가장 단순하게 표현한다면 "사회적 행위자 위에 가해지는 복합적인 폭력 형태"로서 사회 행위자가 인지하는 행위자(agents connaissants)라는 가정이 필요하므로 행위주체를 상정할 때만 이러한 표현을 쓸 수 있다. 지배의 효과가 나타나려면 지배요인과 인식의 범위 사이에 일정한 상응관계가 있어야만 한다(Borudieu 1992b:142; 홍성민 187에서 재인용).

3. 상징폭력에서 가장 중요한 것은 사회 구성원이 스스로 무의식적이며 자의적으로 내재화한 '집단적 오인'이나 공모, 관습적 합의에 의한 지배라는 점이다. "상징자본은 인위적이고 자의적인 것을 자연스러운 것으로 승인해 주는 독특한 메커니즘을 갖는데, 부르디외는 이것을 오인 메커니즘이라 부른다"(이상호 169).

4. "상징폭력은 구조가 반영되며 동시에 구조를 재생산하는 교차점이다. 개인이 지배구조의 가치를 자연스러운 것으로 내면화한다는 점에서 상징폭력은 구조의 반영이지만, 동시에 개인이 상징폭력에 공모하여 그를(상징폭력을) 다시 공고하게 한다는 점에서 구조를 재생산하기도 한다"(조애리 154). '점잖고 비가시적인 상징폭력'은 인식과 오인의 독특한 혼합(melange)으로 특징지어진다. 바로 이런 혼합 때문에 상징폭력은 사회 재생산의 효과적 매체가 된다(정일준 69-70).

또한 이 상징폭력의 큰 특징 중 하나는 이항대립구조다. 이 비가시적인 "상징폭력은 우선 모든 사물과 현상을 이항 대립으로 분류할 뿐 아니라, 그 대립에 위계적인 의미를 부여한다. 남/녀, 고/저, 좋은/나쁜 등의 이항대립으로 인해 매사에 마술적인 경계선이 생겨난다. 양극 사이에 존재하는 무수한 차이를 억압한다는 점에서 이항대립 자체에 폭력성이 내재해 있지만, 더욱 큰 문제는 이 분류가 위계적인 데 있다. 즉 남/녀의 생물학적 차이는 사회적인 우/열의 차이가 된다"(조애리 154). 이처럼 이항대립이 자의적인 구분임에도 불구하고, 성적으로 위계화된 사회에서 지속적인 교육과 검열로 여성들은 비가시적인 처방과 금지, 즉 상징폭력을 자연스럽게 받아들이게 된다. 이처럼 상징폭력 때문에 남/녀의 이원적 대립은 우열의 의미를 갖게 되는데, 피지배자는 이런 상징폭력에 공모하고 더 나아가 재생산하기까지 한다.

한편 페미니즘 소설에서 여성들은 자신의 개인적 경험을 통해 남성 지배 구조를 인식하고 자신들의 무력함이 개인적인 결함이 아니라 남성 지배 질서를 내면화한 결과임을 깨닫게 된다. 따라서 의식 고양은 남/녀의 이항대립이 곧 우/열의 위계적 질서라는 마술적인 경계선을 허무는 일이다. 즉 의식각성은 "구조에서 의식으로 다시 의식에서 구조로 작용하는 상징폭력의 순환을 끊는 실천적인 행위이다. 그러한 단절의 출발점은 상징폭력을 내면화한 의식의 자의성을 드러내는 것이다. . . . 남성 지배가 가부장제라는 새로운 패러다임으로 남성 지배를 인식하는 순간 지배 관계를 매혹적인 것으로 위장하던 모는 것이 정당성을 잃고 결국 파괴된다"(조애리 154-155). 피지배자의 공모에 의존하고 있는 상징폭력은 그동안의 정당화가 오인이었음이 밝혀지는 동시에 무력해진다." 이처럼 상징폭력은 구조화된 폭력이지만 동시에 개인에게 각인되어 나타나므로 페미니즘 비평이나 사회학적 관점보다 좀 더 섬세한 소설 분석에 유용한 개념이다.

엘리엇은 몇몇 작품에서 상징폭력이 지배하는 사회를 섬세하게 파악하고 있을 뿐더러 이를 넘어 새로운 대안적 공동체를 모색하고 있다. 따라서 본고에서는 부르디외의 '상징폭력'이라는 개념 틀을 사용하여 그녀의 후기작 중 첫 작품이자 1492년에서 1498년까지의 15세기 이태리를 배경으로 한 『로몰라』(*Romola*, 1863)와 마지막 작품인 『대니엘 데론다』(*Daniel Deronda*, 1876)에서 로몰라(Romola)와 그웬들런(Gwendolen)이라는 여주인공이 어떻게 결혼제도에 의문을 제기하고, 나아가 어떤 대안을 제시하는지 분석해보자. 구체적으로 두 여주인공은 각각 상징폭력을 내면화한 상태에서 결혼하지만, 각기 결혼생활에서 남성지배의 폭력성을 깨닫고 저항하며, 그들의 저항은 새로운 공동체의 모색이라는 제도적 변화로 이어진다. 구체적으로 1) 상징폭력을 내면화하여 이에 자발적으로 공모하며, 2) 상징폭력에의 공모를 깨닫는 의식각성의 순간 상징폭력에 더 이상 공모하지 않고 제도에 의문을 제기하며, 3) 이후 어떻게 새로운 대안적 공동체를 모색하는지 분석해보기로 한다.

II. 『로몰라』

2.1 상징폭력에의 집단적 오인과 공모

로몰라는 15세기 이태리에서는 드물게 엘리엇의 여주인공 중 가장 교육을 많이 받은(Neufeldt 44) 똑똑하고도 아름다운 플로렌스 귀족 여성이다. 밀턴을 돕는 딸처럼 그녀가 눈 먼 아버지 바르도 디 바르디(Bardo de'Bardi)에게 라틴어로 쓰인 폴리티언(Politran)의 『미셀라네아』(*Miscellanea*)를 읽어주는 첫 장면은 그리스와 로마 서적에 주석을 다는 고전학자인 아버지에게 조수 노릇을 할 만큼 훈련되어 있음을 보여준다. 이처럼 그녀는 고서수집과 골동품에만 몰두한 아버지를 돕고 있다.

그러나 그녀의 아버지는 여자들을 경박하다고 무시한다. "참새 같이 경박하고 미신에 사로잡힌 여성의 나쁜 영향"[5]을 받지 않도록 바깥세상 모르게 딸을 키웠다는 그의 말에 여성에 대한 경시가 드러난다. 그는 "신속한 이해력과 . . . 넓은 지성 . . . 남자처럼 고귀한 영혼"(52)을 지닌 딸이 다른 여자보다 똑똑하고 "재능"(66)도 있음을 인정하면서도, 결국 남자보다 열등하다고 본다. 그래서 아들 대신 자신을 돕는 딸을 학문의 후계자로 인정하지 않는다.

이런 연유로 로몰라는 여성을 열등하게 보는 아버지의 편견, 즉 남녀의 차이를 사회적 우열로 간주하는 상징폭력을 오인하고 이에 자발적으로 공모하여 성직을 택한 오빠 루카 신부(Fra Luca) 대신 아들 역할을 해줄 배우자를 찾는다. 이처럼 상징폭력은 피지배자의 공모에 의존하여 그 어떤 폭력보다 효과적인 지배 장치가 된다. 그녀는 아버지를 만나러 온 티토 멜레나(Tito Melema)가 이런 아들 역할을 해주리라 믿고 그와 결혼한다. 왜냐하면 그는 그리스어에 박학하여 아버지의 학문을 완성하기에 적합해 보이는데다가, 플로렌스에 거주하는 넉넉한 그리스인이라는

---

5. Eliot, George. *Romala*. New York: Groset & Dunlap, 1979. 52면. 이제부터 나오는 본문의 인용은 이 판에 의거하여 면수만 표기하기로 한다.

신분상 그녀에게 지참금이 없는 것이 그리 문제가 될 것 같지 않았기 때문이다. 이처럼 그녀는 아버지의 남아선호의 영향으로 자기 자신도 자신의 한계, 즉 자신이 남자보다 열등하다고 생각하고 남편에게 의지하여 아버지의 학문을 계승하려 한다. 이 과정에서 가족을 통한 문화의 요구를 내면화하여 비가시적인 상징폭력의 마술-지배에 공모하는 로몰라의 모습이 드러난다. 이처럼 "피지배자들이 그들 자신의 지배조건을 정당한 것으로 받아들이는 가운데 상징폭력은 지배자들과 피지배자 양자의 동의를 끌어내게 된다"(Swartz 89). 다시 말해 "인식(*reconnaissance*) 속에 포함된 오인(*meconnaissance*)들로 인해 사람들이 자신들의 실천을 지배적인 평가기준에 맞추어 나갈 때, 진정으로 상징적 지배가 시작된다"(톰슨, 존 B. 1984, 정일준 역 51). 이와 같이 그녀는 사회적으로 배제되었지만, 스스로 이러한 배제를 내면화한다.

2.2 상징폭력의 정당성 거부

그러나 문화적 가정과는 반대로, 결혼은 갈등의 시작이었다. 이렇듯 아버지를 위한 이타적인 동기로 티토를 배우자로 택한 그녀는 결혼 후에 남편에게 크게 실망하며 자신의 기대가 착각이었음을 깨닫는다. 왜냐하면 티토는 장인의 학문 계승에는 전혀 관심이 없는 매우 비겁하고 부도덕한 인물이자 가부장적인 남편이었기 때문이다. 우선 계속 남편과 어긋나던 그녀는 양아버지 발다사레(Baldassare)의 폭로를 통해 여러 사람을 배반한 남편의 정체를 알게 된다. 양아버지는 자신이 터키인들의 포로가 되자 이전에 자신이 맡겼던 보석 판 돈을 가로채어 플로렌스 상류

사회에 진출하려고 로몰라와 결혼하고도 어리석은 테사(Tessa)와의 관계를 지속함으로써 양아버지와 부인을 배반한 티토의 정체를 폭로했던 것이다. 이후 그가 세 당(메디치가와 아라비아티 당, 사보나롤라의 민중당) 간의 정치적 음모에 연루된 이중첩자였다는 사실도 밝혀진다. 그의 관심사는 오로지 "자기 안전과 부, 번영"(549)이었기 때문에, 처음에는 양아버지와 로몰라를, 나중에는 두 정당을 차례로 배신했던 것이다. 그는 양아버지가 출현하자 두려운 나머지 자신의 안전을 위해 갑옷을 사 입고도 이런 사실을 아내에게 숨기며, 양아버지와 장인의 유언을 저버리고, 아내뿐 아니라 테사를 속이고 여러 정당의 이중 스파이 노릇으로 아내의 유일한 친척이자 대부인 베르나르도 델 네로(Bernardo Del Nero)와 사보나롤라를 죽음으로 몰고 가는 음모에 가담했던 것이다. 그녀는 이 폭로로 그동안 남편이 집안에 장기 부재하고 이유를 알 수 없는 두려움과 이상한 태도를 보인 이유를 깨닫게 된다.

게다가 그는 점점 가부장적 태도를 보인다. 가령 티토가 아내에게 한마디 의논 없이 장인의 서재를 프랑스인들에게 팔아버린 사건이 단적인 예다. 그는 화가 나서 반발하는 아내에게 가부장적인 가장의 면모를 보인다. 즉 아내의 유산 처리권이 남편에게 있으며, 남성의 "지배력"(272)을 느끼면서 서재는 이미 팔렸으니 "아내"(275)로서 무조건 순종하기를 요구한다. 또한 이후 사보나롤라의 안전을 보장하는 남편의 말을 불신하는 아내에게 "공개적으로 적대감"(384)과 "증오"(388)를 느끼면서 자신이 "주인"(389)이라고 남편의 권위를 내세우는 것도 같은 맥락이다. 이는 티토가 유독 출세욕과 자기 이익에만 관심 있는 비겁하고 부도덕한 인물이기 때문이기도 하지만, 결혼생활 자체가 이항적 대립구조이기 때문이다. "결혼이란 틀림없이 연민의 관계가 아니라면 정복의 관계"(391)라는 화자의 언급에서도 이런 이항적 대립구조, 특별히 도덕성이 결여된 남편과의 결혼생활에서의 대립구조가 입증된다.

이제 남편의 실체를 파악한 그녀는 더 이상 참지 않고 남편을 떠나기로 결심한다. 즉 그녀는 티토와의 결혼생활에서 남성지배의 폭력성을 깨닫고 수녀로 변장하여 1499년 12월 24일 플로렌스를 떠난다. 결혼생활을 유지하려고 최선을 다했던 그녀는 결혼반지를 빼면서 동요한다. 즉 "모든 믿음을 실망시킨 남편을 떠나는 행동, 더 이상 사랑의 내적 유대를 나타내지 못하는 외적인 결속을 깨는 행동"(304)을 하면서 갈등을 느낀다는 것이다. 지난 2년간의 "자기억제"(382)가 수포임을 깨달은 그녀는 남편 인생에 "바람직한 가구"(394) 같은 존재가 되길 거부하고 새로운 삶을 찾는다. 이제 그녀는 "선례를 따라 행동하지도, 선택된 교훈에 순종"(305)하지도 않고 자신만의 방법을 찾으려 한다. 즉 가장 유식한 여성인 카산드라 페델르(Cassandra Fedele)에게 가서 "교육받은 여성"(307)의 독립적인 삶에 대해 물어보기로 결심하는 것이다. 다시 말해 로몰라는 상징폭력의 마술적 경계선에서 깨어난다. 이처럼 그녀가 남편을 떠나는 행동은 그녀가 남편에게의 무조건적 순종을 강요하는 상징폭력의 정당성을 거부하고 여성성의 기준과 결혼제도 자체에 의문을 제기한다는 사실을 입증한다.

그런데 새로운 삶의 모색은 그리 간단한 것이 아니어서 그녀는 두 번이나 남편을 떠나게 된다. 그녀는 쌍 마르코 수도원 원장 사보나롤라의 제지로 일단 돌아오지만 다시 떠난다. 사보나롤라 신부는 로몰라에게 가정으로 돌아가서 아내 역할에 충실하라고 충고하면서 봉사의 삶을 대안으로 제시한다. 구체적으로 그는 1) 가정과 아내의 자리로 돌아가서 2) 불행한 결혼생활에서 겪는 고통을 승화하여 가난하고 병든 "플로렌스 시민"(344-45)을 위해 살라고 충고한다. 이처럼 그는 결혼생활에서 겪는 그녀의 심리적 갈등과 두 번의 도망을 죄악시하고 아내 역할에 충실하며 봉사의 삶을 살라고 충고한다. 이 충고는 당대 사회에서 잘못된 것은 아니지만, 남성의 지배담론에 다름 아니다. 피지배자가 상징폭력에 공모하지 않을 때 로몰라에게 지속적으로 여성성을 주입해왔던 제도적 장치, 즉 결혼제도는 저항하는 그녀를 이런 방식으로 설득하는 것이다. "성적으로 위계화된 사회가 여성들에게 전하는 지속적으로 조용하고 눈에 보이지 않는 명령들은 . . . 사물의 질서 안에 각인되어 있어 신체의 질서 안에서 모르는 사이에 표현되는 자의적 처방과 금지를 자연스럽고 당연한 것으로 받아들이도록 준비시킨다"(부르디외 1998, 82). 따라서 그의 충고대로 살려고 노력하던 그녀는 "고통 받고 배고픈 사람들"(346)을 돕는 봉사의 삶, 즉 그녀의 삶도 일부 포함된 "인간 존재라는 위대한 드라마"(367-68)에 만족하지 못하고 다시 떠난다. 그녀가 이렇게 두 번이나 남편을 떠날 수밖에 없다는 사실이야말로 어려운 사람들에 대한 공감 확대나 봉사를 강조하는 사보나롤라의 충고로 티토와의 결혼생활 문제가 해결되지 않으며, 그녀가 상징폭력에 더 이상 공모하지 않음을 보여준다. 즉 이 두 번의 도피는 로몰라가 상징폭력을 내면화한 상태에서 결혼하지만, 결혼생활에서 남성지배의 폭력성을 인지하고 이를 거부한다는 것이다. 이처럼 상징폭력에 공모하던 피지배자가 자신이 그동안 상징폭력의 마술적 경계선에 갇혀 있었음을 깨닫는 순간, 즉 피지배자의 공모가 오인이었음이 밝혀지는 순간, 이 마술적 경계선은 무력해진다(조애리

154). 로몰라가 티토를 떠날 때 독자가 기대하는 것은 "여성의 메커니즘"이 천부적인 것이 아니라 사회적으로 강요된 것임을 깨닫고 상징폭력의 순환 고리를 끊는 것이다(조애리 159). 이런 관점에서 결혼생활로부터 벗어나려는 그녀의 도피는 단순한 현실 도피가 아니고 성장의 한 단계로 볼 수 있다. 그렇다고 해서 이 도피가 남성지배의 상징폭력에서 완전히 벗어난다는 뜻은 아니다.

2.3 대안적 공동체의 모색

플로렌스에 돌아온 로몰라는 티토와의 결혼생활에서 해방된다. 그러나 두 번의 도망에 의해서가 아니고 발다사레의 복수 덕분에 해방된다. 즉 8달 만에 플로렌스로 다시 돌아온 그녀는 티토의 이중스파이 노릇을 알고 쫓는 군중을 피해 아르노(Amo) 강에 뛰어들지만 강둑에서 양아버지에게 목이 졸려 비참하게 살해된 남편의 죽음을 통해 해방된다는 것이다. 이와 같이 그녀는 불행한 결혼생활에서 해방되자, 일이나 재혼 등 다른 탈출구를 모색하지 않고 새로운 공동체를 모색한다. 그녀는 사보나롤라의 충고대로 작은 공동체에서 어려운 사람을 돕는 봉사와 빈민구제 사업을 계속 하는 동시에 남편의 정부였던 테사와 그녀의 아이들인 니나(Ninna)와 릴로(Lillo)를 찾아 가족으로 맞아들여 그들과 함께 일종의 모계사회를 이룬다. 또한 에필로그에는 앞 사건에서 11년 뒤인 1509년 5월 22일 저녁, 로몰라가 사촌인 브리지다 및 테사의 아이들인 니나, 릴로와 함께 사보나롤라의 죽음을 추모하면서 화환을 만드는 모습이 그려진다. 표면상 그녀는 남성 없이 자매애에 토대하여 "아주 행복한 모계사회"(David

199)를 이루는 것으로 보인다. 이 모계사회가 결혼제도에 대한 하나의 대안이 될 수 있다는 점에서 나름 의미가 있다. 즉 로몰라가 결혼생활에 내재된 남성지배의 폭력성을 깨달아 더 이상 이 남성지배에 공모하지 않고 새로운 공동체를 이루었다는 의미가 함축되어 있다는 것이다.

하지만 3권 68장 "로몰라의 깨어남"에서 72장 "최후의 침묵"까지 이 뒷부분에서 상징과 우화적 요소 때문에 그녀가 마돈나 같은 존재로 이상화되며, 구체적 언급 없이 고립된 외딴 섬 같은 마을에서 사람들을 돌보는 그녀의 행적도 비현실적으로 보인다. 따라서 이 공동체도 전설이나 우화처럼 비현실적인 판타지로 보인다. 즉 사회에서 고립된 섬처럼 위태로워 보인다는 것이다. 작가도 로몰라가 여성이라기보다 신 같다고 불평한 사라 헨넬에게 보낸 편지에서 자신의 의도보다 "로몰라가 더 이상적으로 취급"(Haight *Letters IV.* 103-4)되었음을 인정하였다. 또한 남편과의 관계 대신 아이들을 공동 양육하며 느끼는 정서적 만족감을 지나치게 이상화한 측면도 있다. 게다가 로몰라의 얼굴에 깃든 "평온함"(547)에도 불구하고, 불과 23살의 로몰라가 거의 할머니처럼 들리며(Neufeldt 45), 권위의 상징이라고 할 수 있는 사보나롤라의 추모 화환을 해마다 만드는 에필로그의 마지막 장면은 그의 가부장적 권위가 아직도 잔존하며 (David 195) 그녀가 자기 정체성을 사보나롤라에게 연계함으로써 상징폭력에 다시 공모하는 게 아닌가, 즉 다시 원점으로 돌아가는 순환구조가 아닌가 하는 우려를 남긴다. 작가가 J. W. 크로스(Cross)에게 처녀 때 시작하여 노인이 되어 이 작품의 집필을 끝냈다고 할 성도로 오랜 세월 끌어안고 있었다는 사실(Cross 255)도 이러한 작가의 고심을 암시한다. 이처럼 그녀가 자유를 택해 남성이 배제된 새로운 공동체를 구성했지만, 이 공동체는 비현실적이며 사회와 단절된 불완전한 공동체라는 한계를 안고 있다.

III. 『대니엘 데론다』

3.1 상징폭력에 대한 집단적 오인과 공모

가족과 사회는 그웬들런에게도 결혼이 유일한 대안이라고 강요한다. 즉 문화 전체가 그녀에게 결혼이 행복한 결말이라고 가르친다는 것이다. 그녀는 도전적이며 비범한 지배의지로 남다른 성취를 기대케 하던 여성이다. 그녀의 지배욕은 "세상이 자기에게 복종하지 않으면 양에 차지 않을"(69) 거라는 가정교사 메리(Miss Merry)의 말로 입증되며, 어머니의 편애로 남자 없는 "가정이라는 제국"(71)에서 "망명 중인 공주"(53)처럼 군림하면서 더욱 지배욕이 조장되었다. 하지만 그녀는 집안의 파산 후 가정교사밖에 될 수 없는 궁핍한 현실에 처하자 크게 절망한다. 그녀가 받은 숙녀교육은 데론다가 받는 신사교육과는 크게 차이나며, 재능의 부족 때문에 다른 가능성을 모색할 수 없는 처지에 놓인 것이다. 여기서 여성은 남성에 비해 교육받을 기회가 적기 때문에 문화자본의 혜택을 못 받는 일차적 차별을 경험한다.[6] 이처럼 상징폭력은 교육제도 내 성의 차이

---

6. 부르디외는 그의 저서 『재생산』(*La Reproduction*)에서 학교가 중립적이고 객관적 지식의 전달이라는 교육기능보다 지배계급이 승인한 문화만을 강제적으로 주입한다고 분석한다. 이 폭력은 가시적, 직접적 폭력이 아닌 의미에서 '상징적 폭력'이다. 교육행위는 자의성을 강제하는 하나의 상징폭력이다(Bourdieu, 1970:19; 현택수 115에서 재인용). 또한 남녀의 차등교육은 성차별적 사회에서 여성에게 행사되는 상징폭력, 구체적으로 지배계급/ 중심/

라는 매커니즘에서 매우 심각하다.

그러던 중 위고 멜링거 경(Sir Hugo Mallinger)의 상속자인 그랜코트 (Mallinger Grandcourt)가 그웬들런에게 관심을 보이자, 그녀는 결국 그랜코트와 결혼한다. 이 결혼에 엄마와 이모부 등 주변인의 권유가 큰 역할을 한다. 특히 이모부 개스코인(Gascoignes) 목사의 충고가 대표적인 예이다.

결혼이야말로 여성에게 정말로 만족스런 유일한 영역이란다. 운 좋게 그랜코트 씨와 정혼하게 된다면, 다른 사람들에게 유익하게 사용될 지위와 재산의 양쪽 면에서 넌 아마 더 큰 힘을 갖게 될 거야. 이런 걸 고려하는 게 로맨스보다 훨씬 중요한 일이란다.[7]

Marriage is the only true and satisfactory sphere of a woman, and if your marriage with Mr Grandcourt should be happily decided upon, you will have probably an increasing power, both of rank and wealth, which may be used for the benefit of others. These considerations are something higher than romance.

또한 어머니의 영향도 크다. 어머니가 두 번째로 재혼한 남편 대빌로(Mr. Davilow)가 죽은 뒤 잘 나가는 여동생의 집 가까이 오펜딘으로 이

남성들이 피지배계급/ 주변/ 여성을 효과적으로 지배하기 위해 행사하는 상징폭력을 잘 보여준다. "학교는 문화자본의 불평등적 분배와 교육체계의 서열화를 정당화함으로써 사회적 차이, 사회적 위치의 위계화를 사회구성원들이 자연스러운 것으로 인정하게 하는 제도이다"(현택수 114). 그러므로 "모든 교육행위는 자의적인 권력을 통해서 문화적 자의성을 주입한다는 점에서 상징폭력이다"(Bourdieu 1970:10; 현택수 170).

7. George Eliot. *Daniel Deronda*. Harmondsworth: Penguin, 1967. 앞으로 나오는 본문의 인용은 이 판에 의거하여 면수만 표기하기로 한다. 180면.

사한 것도 첫 번째 결혼에서 얻은 유일한 딸이자 가장 아끼고 사랑하는 이 맏딸의 멋진 결혼을 위해서였다. 이처럼 상징폭력은 가족 내에서 먼저 발견된다. "가족은 . . . 이른바 사회화 기능을 하는데, 바로 이러한 사회화 과정이 정당화된 하나의 문화를 강요한다는 점에서 사회적 폭력의 한 형태일 수 있다"(현택수 117). 가족은 남성 지배질서를 정당하고도 자연스러운 것으로 오인하게 만들며, 이렇게 자연스러운 질서로 오인된 상징체계는 행위자의 인식 및 지각구조를 지배하는 것이다.

이렇듯 그랜코트와의 결혼과정은 주변인은 물론 본인 스스로도 무의식적이며 자의적으로 내재화한 집단적 공모나 집단적 오인을 보여준다. 피지배자들은 상징폭력을 점잖고 비가시적인 형태라 오인해 특이하게도 자발적으로 복종한다(톰슨, 존 B. 1984, 정일준 역 51). 상징폭력은 사회구조가 개인의 인식 구조 속에 내면화되고, 이 개인은 자기도 모르게 사회세계를 재생산한다. 상징폭력은 이처럼 구조적인 위계가 개인에게 내면화될 뿐 아니라 피지배자의 공모에 의해 재생산된다. 상징폭력은 부드럽고 느낄 수 없는, 희생자들에게조차 보이지 않는 폭력, 즉 버지니아 울프가 "지배의 최면적인 힘"(부르디외 1998, 8)이라고 부른 것으로 신체적인 강요나 직접적인 명령이 아니라, 피지배자의 공모로 유지되는 힘이다. 피지배자는 단순히 상징폭력의 수동적인 대상이 아니라, 상징폭력 안에 은폐된 권력관계를 자연스러운 것으로 오인한 후 그것을 정당화함으로써 상징폭력에 공모한다. 이처럼 상징폭력은 오인과 정당화라는 피지배자의 공모로 유지된다. 그녀에게 남다른 점이 있다면 자신의 미모로 결혼생활에서 자신이 주도권을 가질 거라 확신했다는 점 정도이다.

3.2 의식각성과 거부

그러나 그웬들런의 결혼도 역시 이항적 대립구조로서 갈등의 시작이
었다. 자신이 남편을 지배하리라 확신했던 그녀는 자신의 생각이 순진
하게도 자아도취적인 착각이었음을 깨닫는다. 그녀는 결혼 후 남편을
지배하기는커녕 오히려 남편의 지배하에 괴로워하면서 남성지배의 폭력
성을 인지하게 된다. 즉 결혼생활이 이항적 대립구조임을 깨닫는다. 이
는 우선 그랜코트가 엄청난 지배의지의 소유자였기 때문이다. 그의 기
이한 지배, 즉 "말은 없지만 엄청난 그의 지배력"(656)은 "왕의 대표자"
(736)나 "전제정치"(736)에 비유된다. 또한 "남편이 지배하는 두려운 제국"
(479)에서 그녀가 희생될 만큼 그는 가혹한 식민지 총독이 되었을 거라
고 묘사된다. 예컨대 그가 "다루기 까다로운 식민지를 지배하기 위해 파
견되었더라면 당시 사람들 사이에서 명성깨나 얻었을"(655) 것이다. 게다
가 그는 자신의 정부인 글래셔 부인(Mrs. Glasher)의 존재를 알면서도 가
족의 생계 때문에 자신과 결혼해야 했던 그웬들런의 도덕적 약점까지도
알고 있다. 이 두 가지 이유로 그녀는 이런 남편에게 엄청난 분노와 좌
절, 무력감을 느끼며, 이는 상징폭력에 대한 반응과 연결된다. "상징폭력
의 마술은 . . . 피지배자가 . . . 자신들도 모르게 때로는 자신의 의지와
는 반대로 상징폭력의 지배에 공모하는데 있다. 얼굴 붉힘, 말더듬기, 서
투름, 몸을 떪, 무력한 화냄과 분노처럼 눈에 띌 정도로 그 스스로를 배
반하는 고통스러운 감정들이 바로 그 예인데, 자신의 의사와는 무관하게
. . . 신체가 . . . 사회적 구조들에 내재된 통제와 은밀하게 공모하는 것
이다"(부르디외 1998, 김용숙 & 조경미 역 59).[8] 피지배자는 자신도 모르게
신체적인 반응이나 감정 상태로 상징폭력의 지배를 따르게 된다. 따라

서 그녀는 주위의 기대대로 표면상 그림같이 아름다운 한 쌍의 귀족부부의 모습을 연출하지만, 속으로는 남편의 지배하에 무력한 분노와 살의까지 느끼고 있다.

그렇다면 그웬들런이 남성지배에 기초한 상징폭력의 순환 고리를 끊는 단절의 출발점은 상징폭력을 내면화한 의식의 자의성을 드러내는 것이다. 그녀는 제도와 행위(the act of institution)가 "무로부터, 혹은 양성간의 생물학적 차이나 장자 상속권처럼 사실 이미 있었던 차이를 이용함으로써 차이를 만들어내는 사회적 마술행위"(톰슨, 존 B. 1984, 정일준 역 201-2)임을 깨달은 것이다. 이처럼 그녀가 상징폭력의 마술적 경계선에서 깨어나는 순간, 상징폭력은 무력해지며 더 이상 상징폭력에 공모하지 않는다.

그러나 그녀는 이 상징폭력에 달리 저항할 방법이나 탈출구가 없다. 이런 연유로 그녀는 남편 대신 정신적 지주로서 의지하는 데론다에게 남성지배의 전형이라 할 남편에게 살해 의지마저 느끼는 자신의 심경을 토로하면서 충고를 구한다. 이에 데론다는 이타적 삶과 종교적인 봉사의 삶을 추천한다. 즉 "작은 이기적 욕망들의 만족"(502) 외에 "더 숭고한 종교적 삶"(507)이나 "더 숭고한 삶"(508)에 관심을 가지라고 충고한다. 이 충고는 사보나롤라의 충고처럼 남성의 지배담론으로서 그녀의 살해의지를 죄악시하고 봉사의 삶을 대안으로 제시한다.

3.3 새로운 대안적 공동체의 모색

이렇듯 출구 없는 상황에서 데론다의 충고대로 봉사의 삶을 살려고

---

8. 이러한 경험은 '터득된 무력감(learned helplessness)'(부르디외 1998, 88)을 드러낸다.

노력하던 중에 일어난 남편의 우연한 익사, 즉 "신의 섭리에 의한 죽음"(Christ, 120)으로 불행한 결혼생활에서 해방되자, 그웬들런은 오펜딘의 옛집으로 이사하여 로몰라처럼 어머니와 여동생들과 함께 여성만의 공동체, 즉 일종의 모계사회를 이룬다. 그녀는 다시 재혼하거나 직업을 구하지 않는다. 그녀가 직업을 구하지 않는 것은 당시 그녀가 할 만한 일이 없기 때문이며, 사촌인 렉스(Rex)와 다시 재혼하지 않는 것은 상징폭력에 대한 저항이라 할 수 있다. 그간 그랜코트와의 결혼 생활에서 남성지배의 폭력성, 즉 재혼한다면 또 다시 이 상징폭력에서 벗어날 수 없으리라는 것을 깨달은 학습효과라고 말할 수 있다. 다시 말해 결혼이란 상대방이 바뀔 뿐 남성 지배구조를 재생산하는 제도임을 깨달았던 것이다.

그녀의 새 공동체는 남성지배에 정면 도전한 여성 코뮌이다. 그녀는 이성애 관계에서 벗어나 동성애 가족을 택함으로써, 보다 자유로운 삶의 가능성을 시사한다. 그녀는 어머니와 여동생들에게 이전보다 더욱 따뜻한 태도로 대하며 타인에게도 관심과 "인간의 애정"을 갖게 되었다. 아울러 "더 나아"(879)지고 "태어나서 다른 사람들을 기쁘게 하는 가장 훌륭한 여인"(882)이 되겠노라고 다짐하며 더 큰 세상에도 관심을 갖는다.

하지만 이런 내면적인 변화 외에 그녀에게는 아무것도 남은 것이 없는 듯하다. 남성 성장 소설이 사회와의 재통합으로 끝나는데 비해, 이 소설에서는 여성으로만 이루어진 공동체가 대안으로 제시된다. 이 공동체도 역시 사회와 단절된 인상을 준다. 따라서 이 공동체의 한계는 작가의 말처럼 마지막 "한바탕의 실험"(*Haight, Gordon S., ed. Selections from George Eliot's Letters.* 466, VI. 217)이라는 이 마지막 작품에서조차 희망찬 현실적 대안, 즉 남녀가 함께 어우러진 멋진 유토피아를 상상해볼 수 없었던 작가의 딜레마를 통해서도 암시된다.

그러나 이런 한계에도 불구하고, 이 공동체는 로몰라의 모계사회보다 진일보한 면이 있다. 즉 『로몰라』보다 13년 뒤 쓰인 이 작품에서 그웬들런이 이루는 공동체가 로몰라의 모계사회보다 좀 더 현실적이라는 것이다.

작가는 『애덤 비드』(Adam Bede)나 『미들마치』(Middlemarch) 같은 이전 작품에서 여주인공인 다이너(Dinah)나 도로시아(Dorothea)가 고통을 겪고 각성한 뒤 애덤(Adam)과의 결혼이나 윌(Will)과의 재혼을 해결책으로 제시했다. 하지만 『로몰라』와 『다니엘 데론다』에서는 여주인공의 재혼을 결말로 제시하지 않고 새로운 대안적 공동체를 보여준다. 두 여주인공은 둘 다 결혼제도에 편입됨으로써 상징폭력에 대한 집단적 오인이나 공모를 보여주지만, 결혼생활에서 스스로 체득한 의식고양을 통해 남성지배의 폭력성을 인지하고 거부하는 단계까지 나간다. 즉 상징폭력을 내면화한 상태에서 시작하지만, 남성지배에 기초한 결혼제도에 어떻게 상징폭력이 작용하는지 깨닫고 당대 사회의 결혼제도 자체에 의문을 제기할 뿐 아니라, 우연히 남편의 죽음으로 결혼제도에서 벗어난 뒤 여성만으로 이루어진 새로운 대안적 공동체를 이루는 과정까지 보여준다. 이처럼 작가는 두 여주인공이 다시 결혼제도에 희망을 걸기보다 여성만의 새로운 공동체를 모색하게 함으로써, 초기 작품들과는 달라진 태도를 보여준다.

Ⅳ. 결론

이와 같이 로몰라와 그웬들런의 삶의 여정은 상징폭력에 공모하던 여주인공이 두 번 도망하고 데론다에게 충고를 구해 타개책을 모색하는 등 상징폭력의 마술적 경계선에서 벗어나 각성하고 난 뒤 어떻게 공모를 거부하고 상징폭력의 자의성을 폭로하며, 한 걸음 더 나아가 어떻게 결혼제도를 대신할 공동체를 모색하는지 보여준다. 아울러 남편의 죽음으로 불행한 결혼에서 해방된 두 여주인공이 이루는 새로운 공동체는 사회에서 단절된 비현실적인 여성만의 공동체라는 점에서 한계가 있지만, 남성의 변화를 기대할 수 없는 19세기 사회에서 나름의 자구책 모색이라는 의미가 있다. 다시 말해 분명 한계가 있지만, 당시 이런 공동체를 모색하고 상상한 것 자체를 높이 평가해야 할 것이다. 이상에서 이런 분석은 기존의 사회학적 비평이나 최근의 페미니즘 비평을 넘어 보다 섬세한 분석을 가능케 함을 확인할 수 있었다. 또한 본고에서는 다루지 않았지만, 의식각성 후 여성들이 사용하는 새로운 언어9를 분석해본다면 재미 있는 연구가 될 것으로 기대된다.

---

9. 상징폭력의 가장 효과적인 장치는 지배담론의 언어이며, 이 언어는 남녀에게 다른 상징적 권력관계를 적용함으로써 배제의 원리가 작용한다. 새로운 언어의 발견은 상징폭력에 맞서는 가장 강력한 무기라고 하겠다. 따라서 상징폭력에 대항하는 여성들의 저항담론은 "명명할 수 없는 것을 명명하고 언어 이전의 성향과 말로 표현되지 않는 경험들을 객관화"(부르디외 1997, 217)한다. 상징폭력의 행사에 있어 언어의 역할은, 가장 중요한 것은 남성들의 대화에 여성이 배제되며 남성의 호명으로 여성이 규정되는 것이다. 『데니엘 데론다』에서 여성들이 "시온주의"(Zionism)라는 거대 담론에서 배제되는 것이 그 좋은 예라고 할 수 있다.

인용문헌

Bourdieu, Pierre. *Male Domination*. Trans. Kim, Yong-Sook & Joo, Kyung-Mi. Seoul: Dongmunseon, 1998. Print.

[부르디외, 삐에르. 『남성지배』. 김용숙, 주경미 공역. 서울: 동문선, 1998.]

Bourdieu, Pierre. *Symbolic Violence and Cultural Reproduction*. Trans. Jeong, Il-jun. Seoul: Saemulgyeol, 1997. Print.

[부르디외, 삐에르. 『상징폭력과 문화재생산』. 정일준 역. 서울: 새물결, 1997.]

Cho, Ai-Lee. "Symbolic Violence and Consciousness Raising: *Small Changes*." *The New Studies of English Language & Literature* 33 (2006): 153-168. Print.

[조애리. 「상징폭력과 의식고양: 『작은 변화들』」. 『신영어영문학』 33 (2006): 153-168.]

Christ, Carol. "Aggression and Providential Death in George Eliot's Fiction." Novel V.9 (1976): 130-40. Print.

Cross, J.W., ed. *George Eliot's Life as Related in Her Letters and Journals 3V*. New York: Harper & Brothers, 1985. Print.

David, Deidre. *Fictions of Resoluntion in Three Victorian Novels*. New York: Columbia UP, 1981. Print.

_____. *Intellectual Women and Victorian Patriarchy: Harriet Martineau, Elizabeth Barret Browning, George Eliot*. New York: Cornell UP, 1987. Print.

Eliot, George. *Daniel Deronda*. Harmondsworth: Penguin, 1967. Print.

_____. *Romala*. New York: Groset & Dunlap, 1979. Print.

Haight, Gordon S., ed. *Selections from George Eliot's Letters*. New Haven and London: Yale UP, 1985. Print.

Han, Ae-Kyung. *George Eliot and Women's Question*. Seoul: Dongin, 1998. Print.

[한애경. 『조지 엘리어트와 여성 문제』. 서울: 동인, 1998.]

Hong, Sung-Min. "Comparison of Bourdieu and Foucault's Concept of Power: The New Strategy of Subjectivation." *Culture and Power*. Ed. Hyeon, Taek-su. Seoul: Nanam,

2002. 185-264. Print.

[홍성민. 「부르디외와 푸코의 권력개념 비교: 새로운 주체화의 전략」. 『문화와
권력』. 현택수 편. 서울: 나남, 2002. 185-264.]

Hyeon, Taek-Su. "Habitus and Social Critical Theory of Symbolic Violence." *Culture
and Power.* Ed. Hyeon, Taek-su. Seoul: Nanam, 2002. 19-48. Print.

[현택수. 「아비튀스와 상징폭력의 사회비판 이론」. 『문화와 권력』. 현택수 편.
서울: 나남, 2002. 19-48.]

Lee, Sang-ho. "Symbolic Power and Reproduction of the Social Order: Bourdieu's
Class Theory." *Culture and Power.* Ed. Hyeon, Taek-su. Seoul: Nanam, 2002.
163-184. Print.

[이상호. 「사회질서의 재생산과 상징권력: 부르디외의 계급이론」. 『문화와 권력』.
현택수 편. 서울: 나남, 2002. 163-184.]

Martin, Bill & Szelenyi, Ivan. "Beyond Cultural Capital: Toward a Theory of Symbolic
Domination." *Pierre Bourdieu* V1 Ed. Robbins, Derek. London · Thousand
Oaks · New Delhi: Sage Publications, 2000. 278 - 301. Print.

Neufeldt, Victor A. "The Madonna and the Gypsy." *Studies in the Novel* 15 (1983):
44-54. Print.

Showalter, Elaine. *A Literature of Their Own: British Women Novelists from Brontë
to Lessing.* New Jersey: Princeton UP, 1977. Print.

Swartz, David. "Pierre Bourdieu: The Cultural Transmission of Social Inequality."
Harvard Educational Review 47(4) (1977): 545-555. Print.

_____. *Culture and Power: The Sociology of Pierre Bourdieu.* Chicago & London:
The U of Chicago P, 1997. Print.

Thompson, John B. "Symbolic Violence: Language and Power in the Writings of
Pierre Bourdieu." *Symbolic Violence and Cultural Reproduction.* 1984. Trans.
Jeong, Il-jun. Seoul: Saemulgyeol, 1997. 43-102. Print.

[톰슨, 존 B. 「상징폭력: 삐에르 부르디외의 저작에서 언어와 권력의 문제」. 『상
징폭력과 문화재생산』. 정일준 역. 서울: 새물결, 1997. 43-102.]

『자메이카 여인숙』과 "통과제의"

I

대프니 듀 모리에(Daphne du Maurier, 1907-1989)는 우리나라에서 뮤지컬 『레베카』(*Rebecca*, 1938)로 유명한 20세기 영국 작가이다. 그녀는 처녀작 『사랑하는 영혼』(*The Loving Spirit*, 1931) 이후 『자메이카 여인숙』(*Jamaica Inn*, 1936) 등의 소설을 비롯하여 전기와 여행기, 연극 등 많은 작품을 발표했다. 전쟁이나 마르크스주의, 심리, 예술, '의식의 흐름' 수법 등이 유행하던 시대에 사실적인 그녀의 작품은 1950년대까지 구식 소설로 평가되었지만, 오늘날에는 모리에는 풍부한 상상력과 '탁월한 재능을 지닌 이야기꾼'이나 '서스펜스의 여왕'으로 평가받고 있다.[1] 그녀의 소설은 대

---

1. 이외에도 모리에는 전기 5권과 여행기 13권, 단편소설집 4권, 자서전 1권, 연극 세 편(「레

부분 영화화되었는데, 그 중에서 앨프레드 히치콕(Alfred Hitchcock) 감독이 연출한 〈레베카〉(Rebecca, 1940)와 〈자메이카 여인숙〉(1938), 〈새〉(The Birds, 1963), 그리고 니컬러스 뢰그(Nicolas Roeg, 1928-) 감독의 〈지금 쳐다보지 마〉(Don't Look Now, 1973) 등은 지금까지도 널리 회자되고 있다. 이처럼 그녀는 많은 고딕 로맨스와 추리소설, 영화와 뮤지컬, 연극으로 살아생전뿐 아니라 지금까지도 큰 인기를 누리고 있다.

이렇게 그녀의 작품들이 전 세계적으로 유명하지만, 우리나라에서는 『레베카』에 대한 극소수 논문 외에 『자메이카 여인숙』에 대한 논문은 거의 없는 실정이다. 서구 영문학계에서도 그녀는 지난 몇 십 년간 도서관의 대출도서 목록에서 높은 순위를 차지하는 등 과거뿐 아니라 현재까지도 엄청난 인기를 누리고 있지만, 그러한 인기에 비해 전문적인 연구는 거의 없는 실정이다. 그러므로 그녀의 두 번째 작품이자 19세기 초 영국 콘월 해안 근처의 거친 보드민 무어(Bodmin Moor)를 배경으로 한 우울한 고딕 모험소설 『자메이카 여인숙』에 대해서는 고딕 로맨스나 스릴러, 난파선 약탈을 시대와 관련시킨 '켈트주의'(Celticism) 연구, 종교와 자연, 기독교와 이도교의 갈등을 그린 종교 문제 연구 등 다각도의 접근이 가능하지만, '통과제의'라는 틀에서 접근하면 매우 의미 있는 작업이 될 것으로 보인다.

본격적인 분석에 앞서 '통과제의'(the rites of passage)에 대해 잠시 살

베기」, 「그 시이 몇 년」(The Years Between), 「9월의 조류」(September Tide) 등 많은 글을 남겼다. 마거릿 포스터의 지적처럼, 듀 모리에의 작품은 드물게도 대중소설과 정통 고전 문학의 기준을 동시에 만족시켜 대중문학과 예술의 경계선상에 있다고 칭찬받고 있다. 이러한 공로로 듀 모리에는 1969년 여성에게 수여되는 데임 기사 작위를 받았고, 이로써 아버지와 남편과 더불어 기사 작위를 받았다. 이상원, 579.

펴보자. 인류학자인 아놀드 반 겐넵(Anold Van Gennep, 1873-1957)은 자신의 저서인 『통과제의』(*Les rites de passage, Rite of passage*)에서 '통과제의'라는 개념을 창시하고 개인의 인생 고비에 따라 분리(separation)와 중간단계(transition), 통합단계(incorporation)로 구분하였다. 그는 자신의 저서에서 큰 사회는 서로 다른 그룹으로 나뉘고 이 모든 그룹은 훨씬 더 작은 하위 그룹으로 쪼개지는데, 임신, 출산, 입사식(initiation), 약혼, 결혼, 장례처럼 어떤 그룹에서 다른 그룹으로 이동하는 것은 마치 이 방에서 저 방으로 옮기는 것과 유사하다고 설명하였다. 이처럼 인간의 삶에서 가장 중요하고 보편적인 것은 출생, 성장, 결혼, 죽음 등의 생물학적 단계와 결부되어 있으며, 이러한 의례를 '통과제의'라고 불렀다(Van Gennep I장: 반 겐넵 27-44).[2] 또한 상상력 연구에 있어 최고 권위를 자랑하는 프랑스 그르노블 학파인 시몬느 비에른느(Simone Vierne)는 통과제의가 "존재론적 위치의 변화"라는 공통 목표를 달성하는 것으로 정의하면서 "인간 영혼의 보편적 · 항구적 성향인 "새로운 사람으로 거듭 나고 싶은 욕구"를 나타내는 것으로 간주하였다(208).

이 통과제의는 보통 3단계로 나뉜다. 가령 반 겐넵은 이 통과제의를 일찍이 분리의례(rite of separation)와 전이의례(transition rite, liminality), 그리고 통합(incorporation) 의례의 세 단계로 나누었다(비에른느 206). 이 통과제의는 라틴어로 '시작'을 의미(비에른느 11)하며, "청년을 유년단계에서 성년단계로 이행시키는 성인식은 . . . 가장 오래된 통과제의이자 가장

---

2. 이외에도 통과제의는 "사춘기나 결혼처럼 개인의 지위가 바뀔 때 몇몇 문화에서 수행되는 의식"(https://www.collinsdictionary.com/)이나 "출생, 성년, 결혼, 사망 따위와 같이 사람의 일생동안 새로운 상태로 넘어갈 때 겪어야할 의식을 통틀어 이르는 말"(http://krdic.naver.com/)로 정의된다.

널리 유포된 통과제의"(비에른느 13)라고 한다. 다시 말해 한 상황에서 다른 상황으로, 또는 특정의 사회적·우주적 세계에서 다른 세계로 나가는 통과에 수반되는 모든 의식의 유형(젠넵 40)을 의미한다는 것이다. 또한 비에른느는 모든 통과제의를 1) 통과제의 준비와 2) 통과제의적 죽음(시련과 죽음), 3) 새로운 탄생(또는 재탄생)의 세 단계로 나누었다(20).[3] 그는 통과제의적 죽음(진입의식도 안으로의 여행)(비에른느 79)이라는 통과제의적 도식을 처음으로 구축하였다. 따라서 이 둘을 합치면 1) 통과제의 준비(분리), 2) 통과제의적 죽음(시련과 죽음, 전이), 3) 새로운 탄생(또는 재탄생, 통합)으로 나뉠 수 있을 것이다.

이런 통과제의의 주인공은 대부분 남성이다. 여러 가지 사건과 고난, 시련을 겪으면서 정신적·육체적으로 어른으로 성장하여 일과 사랑을 얻게 되는 남성에 비해, 여성은 대부분 이렇다할만한 성취를 이루지 못하고 주어진 환경에서 좌절하거나 결혼으로 마무리됨으로써 반쪽짜리 성취에 그치는 경우가 많았다.

그러나 이 소설의 여주인공인 메리 옐런(Mary Yellan)은 20세기 초 대다수 다른 여성들과는 달리 매우 씩씩하고 독립적인 여성이다. 듀모리에의 자서전을 쓴 마가렛 포스터(Margaret Forster)의 지적처럼, 모리에는 "불평등한 남녀관계"와 "야수 같은 남성과 이 남성에게 희생되는 여성"의 역할을 탐구했기 때문이다(120-21). 또한 작가는 이 작품에서 점점 복잡해진 후기 작품들보다 섹슈얼리티와 젠더의 문제를 더 직접적으로 다루

---

3. 또한 통과제의의 기본 구조는 ① 예비과정 ② 시작 ③ 본격적 관문 통과기 ④ 최대관문 통과 ⑤ 완수로 나뉘기도 한다. 이러한 통과제의 과정에 대해 반 겐넵의 『통과의례』와 한용환의 『소설학 사전』, 336-37 참조.

는 한편, 가부장적 지배 하에서 메리가 발견한 모든 인간혐오적인 폭력을 그려냈다(Duncan 13).

그런데 메리를 서사적 영웅 이야기의 주인공으로 본다면 그녀의 모험이 영웅 서사와 정확히 일치하지는 않는다. 가령 자신의 진정한 자아를 찾으면서 국가도 구하는 목숨을 건 용과의 싸움 같은 것은 없기 때문이다. 그러나 메리는 영웅의 모험에서 주변인이나 모험을 방해하는 인물이 아니라 주인공으로 등장한다. 따라서 메리의 모험을 "현실에서 부족함을 느끼고 보통의 현실에서 벗어나 새로운 경험을 하고 완전히 다른 자아가 되어 다시 현실의 세계로 돌아오는 원형적 구조"(Campbell 123)나 주인공이 시련을 계속 극복하면서 성장하는 통과제의로 본다면, 메리를 영웅 이야기의 주인공으로 보는 접근이 가능할 것이다. 그러므로 이 논문에서는 메리의 모험을 주로 비에른느의 통과제의의 3단계에 입각하여 본격적으로 분석해보고자 한다. 이러한 분석은 20세기 초 대다수 여성에 비해 독보적인 그녀의 통과제의가 남성 주인공의 통과제의와는 어떻게 다른지 그 차별성을 살펴보는 매우 새롭고도 참신한 분석이 될 것이다. 아울러 이 연구를 계기로 듀모리에에 대한 연구가 더욱 활성화되기를 기대하는 바이다.

II

2.1 통과제의 준비 (분리)

앞에서 살펴본 비에른느의 1단계, 즉 통과제의적 죽음의 준비라는 기준에 따르면, 이 작품에서 23세인 메리의 통과제의 준비는 비교적 간단히 어머니의 죽음으로 시작된다. 그녀는 돌아가신 어머니의 유언에 따라 "헬포드(Helford) 낙원"(Heeley 155)을 떠나 유일한 혈육인 페이션스(Patience) 이모와 함께 살기 위해 보드민(Bodmin) 황야 한가운데 위치한 자메이카 여인숙(Jamaica Inn)으로 떠나야 한다. 작가 자신처럼 그녀는 남자로 태어났어야 했다[4]는 동네사람들 말처럼, 어머니의 오랜 투병 생활과 사망의 충격을 의연하게 버렸으며, 어머니의 사후 결혼하지 않고 "모건(Mawgan)이나 그위크(Gweek) 근처에서 조그만 농장"[5]을 하면서 독립적으로 살려던 여성이다. 이런 연유로 그녀는 다른 여성들을 "갈대와 같이 나약한 존재"(155)로 간주하면서 "왜 여자들은 그렇게 바보 같을까? 왜 그렇게 근시안적이고 현명하지 못한 걸까?"(69)라고 생각한다.

이제 그녀는 "과거의 삶"(17)에서 벗어나 자메이카 여인숙으로 떠나려한다. 여기서 자메이카 여인숙은 통과제의를 겪는 "범속한 공간 밖의 신성한 장소"(비에른느 26)이자 가족이나 주변인과 격리된 밀폐된 공간이 된다. "격리의식과 함께 . . . 본격적인 통과제의가 시작된다. 순수한 의미의 통과제의는 이후로 신참자가 자신의 옛 조건을 벗어버리고 다르게 태어나기 위해 죽는 과정을 포함한다"(비에른느 27). "범속한 공간 밖의 신성한 장소와 정화는 미래의 입문자에게 속(俗)의 세계(이는 어머니의 세계나 신도의 개인적 과거일 수 있다)와의 단절"을 의미하며 이러한 단절은 억지로 뿌리를 뽑히는 고통을 동반한다(비에른느 26).

---

4. 작가는 아들을 원하던 아버지 때문에 자신은 내면은 남자라고 생각하여 거의 남장을 했다고 한다(Cavendish 61).

5. Daphne Du Maurier, *Jamaica Inn*. London: Virago Press, 2003. 이제부터 나오는 본문의 인용은 이 판에 의거하여 면수만 표기하기로 한다. 51면.

그런데 씩씩한 과부 농부였던 엄마와는 달리, 페이션스 이모는 가부장적 알코올 중독자인 남편의 억압 하에 정신적·육체적으로 너무나 위축되어 있다. 이 두 자매의 대조적 삶은 헬포드와 보드민의 판이한 배경에도 암시된다. 헬포드가 아름다운 시골로서 기독교적 가치와 사고방식이 지배하는 건강하고 충만한 장소라면, 보드민 무어(Bodmin Moor)는 원시적이며 이교도적 과거를 대표하는 황량한 장소6라고 할 수 있다. 가령 사정없이 몰아치는 비바람 속에 "독불장군처럼 당당하게 버티고"(14) 있는 음산한 자메이카 여인숙은 마부가 황급히 내려주고 도망칠 만큼 사람들이 기피하는 곳이다.7

2.2 통과제의적 죽음 (시련과 죽음, 전이)

(1) 시련

자신을 보호하는 피난처가 되어줄 것이라 기대했던 자메이카 여인숙은 "지옥으로부터 나타난 집"(Dunant 151)인 듯 메리의 기대와는 전혀 다른 곳이었다. 그러므로 19세기 여성에게 주어진 사회적 굴레에 제약받지 않고 독립적으로 살려던 그녀의 계획은 무너진다. 그녀는 이 여인숙에서 1) 조스 멀린(Joss Merlyn) 이모부의 거칠고 폭력적인 지배와 억압, 그리고 2) 밀수와 살인, 난파선 약탈 등 이모부의 범죄 행위 등 온갖 시련과 죽

---

6. 힐리(Heeley)는 보드민 무어가 황무지라는 장엄한 풍경과 세상에 대한 새로운 켈트족의 (Celtic) 관점을 나타낸다고 지적한다(153).

7. 자메이카 여인숙은 1750년 이래 영국 남서부인 콘월 지방의 보드민과 론서스턴을 잇는 국도 변에서 여행객들의 쉼터 노릇을 하고 있다. 이곳은 이 소설의 발표 당시에도 메리 엘런의 시대인 1800년대 초와 마찬가지로 황량하고 음산한 장소였다. 보드민 황무지는 기이한 영적 아름다움을 지녔다고 한다(Heeley 154).

음을 겪게 된다. 첫째, 가부장적인 이모부의 언어적 · 신체적 · 성적 폭력에 이모나 메리는 반항하지 못한다. 우선 커다란 푸른 눈과 곱슬곱슬한 앞머리 등 "요정처럼 예쁘고"(7) 잘 웃던 이모는 가부장적이며 폭력적인 "짐승이자 술주정뱅이"(Battista 323) 남편 밑에서 자신의 의사조차 제대로 표현하지 못할 정도로 위축되어 원래 나이보다 스무 살이나 더 들어 보일 만큼 늙고 초라해졌다. 게다가 남편으로부터 도망도 못한다. 이러한 이모의 처지는 "쥐덫에 갇혀 도망도 못가는 쥐"(22)나 "그물에 걸린 새"(27)에 비유된다. 그녀는 "주인의 그림자 밑에서 느릿느릿 걷는 유령"(155)이나 "계속적인 학대에 길들어 순종이 몸에 밴 . . . 낑낑거리는 개"(19)처럼 남편에게 아양을 떨며 반항도 못한다. 이런 연유로 이모는 남편과 있을 때면 "바보 같이 멍한 시선에 . . . 긴장되고 불안한 표정"(41)을 짓는다.

이러한 이모부의 억압적이며 고압적인 태도는 조카인 메리에게도 전이된다. 메리가 이 여인숙에 오기 전 이모부는 그녀가 자기 집에 얹혀사는 동거의 전제조건으로 침묵과 순종을 요구했다. 가령 그는 메리가 온 첫 날부터 "자신이 이 집 주인이니 . . . 시키는 대로 하라"(22)고 명령하며, 조용히 하지 않으면 "혼내"(22)고 "뼈를 박살"(26)내겠다고 위협한다.

메리는 고개를 저으며 말했다. "저는 악마만 보았어요. 저기서 고통만 봤다고요. 잔인함과 고통이 저기 있었어요. 이모부가 자메이카 여인숙에 오자, 그의 그림자로 선한 것을 다 가려서 선한 게 다 사라졌지요."

Mary shook her head. 'I've only seen the evil,' she said; 'I've only seen the suffering there's been, and the cruelty, and the pain. When my uncle came to Jamaica Inn he must have cast his shadow over the good things, and they died.'8

그녀는 이처럼 이모부 때문에 선한 것이 다 사라진 이 여인숙으로의 여정을 마치 "어둠으로의 여행"(Dunant vii) 같다고 느낀다. 그러나 메리는 이모와 함께 이 집에서 탈출해야 하기 때문에 반항하지 않는다.

한편 이모부는 엄청나게 힘세고 자주 과음하며 폭력적인 괴물 같은 존재로 묘사된다. 그의 외모와 성격, 취중 발언이나 집안 배경 등을 통해 그의 거대한 신체나 과장된 남성적 힘이 암시된다. 일례로 그의 외모는 "밤에 거니는 야수"(135)나 "거대한 고릴라," "비쩍 마른 배고픈 늑대 같은 인상"(16) 등 주로 야만성이나 동물과 연관되어 묘사된다. 아우얼바하(Auerbach *Daphne du Maurier*)에 의하면, 그는 "남성의 폭력을 나타내는 거대한 . . . 동물적 커리커처"(117)이다. 아래 인용문에 야만적 성격에 원시적이며 동물적인 그의 힘, 그리고 이성의 부족을 암시하는 2미터가 넘는 거구에 비해 듬직한 어깨에 파묻힌 작은 머리가 묘사된다.

이모부는 키가 2미터가 넘는 거한이었다. 잔뜩 찌푸린 검은 눈썹 아래 드러난 그의 얼굴은 집시처럼 거무튀튀했다. 숱 많은 검은 앞머리는 더 부룩하게 눈을 가리고 내려와 귀까지 늘어져 있었다. 딱 벌어진 억센 어깨, 거의 무릎까지 닿은 긴 팔, 무지하게 큰 주먹 . . . 정말이지 그는 말처럼 힘세 보였다. 이렇게 거구이다 보니 상대적으로 빈약해 보이는 머리통은 듬직한 어깨 사이에 파묻혀 있는 것 같았다. 게다가 눈썹이

---

8. 대프니 듀 모리에/한애경 & 이봉지 역. 『자메이카 여인숙』. 서울: 현대문학, 2014. 앞으로 나오는 작품 번역은 이 번역본에 의거하여 면수만 표기하기로 한다(248).

검고 머리칼은 엉망으로 엉클어지고 자세는 구부정했기 때문에 언뜻 보
아 한 마리 거대한 고릴라 같았다.

He was a great husk of a man, nearly seven feet high, with a creased
black brow and a skin the colour of a gypsy. His thick dark hair fell
over his eyes in a fringe and hung about his ears. He looked as if he
had the strength of a horse, with immense powerful shoulders, long
arms that reached almost to his knees, and large fists like hams. His
frame was so big that in a sense his head was dwarfed, and sunk
between his shoulders, giving that half-stooping impression of a giant
gorilla, with his black eyebrows and his mat of hair. (16)

따라서 첫날부터 이모부의 명령으로 여인숙의 바에서 일하게 된 메
리는 늘 잔인한 이모부에게 성폭행을 당할 위험에 처해 있다. 일례로 마
음만 먹었으면 첫 주에 "널 소유할 수 있었다"(197)는 이모부의 협박이
바로 이것이다. 이런 연유로 아우얼바하는 조스의 지배 하에 떨면서 복
종하는 페이션스 이모처럼 메리도 변할지 모르기 때문에, 이모의 두려움
이 조스의 강간보다 두렵다(Auerbach *Daphne du Maurier* 133)고 지적하였
다. 이외에 그녀는 "방랑자, 부랑자, 밀렵꾼, 도둑 혹은 가축 도둑들"(43)
로 이루어진 조스의 부하들에게 강간당할 위험에 처해 있지만, 부하들은
그녀를 "술집 주인의 조카이자 안주인을 도와주러 온 하녀"(44) 정도로
여기기 때문에 건드리지는 않는다. 또한 조스 이모부의 아버지가 교수
형을 당했다는 집안배경도 폭력적이다. 따라서 메리는 이런 거칠고 위
험한 이모부와 그의 부하가 끔찍이 싫지만, 이모와 함께 이 우울한 집에

무력하게 갇혀 무조건적 순종과 침묵을 강요당하고 있다.

둘째로, 그녀는 이모부가 단순한 밀수꾼이 아니라 선박을 유인해 일부러 파선시킨 뒤 선객들을 잔인하게 죽이는 난파선 약탈[9]의 두목이며, 자메이카 여인숙이 그저 여행객들이 묵는 여인숙이 아니라 밀수의 본거지라는 사실을 파악하게 된다. 게다가 조스 일당이 말 안 듣는 동료를 살해하는 장면까지 우연히 목격하게 된다. 이에 메리는 이웃 마을 앨터넌(Altarnun)의 프랜시스 데비(Francis Davey) 목사에게 밀수와 난파선 약탈, 살인 등 자메이카 여인숙의 모든 비밀과 이모부의 범죄와 악행을 폭로한 뒤 이모부를 "법의 손에 넘겨"(62) 합당한 처벌을 받게 한 뒤 이모와 떠날 계획이다. 그녀는 속박의 상징인 이 여인숙에서 당장 도망치고 싶지만, 도움은커녕 "어린애처럼 보살펴야"(222) 할 이모까지 딸려 있기 때문에 기회를 엿보면서 당분간 이 여인숙에 머물러야 한다.

그러므로 통과제의의 본격적 관문 통과기는 메리가 자메이카 여인숙에서 겪는 온갖 시련에도 불구하고, 프랜시스 데비 목사에게 이모부를 고발하러 가는 시점이라 할 것이다. 그녀는 17년 동안 온갖 시련을 이겨낸 어머니라면 어떤 결정을 내렸을까 생각한 뒤 혼자 적과 대적했을 거라는 결론을 내린다. 그녀는 이처럼 어머니를 멘토 삼아 이모부와 싸우기로 결심한 뒤 생명의 위험을 무릅쓰고 황무지를 지나 이모부를 고발하러 간다. 그런데 이렇게 잔인하고 무시무시한 이모부의 언어적·신체적·성적 폭력의 위협에 시달리는 와중에 이모부를 법정에 세울 방안을

---

9. 이 난파선 약탈은 1820년대 영국 현실과 관련하여 복잡한 사회·경제적 의미를 갖는다. 밀수를 이해하기 위해 소설의 문화적 배경을 알아야 하는데, 밀수는 콘월처럼 고립된 지역에서는 돈이 없어 살기 위한 생존방법이었다고 한다(Armstrong 26).

강구했다는 것은 이모부 집에 얹혀사는 조카라는 처지에서 하기 힘든 생각이다. 그녀의 이런 도전적인 면모는 타고난 기개 덕분이다. 이러한 연유로 이모부는 "기개와 용기"(211), 분별과 담력이 있어 남자로 태어났더라면 "좋은 동료가 되었을"(128) 메리에게 거리를 두면서도 좋아한다. 이런 사실은 자신이 조금만 젊었더라면 메리와 "영원히 행복하게"(211) 살았을 거라는 그의 말에서도 입증되는 바이다.

(2) 죽음(최대 관문)

비에른느에 따르면, '죽음의 영역으로 들어간다는 것은 엄숙하고도 돌이킬 수 없는 행위이기 때문에 대부분 극적인 형태를 지닌다. 현저한 두 가지 특징은 1) 진짜 혹은 가짜 혼절, 2) 이성적 판단이나 일상 체험상 불가능해 보이는 관문을 통과해야 한다(28). 즉 "새로운 존재 양태에 접근하려면 우선 죽어야 한다"(비에른느, 64). 이런 관점에서 볼 때, 그녀는 일차적으로 자신이 이모부 일당을 법의 심판대로 보내는 전사라는 사실을 용감하게 받아들여야 한다. 다시 말해 그녀는 혼자서 이모부 및 그 일당과 싸워야 한다. 보통 통과의례에서는 선악간의 대결, 가령 사악한 존재를 대변하는 용과의 싸움이 최대 관문인데, 이 소설에서는 용 대신 이모부와 목숨을 걸고 싸워야 한다.

그러나 이 대결은 녹록지 않은 과업이다. 이모부 집에 더부살이하는 연약한 그녀는 "페티코트와 숄만 두르고 . . . 그녀보다 두 배나 나이 많고 여덟 배나 힘센"(52) 이모부와 무기 없이 오로지 머리로 대적해야 하기 때문이다.

1) 혼절: 죽음의 영역에 들어가기 위해 메리는 [진짜 또는 가짜로] 혼절해야 한다. 우선 이모부의 선박 약탈이 다시 일어나자 그녀는 이모부의 도피를 막고자 이제껏 저지른 이모부의 범죄행위를 고발하러 용감하게 데비 목사를 찾아가는 것으로 그녀의 영웅적 탐색이 시작되지만, 그의 부재로 다시 남작의 집으로 곧장 떠난다. 이윽고 남작의 집에 도착한 그녀는 남작이 50여명의 수하 부하를 데리고 이모부 일당을 일망타진하러 벌써 떠났다는 사실을 알고, 숨 돌릴 새도 없이 다시 이모부 집으로 되돌아가지만 누군가에게 살해된 이모 부부의 시체를 보고 실신한다. 그녀는 이 자메이카 여인숙에서 목사관으로 옮겨져 이틀간 내리 잔 뒤,[10] 이모부가 아니라 목사가 바로 조스 이모부의 밀수와 약탈을 숨어서 조종한 실제 두목이자 모든 약탈의 주범임을 깨닫게 된다. 아이러니하게도 최후의 보루로 믿고 의지하던 목사가 난파선 약탈을 주도한 괴수였던 것이다. 믿음직한 목소리에 곤경에 처하면 언제든지 자신을 부르라고 당부하고, 그 지역사회의 법과 질서를 유지하기 위해 "국왕 폐하의 정부"(170) 계획을 논의하는 론서스턴(Launceston) 회의에 참석하던 목사가 실은 괴수 중의 괴수로 밝혀진 것이다.

따라서 이제 그녀가 무찔러야 할 적이 이모부에서 목사로 바뀐다. 게다가 메리의 대결을 더욱 복잡하게 만드는 것은 목사의 모호한 정체이다. 이모부가 저지른 모든 약탈의 실질적 주동자로서 목사는 분명 악한 존재이지만, 그럼에도 불구하고 그는 악의 축이라고 섣불리 단정할수 없는 모호한 인물이다. 목사는 절대 선도, 절대 악도 아닌 존재, 즉

---

10. 메리가 남자라면 법정 증언을 부탁받고 심문이 끝나면 자유롭게 아무데나 떠나겠지만, 연약한 여자라는 이유로 론서스턴 "사건 현장에서 급히 격리"(258)되었다.

기독교와 이교도가 혼재된 존재로 묘사된다. 구체적으로 데비 목사는 선천적 색소 결핍증(albino) 때문에 흰 피부와 흰 눈동자, 20세인지 60세인지 가늠하기 힘든 외모에 흰 머리를 지니고 있는데, 이 남다른 기이한 외모는 그의 신비하고도 복잡한 특징을 암시한다.

그는 인간의 그림자에 불과했다. 그와 함께 있지 않은 지금 생각해보니 그에게는 실체감이 없었다. 지금 그녀 옆에 있는 젬이 내뿜는 것과 같은 남성적 공격성이 없었다. 그에게는 피와 살이 없었다. 그저 하얀 눈 두 개, 그리고 어둠 속에서 울리는 목소리에 불과했다.

He was a shadow of a man, and now she was not with him he lacked substance. He had not the male aggression of Jem beside her, he was without flesh and blood. He was no more than two white eyes and a voice in the darkness. (144)

이처럼 그는 "이 세상에 속하지 않은 유령"(94) 같은 외모를 지니고 있다. 이런 맥락에서 그가 유령 같은 외모와 무성욕을 나타내는 중립성(neutrality) 밑에 황야처럼 젠더 간 경계를 흐리게 하는 복잡한 인물이라는 지적(Duncan 22)은 적합하다. 그러므로 그는 활기나 실체가 없는 인물로 보인다(Heeley 162).

문제는 이 기독교 목사가 용처럼 사악한 존재라기보다 매우 이교도적인 존재로 묘사되고 있나는 점이나. 그의 발언이나 성도를 비웃는 불경한 그의 그림에 이런 이교도적 면모가 확연히 드러난다. 그는 기독교가 "인간이 만들어낸 문명의 결과"(277)인 "증오와 질투, 탐욕 위에"(277)

세워진 반면, "야만적인 고대 이교도는 솔직하고 *깨끗*"(277)하다면서 자신은 태고의 신들과 "태초의 영웅이 있던 과거"(274) 속에 사는 이상한 "자연의 변종"(274)이자 "자연에서 태어난 괴물"(277)이라고 한다. 기독교는 동화 같은 이야기에 그리스도는 "사람들이 만들어낸 허수아비, 꼭두각시"(274)이며, "양처럼 교회 좌석에 가만히 앉아 . . . 입을 헤벌리고 영혼이 잠든"(280) 성도와 "네 개의 석벽과 그들[성도들] 머리 위에 있는 지붕에 불과"(280)한 교회 및 "기독교 교리에 구역질"이 났다고 언급한다. 한마디로 그의 성도가 그의 설교를 듣는 내내 그는 다른 이교도 신들의 목소리를 듣고 있었던 것이다(Heeley 165).

성도를 조롱하는 그의 그림도 마찬가지다. 그는 "동물 같은 인물은 아니지만, 도처에서 동물을"(Auerbach 233) 보는 괴물로서 그의 행동이나 존재보다 그가 보는 대상이 문제라는 것이다.

그것은 그저 단순한 그림이 아니었다. 끔찍할 만큼 기이한 풍자만화였다. 모인 성도들은 주일에 입는 최고급 옷에 모자와 숄을 둘렀다. 그런데 그들의 어깨 위에는 사람 얼굴 대신 양의 얼굴이 그려져 있었다. 양이 엄숙하지만 어리석고도 멍청하게 바보처럼 입을 헤벌리고 설교자를 바라보았으며, 기도하려고 발굽을 구부렸다. 양들의 모습은 마치 사람처럼 세심하게 그려져 있었다. 그러나 양들의 표정은 한결같았다. 아무것도 모르거나 무심한 바보 같은 표정이었다. 설교자는 검은 목사복을 입고 머리카락을 후광처럼 두른 프랜시스 데비 목사였다. 하지만 목사는 늑대의 얼굴을 하고, 그 늑대는 설교단 아래 양 떼를 비웃고 있었다.

이는 성도를 비웃는 아주 불경한 행동이었다. 메리는 그 그림을 재빨리 . . . 넣었다.

This was not a drawing at all, but a caricature, grotesque as it was
horrible. The people of the congregation were bonneted and shawled,
and in their best clothes as for Sunday, but he had drawn sheep's head
upon their shoulders instead if human faces. The animal jaws gaped
foolishly at the preacher, with silly vacant solemnity, and their hoofs were
folded in preyer. The features of each sheep had been touched upon
with care, as though representing a living soul, but the expression on
every one of them was the same—that of an idiot who neither knew nor
cared. The preacher, with his black gown and halo of hair, was Francis
Devey; but he had given himself a wolf's face, and the wolf was laughing
at the flock beneath him.

The thing was a mockery, blasphemous and terrible. Mary covered it
quickly . . . (261-62)

이러한 묘사를 통해 기독교 목사라는 신분은 그의 이교도적 관심을
가리는 가면일 뿐(Heeley 164), 그는 목사라기보다 자연과 소통하는 이도
교적인 존재로 보인다. 이런 맥락에서 그의 그림은 기독교와 이교도 사
이에서 겪은 작가의 종교적 갈등을 반영하며, 목사의 성격에서 남성과
여성, 사이코 패스와 타자, 친구와 적, 배반자와 친구, 구원자와 살인자
간의 경계가 불분명하다는 지적(Duncan 23)은 타당해 보인다.

2) 관문 통과: 데비 목사에게 조스 일당의 범죄를 고발하러 갔던 메
리는 도리어 목사의 인질로 잡혀 이 이상한 목사와 함께 노스힐(North
Hill)의 바셋(Basset) 남작이자 치안판사에게 쫓기는 신세가 된다. 폭력과

위험, 무법천지인 남성의 손에 죽을 뻔한 그녀의 위기는 통과제의적 죽음으로 볼 수 있다. 왜냐하면 "순수한 의미의 통과제의는 이후로 신참자가 자신의 옛 조건을 벗어버리고 다르게 태어나기 위해 죽는 과정"(비에른느 27)을 포함하기 때문이다. 새로운 자아로 태어나기 위해 예전 메리는 거의 죽었다고 할 수 있다. 이제 기사 대 용과의 투쟁에 해당하는 이 대결에서 메리 대 목사 대신 젬(Jem)을 포함한 남작 일당이 목사와 싸우게 된다. 이 대결이 바로 '죽음'과도 같은 시련인 바, 영국 정부를 대변하는 남작 일행과 목사와의 쫓고 쫓기는 추격전은 거의 '죽음'에 버금가는 최대 관문이 된다.

그런데 이 대결은 메리와 함께 쫓기던 목사가 젬이 쏜 총에 맞아 죽는 것으로 끝난다. 메리로부터 4-5km 떨어진 곳에서 젬이 쏜 두 번째 총탄에 맞은 목사가 비행하려던 새처럼 팔을 갑자기 축 늘어뜨린 채 절벽에서 추락한 것이다. 그러므로 메리가 직접 목사를 죽인 것은 아니지만, 이 모든 추격과 처벌이 메리의 고발로 촉발된 것이기에 이 승리에 메리의 공이 지대하다고 할 것이다. 즉 메리와 남작의 합동 작전으로 이모부와 그 일당, 그리고 데비 목사까지 일망타진함으로써 이 일은 남작의 전설이자 모험담이 되며 이 모험담의 일등공신은 누가 뭐래도 메리다. 이로써 메리는 통과제의의 최대 관문을 통과한다.

원래 씩씩한 그녀는 자메이카 여인숙에서 시련과 죽음에 버금가는 고통을 겪지만 이모부와 목사의 범죄 행위를 해결하고 결국 정의를 실현함으로써 더욱 단단한 여성이 되었다. 아울러 이모부와 목사의 죽음, 즉 하수인과 두목이 다 죽어 더 이상 난파선 약탈은 없을 것이다. 이제 영국 정부가 나서서 콘월 연안의 밀수를 통제함으로써 켈트의 무정부

시대가 끝날 것이다. "국왕 폐하의 정부"(170)에서 다음 해 해안 순찰을 시작하고, 조명탄 대신 보초들이 지킬 것이며, 영국 전역에 방어벽이 설치되어 선박을 파선으로 유도하는 가짜 불빛이 사라질 것이다.

난파선 약탈자가 날뛰던 시절은 끝났다. 이모부와 그 일당은 새로운 법률에 의해 처벌될 것이다. 20~30년 전에 날뛰던 해적처럼 온 나라에서 완전히 사라져 없어질 것이다. 더 이상 기억되지 않을 것이다. . . . 이제 아무 두려움 없이 영국행 선박들이 항구에 들어온다. 조수가 밀려와도 약탈은 전혀 없다. . . . 새로운 시대가 열릴 것이다. 그때는 남녀가 아무 두려움 없이 여행하고 대지는 그들의 소유가 되리라. 여기 펼쳐진 이 황무지에 농부는 작은 경지를 경작하고, 오늘날처럼 태양 아래 건초 더미를 쌓아올린다. 그러나 그 농부들에게 드리웠던 어둠은 사라질 것이다. 자메이카 여인숙이 있던 자리에 다시 잔디가 자라고 헤더가 만발할 것이다.

The day of the wrecker was over; he would be broken by the new law, he and his kind; they would be blotted out and razed from the countryside as the pirates had been twenty, thirty years ago; and there would be no memory of them any more, no record left to poison the minds of those who should come after. A new generation would be born who had never heard their name. Ships would come to England without fear; there would be no harvest with the tide. Covers that had sounded. . . . It was the dawn of a new age, when men and women would travel without fear, and the land would belong to them. Here, on this stretch of moor, farmers would till their plot of soil and stack the sods of turf to dry under the sun as they did today, but the shadow that had been upon them would have vanished. Perhaps the grass would grow, and the heather bloom again, where Jamaica Inn had stood. (171-72)

(3) 새로운 탄생(또는 재탄생, 통합)

메리는 이모부 일당과 목사를 이기고 "훌륭한 고딕 모험 소설처럼 독자를 어둠으로부터 . . . 빛의 세계로 데리고 나옴으로써"(Dunant 155) 살아서 현실로 돌아온다. 통과제의의 목표가 '새 사람'으로 거듭 나는 '존 재론적 위치의 변화'(비에른느 208), 즉 죽어야 다시 태어나는 것(비에른느 64)이라면 메리의 통과제의는 완수된다. 다시 말해 신참자로서 시작했던 그녀는 이 마지막 싸움, 즉 이모부 일당의 괴수였던 목사와의 대결에서 승리하여 최대 관문을 통과함으로써, 그녀의 임무, 즉 통과제의를 완수 한다는 것이다. 이 점은 목사관에서 남작의 저택으로, 다시 자메이카 여 인숙으로 쉬지 않고 밤길을 달린 그녀의 용기를 칭찬하는 남작 가족과 이웃의 칭찬에서 입증된다. 중무장한 부하와 함께 자메이카 여인숙을 포위해 이모부를 체포하려고 영장을 갖고 왔던 50세가량의 남작은 메리 가 자기를 경고하려는 일념으로 한밤중 노스힐까지 머나먼 거리를 걸어 갔을 뿐 아니라, 다시 자메이카 여인숙으로 돌아온 용감함에 "상상도 못 할 일"(250)이라며 깜짝 놀랐던 것이다. 이러한 메리의 용기에 감탄한 바 셋 남작은 자기 자녀를 돌보거나 아내인 바셋 부인(Mrs. Basset)의 친구로 "겨울만이라도 자기 집에 머물라"(294)고 친절한 제안을 하지만, 잠시 갈 등하던 메리는 이 안정된 생활에의 안주를 거부한다. 그녀가 남작의 저 택을 떠나는 이유는 구체적으로 1) 헬퍼드에 대한 기억과 2) 자신이 이

옷에서 "지나친 호기심과 화제의 대상"(296)이 되었기 때문이다. 그런데 이 두 가지 이유보다 더 중요한 이유는 남작 부부가 자신과 다른 계급의 사람들이기 때문이다. 즉 그들은 "다른 인종, 다른 계급의 사람들"(296)이 었던 것이다.

그렇지만 이 작품의 결말은 그녀가 젬과의 새로운 삶을 꿈꾸며 미지의 세계로 떠나는 것으로 마무리된다. 그녀는 이모부의 성적 억압과 범죄 행위, 그리고 기이한 목사로부터 해방되어 자유로운 처지가 되자, 고향에서만 "평안과 만족감"(296)을 느낄 것이기에 고향에 돌아가 농사를 지으려 한다. "대지에 속했던 그녀는 다시 대지로 돌아가 조상들처럼 대지에 뿌리를 내릴 것이다. 헬퍼드에서 태어났으니, 죽어 다시 헬퍼드의 일부로 돌아갈 것이다"(294).

그러나 그녀는 짐마차에 살림도구를 가득 실은 채 어디론가 떠나는 젬을 만나자, 헬포드에서 농사나 지으려던 원래 계획을 포기하고 그를 따라 나선다. 그녀는 조스 이모부의 동생인 말 도둑 젬이 이모부의 살인 및 범법행위에 연루된 살인자라고 의심하기 때문에 살인자를 사랑한다는 죄책감에 괴로워했지만 목사 덕분에 그녀의 오해를 풀고 젬의 무죄를 확신하자, 투엘브 멘스 황야의 작은 오두막에 사는 "태평한 가난뱅이"(120) 방랑자와의 모험을 감행한다. 즉 별다른 꿈 없이 소년 시절부터 방랑자였으니 "방랑자로 떠돌다가 죽겠다"(299)는 젬을 따라 나서기로 결심한다. 마부석 옆자리에 올라탄 그녀에게 헬퍼드를 등진 사실을 상기시키는 젬괴의 미지막 출발 장면을 보자.

"나랑 가면 힘들고 이따금 거친 인생이 될 거예요, 메리. 어딜 가나

초대도 못 받고 휴식이나 편안함도 없을 거고. 남자가 울적해지면 같이 지내기 어렵죠. 분명 난 그중에서도 최악이에요. 당신이 바라는 농장이나 장차 누리고 싶은 평화와 잘못 바꾸는 거예요."

"젬, 위험을 무릅쓰고 당신 기분에 맡길게요."

"메리, 날 사랑해요?"

"그런 것 같아요, 젬."

"헬퍼드보다 내가 낫겠어요?"

"그렇다고는 말할 수 없어요."

"그럼 왜 내 옆에 앉았어요?"

"그러고 싶기 때문이죠. 그래야 하기 때문이죠. 지금이나 앞으로도 영원히, 여기가 내가 속하고 싶은 곳이기 때문이죠." 메리가 말했다.

그러자 그는 웃으며 그녀의 손을 잡고 말고삐를 넘겨주었다. 그녀는 다시 뒤돌아보지 않고 타마 강 쪽만 바라보았다.

'If you come with me it will be a hard life, and a wild one at times, Mary, with no biding anywhere, and little rest and comfort. Men are ill companions when the mood takes them, and I, God knows, the worst of them. You'll get a poor exchange for your farm, and small prospect of the peace you crave.'

'I'll take the risk, Jem, and chance your moods.'

'Do you love me, Mary?'

'I believe so, Jem.'

'Better than Helford?'

'I can't ever answer that.'

'Why are you sitting here beside me, then?'

'Because I want to; because I must; because now and for ever more this is where I belong to be,' said Mary.

He laughed then, and took her hand, and gave her the reins; and she did not look back over her shoulder again, but set her face towards the Tamar. (301-02)

"죽어서 다시 태어난" 메리가 결국 젬에 팔에 안기는 이 결말에 어떤 의미를 부여할 수 있을까? 농사일에 바빠 "로맨스에 환상"(137)이 없고 결혼에 냉소적이며 무관심하던 그녀는 많은 위험부담, 즉 "힘들고 이따금 거친 인생"이 되리란 전망을 감수하면서 다시 젬과 미지의 세계로 떠난다. 이런 맥락에서 그녀의 선택이 "정처 없는 것에 운명을 던지는 결단"(Battista 323)이라는 지적이 타당하다. 또한 헬포드에서 보드민 무어라는 '중립 지대'(neutral zone)를 지나 새로운 세계로 나가는 메리의 여정을 이른 바 겐넵이 말하는 '장소의 통과의례'(territorial passage 18)로 간주한 지적(Heeley 153)이 타당하다. 젬과의 새 출발은 그녀가 사회적·경제적 지위보다 자신을 사랑해주고 존중해줄 사람, 더불어 마음 편히 살 사람을 택하는 것으로 볼 수 있다. 따라서 이들의 결합은 폭력적인 남편 밑에서 위축된 페이션스 이모와는 다른, 훨씬 평등한 관계를 이룰 것이다. 즉 결혼 후 채 1년도 못 되어 사랑이 식어 달과 별 따위에는 아랑곳없이 "저녁 식사가 탔다고, 개도 못 먹을 음식이라고 한바탕 불평"(137)이야 하겠지만, 이들의 관계가 당시 부부 관계보다 훨씬 평등한 관계를 기대케 한다는 점에서 대단히 긍정적이라고 할 수 있다. 가령 메리는 무릎에 바느질거리나 올려놓고 "단정한 응접실에 새침하게 앉아 있으라"(220)는 젬에게 과거에도 앞으로도 "그럴 일은 없을"(220)거라고 이 요구를 단호히 거절한다. 이런 맥락에서 메리가 "끝에서 자신과 정신의 경계에 도전하고 젠더 역할을 넘어설 때 진정 개척자"(http://www.thecultden.com/2014/04/tv-interview-jamaica-inn-script-writer.html)라는 지적이 설득력을 얻는다.

III. 결론

이상에서 메리가 이모부와 목사의 범죄 행위를 해결하면서 고난과 시련을 겪고 정신적·육체적으로 성장하고 새로운 사람으로 탄생하는 과정을 겐넵과 비에른느의 이론에 따라 통과제의 준비(분리), 통과제의적 죽음(시련과 죽음, 전이), 새로운 탄생(또는 재탄생, 통합)의 관점에서 분석하였다. 구체적으로 어머니의 죽음으로 고향집을 떠나는 것으로 시작된 메리의 통과제의는 자메이카 여인숙에서 이모부의 언어적·신체적·성적 폭력 및 난파선 약탈 등의 범죄행위를 고발하려다 오히려 프랜시스 데비 목사의 인질로 잡혀 추격당하다 죽을 위기에 처하는 등 온갖 시련과 죽음을 겪지만, 이모부와 목사와의 대결에서 이기고 현실로 돌아와 가난한 젬과 함께 미지의 세계로 출발하는 새로운 탄생 과정을 보여준다. 다시 말해 두 사람 앞에 조스 이모부와 데비 목사라는 두 악당과 그들의 위협이 사라져 장차 헬퍼드와 보드민 무어를 넘어 새로운 장소에서 하게 될 생활은 그녀가 주체적 여성으로서 젬과 꾸려나갈 밝은 미래를 암시한다는 것이다. 이처럼 메리의 통과제의가 성공적으로 끝나 그녀가 성장함으로써 그녀는 당시 여성으로서 매우 선구적이며 혁신적인 통과제의를 보여준다.

그러나 영웅적 모험이나 탐색 후에 왕이나 영웅이 되는 등 새로운 존재가 되는 남자 주인공의 통과제의에 비해, 그녀의 통과제의는 젬과의 결혼으로 성장이 중단된다고 볼 수 있다. 이는 20세기 초 영국사회의 현실에서 어느 정도 당연한 귀결이라고 하겠지만, 아쉬운 것 또한 사실이다. 다시 말해 메리의 통과제의가 당시 여성에게 혁신적인 의미를 지녔지만 남성 주인공의 통과제의와의 차별성을 극복하지는 못하며, 이러한 차별성은 남녀의 통과제의에 있어 남달리 씩씩한 메리도 뛰어넘을 수 없는 한계를 암시한다는 것이다.

인용문헌

대프니 듀 모리에. 한애경·이봉지 역. 『자메이카 여인숙』. 서울: 현대문학, 2014.

대프니 듀 모리에. 이상원 역. 『레베카』. 서울: 현대문학, 2013.

반 겐넵, 아놀드. 전경수 역 . 『통과의례』. 서울: 을유문화사, 1994.

시몬느 비에른느. 이재실 옮김. 『통과제의와 문학』. 서울: 문학동네, 1996.

한용환. 『소설학 사전』. 서울: 고려원, 1992.

Armstrong, Dianne. "The Inverse Gothic Invasion Motif in Daphne du Maurier's *Jamaica Inn*: The National Body and Smuggling as Disease." Women's Studies 38 (2009): 23-42.

Auerbach, Nina. *Daphne du Maurier: Haunted Heiress*. Philadelphia: U. of Pennsylvania P., 2000.

_____. "Tales of Awe and Arousal: Animals Invade." Ed. Taylor, Helen. *The Daphne du Maurier Companion*. London: Virago Press. 2007, 233-41.

Battista, Maria di. "Daphne du Maurier and Alfred Hitchcock." Ed. Taylor, Helen. *The Daphne du Maurier Companion*. London: Virago Press. 2007, 320-29.

Campbell, Joseph. *The Power of Myth*. New York: Broadway, 1988.

Cavendish, Richard. "Birth of Daphne du Maurier." *History Today* 57.5 (2007): 60-61.

Daphne du Maurier. *Jamaica Inn*. London: Virago Press, 2003.

Duncan, Rebecca. "Abject Beginnings: Confinement and Chaos in *Jamaica Inn*." *Dark Mirrors and Disembodied Spirits: Gender, Sexuality and Incest in Selected Fiction by Daphne du Maurier*. U. of Cape Town, 2010.

Dunant, Sarah. "Jamaica Inn." Taylor, Helen (ed.). *The Daphne du Maurier Companion*. London: Virago Press, 2007, 151-55.

Frost, Emma. TV Interview-Jamaica Inn Script Writer.

Froster, Margaret. *Daphne du Maurier*. London: Arrow, 1994.

Gennep, Van. *The Rites of Passage*. Trans. Vizedom, Monika B. & Caffee, Gabrielle L. Chicago: U. of Chicago P., 1960.

Heeley, Melanie Jane. *Resurrection, Renaissance, Rebirth: Religion, Psychology and Politics in the Life and Works of Daphne du Maurier.* Loughborough U.(A Doctoral thesis). 2007.

Zlosnik, Sue and Horner, D'Avril. "Myself When Others: Daphne du Maurier and the Double Dialogue with D." *Women: A Cultural Review* 20.1 (2009): 9-24.

http://studentjournals.co.uk./2014/05/review-bbc-ones-jameica-inn/ (Eardley, Siobhan. "Review: BBC One's Jameica Inn." (2014.5.2.)

http://www.thecultden.com/2014/04/tv-interview-jameica-inn-script-writer.html (Frost, Emma. 2014.4.11.)

https://www.collinsdictionary.com/

http://krdic.naver.com/

'괴물'이라는 관점에서 본 「레이디 수전」과 『프랑켄슈타인』

I. 서론

제인 오스틴(Jane Austen, 1775-1817)의 처녀작인 「레이디 수전」(*Lady Susan*, 1871)은 19세에 썼지만 약 50여 년 뒤 사후 출판되었고, 메리 셸리 (Mary Shelley, 1797-1851)의 『프랑켄슈타인』(*Frankenstein*, 1818)은 20세에 익명으로 출간되었다. 이 두 작품은 전혀 다른 소설처럼 보이지만, 괴물을 그렸다는 점에서 공통점을 찾아볼 수 있다. 메리 셸리의 모친인 메리 울스톤크래프트(Mary Wollstonecraft)는 『여성의 권리 옹호』(*Vindication of the Rights of Woman*)에서 루소의 여성관과 남녀불평등에 적극 반대하면서 남녀 간의 지배와 복종 관계에서 "괴물" 같은 존재가 나오게 된다는 사실을 강조한 바 있다(130-131). 같은 맥락에서 메리 푸비(Mary Poovey)는 레이디 수전을 메리 셸리의 괴물 같은 존재로 보면서 여러 가지 방식으로 「레이디 수전」의 여주인공은 셸리가 "괴물"이라 부른 에너지를 오스틴 식으로 표현한 인물이지만, "레이디 수전의 사회는 울스톤크래프트의 「마리아」[1]에 묘사된 것처럼 억압적이며 황량한 사회이기 때문에, 이 인물은 1818년에 극화된 셸리의 괴물보다 한층 더 모호하게 제시된다"(Poovey, 174)고 언급하였다. 이처럼 푸비는 표현의 차이는 있지만 두 작품의 공통점을 괴물 묘사로 보고 있다. 즉 「레이디 수전」은 좀 더 애매하게, 『프랑켄슈타인』은 보다 직접적으로 괴물의 에너지를 그리고 있다는 말이다. 푸비의 언급이 아니더라도 이 작품이 쓰인 19세기에는 레이디 수전을 결혼제도 및 가부장적인 남편에게 반항하는 괴물 같은 존재로 간주하였다.

그런데 독자들은 십대의 오스틴이 그린, 표면상 당대 이상인 '정숙한 귀부인'[2]인 척 하지만 돈 많은 귀족 남성을 유혹하면서 처벌 받지 않는 부도덕한 레이디 수전을 비난하면서도, 뛰어난 언변과 미모, 지성을 무기로 끝없는 음모를 꾸며 궁핍한 미망인의 처지를 벗어나려는 그녀에게 연민을 보내지 않을 수 없었다. 이런 맥락에서 레이디 수전이 "위험한 주인공"이라는 푸비의 지적(178)은 타당하다. 이에 반해 메리 셸리는 『프랑켄슈타인』에서 진짜 괴물을 그리고 있다.

본격적인 논의에 들어가기 전에 과연 괴물'(monster)이란 어떤 존재인

---

1. 이외에 울스톤크래프트의 『메리』(*Mary, or Fiction*)와 『여성의 고난: 머라이어』(*The Wrongs of Woman, or Mari*)의 주인공들도 선한 본성과 훌륭한 이상을 지녔지만 사회에서 소외된다는 점에서 『프랑켄슈타인』의 괴물과 닮았다고 할 수 있다(Wollstonecraft 125).
2. 프랑스 혁명의 여파로 매우 불안정한 19세기 영국사회에서는 온갖 종류의 반항, 특히 여성의 반항에 대해 매우 과민한 반응을 보였으며, 프랑스나 독일의 외설 문학의 영향에 따른 가정의 와해나 붕괴를 두려워한 나머지 여성의 순종, 즉 "정숙한 귀부인"을 더욱 강요하였다(조한선 269).

지 사전적 정의를 살펴보자. 사전에 의하면 "1. 비정상적인 형태나 구조를 지닌 동식물, 정상이나 허용되는 행동이나 특성에서 벗어난 존재, 2. 위협적인 힘, 3. 기이하거나 두려운 모습의 동물, 종류상 기이하게 큰 존재 4. 괴물 같은 존재; 특히 부자연스럽거나 지극히 못생긴 기형, 잔인한 사람"(*Webster's Ninth New collegiate Dictionary*, 769)이나, "1. 괴물이나 귀신, 2. 기괴한 모습의 사람[동식물], 기형물, 엄청나게 거대한 존재, 3. 극악무도한 사람"(*The New World Comprehensive English-Korean Dictionary*, 1484)으로 정의된다. 이런 정의를 종합하면, 괴물은 기이하게 크고 못생겼으며 비정상적이거나 기괴한 외모, 극악무도한 성품을 지닌 존재라고 할 수 있다. 더 나아가 이런 외모와 사회에서 고립된 외로운 처지 때문에 다른 존재와 관계를 맺지 못하고 반항하는 등 외모와 성품, 행동에 있어 타인에게 공포와 두려움을 주는 존재라고 하겠다.

이 정의에 따르면, 레이디 수전과 프랑켄슈타인이 만든 피조물은 사회의 기준이나 규범을 따르지 않고 반항하므로 둘 다 괴물 같은 존재이다. 레이디 수전이 예쁜 외모에 뛰어난 언변으로 항거한다면, 괴물은 추악한 외모에 뛰어난 언변으로 항거한다. 따라서 레이디 수전의 경우 외모는 해당 없으나 당대 기준에서 벗어난 성품이나 행동으로 볼 때 19세기 영국 남성이나 사회에 두려운 존재이며, 익명의 피조물의 경우 흉악한 외모나 성품, 행동에 있어 사회에 직접 위협을 가하는 진짜 괴물이다. 즉 둘 다 뛰어난 언변과 지적 능력을 지녔지만, 인간 사회에서 고립되고 소외된 존재로서 공포의 대상이자 사회에 위협적인 존재가 된다는 것이다. 구체적으로 둘 다 어떻게든 연결고리를 마련하여 사회 안에 들어가려 애쓰지만, 이러한 노력은 여러 가지 이유로 쉽지 않다. 그러므로 이 논문에서는 이들이 왜 괴물 같은 존재가 되었는지 '괴물'이라는 관점에서 두 작품을 분석해보기로 한다.

II. 본론

2.1.「레이디 수전」

(1)

「레이디 수전」은 여러 가지 면에서 제인 오스틴의 작품 세계에서 이단아처럼 색다른 작품이다. 구체적으로 첫 작품이지만 제목이나 날짜없이 질녀 패니 나이트(Fanny Knight)에게 남겨진 원고를 토대로 패니의 아들인 제임스 에드워드 오스틴-리(James Edward Auste-Leigh)가 쓴 『제인 오스틴 회고록』(A Memoir of Jane Austen, 1871)의 부록 형태로 사후 50여 년 뒤에 출판되었으며(Chapman, xv-xvi), 19세기 이상적 여성상과는 거리가 먼 비도덕적인 여주인공이 등장하며,[3] 당대 소설 형식에 다소 뒤떨어진 서간체 중편소설이라는 점 등이 그것이다. 이러한 연유로 이 작품은 "1790년대 혁명기의 재기발랄하고 활기 넘치는 어린 소녀"(Doody, 101)였던 오스틴의 처녀작으로 후기작에 비해 완성도가 떨어진다거나, 완성된 소설이라기보다 연습 삼아 쓴 "인물연구에 불과하다"(Levine, 23)고 과소평가되기도 했다. 그러나 이 작품은 작가의 여성관을 보여준다는 점에서 가볍게 간과할 수 없다.

---

3. 한애경, 졸고 "「레이디 수전」: '정숙한 귀부인'과 여성 악당," 24-47 참조.

레이디 수전은 겉으로 "정숙한 귀부인"(the Proper Lady)을 표방하지만, 실은 이런 여성과는 거리가 멀다. 즉 불순종의 아이콘 같은 악녀로서 괴물에 가까운 존재이다. 가령 그녀는 병든 남편을 두고 교묘히 사람들 눈을 피해 유부남인 맨워링 씨(Mr. Manwaring)와 이미 애인이 있는 제임스 경(Sir James)과 바람을 피우는가 하면, 남편의 사후 시동생 집에 와서는 손아래 동서 버넌 부인(Mrs. Vernon)의 남동생인 12세 연하 레지날드 드 쿠르시(Reginald De Courcy)와 사귀는 등 "병상의 남편을 방치하고 다른 남자들과 어울려 사치하고 방탕하게"[4] 놀아났기 때문에 좋은 아내가 못 된다. 그렇다고 딸을 잘 보살피는 좋은 엄마도 아니다. 그녀는 딸을 "세상 제일가는 멍청이"(44)이자 "성가신 아이"(52), "어리석고 전혀 내세울 게 없는 아이"(51), "말썽꾸러기"(64)라고 부른다. 일례로 기숙학교 탈출이라는 프레데리카(Frederica)가 "최초로 벌인 유명한 도망사건"(69) 이후, 처칠(Churchill)의 작은 엄마 집에 와서도 엄마 앞에서 주눅 들어 말도 제대로 못하는 프레데리카의 모습이 이러한 사실을 입증한다. 한마디로 그녀는 자신의 재혼과 딸의 성공적 결혼 등 자신의 이익만 이기적으로 추구하는 정말 괴물 같은 존재로 보인다. "점점 교묘해지고 비현실적인 괴물 같은 여자" 이야기에 박진감을 느끼기 어렵다는 부시(Bush, 54)의 지적이 이를 입증한다.

그렇다면 그녀는 왜 이렇게 괴물 같은 존재가 되었을까? 그 이유를 살펴보기 위해서는 남편과 사별한지 넉 달 된, 16살짜리 딸까지 딸린 35

---

4. Austen, Jane. *Lady Susan, The Watsons, and Sandition*, Penguin Books: London, 2015. 이 제부터 나오는 본문의 인용은 이 판에 의거하여 면수만 표기하기로 한다. 58. 번역은 제인 오스틴/ 한애경·이봉지 역, 34면을 참조하였다.

세의 가난한 미망인이라는 그녀의 상황을 좀 더 면밀히 검토해야 한다. 구체적으로 그녀는 거주할 집도 없는5 사회적 약자로서 이리저리 친구들 집을 떠돌면서 그들의 동정과 호의에 의지해야 한다. 한마디로 그녀에게 귀부인이라는 사회적 지위는 있지만 경제적 지위는 없다. 게다가 사교계에서 화려하게 사는 것 같지만, 솔직히 속을 터놓는 존슨 부인(Mrs. Johnson)만이 유일한 친구인 매우 외로운 처지에 놓여 있다. 따라서 그녀에게는 인간관계보다 생존이 더 절박한 문제이다. 당시 "여성의 참담한 삶의 근원이 불평등한 교육 때문"이라는 메리 울스톤크래프트의 주장(1)처럼, 여성은 제대로 교육받지 못해 가정교사 외에 변변한 직업이나 할 일이 없었다. 또한 여성의 직업을 수치스러워 하는 사회적 분위기 및 남성 중심적인 상속제도 때문에 부유한 남자와의 결혼만이 경제적 궁핍을 해결하는 유일한 해결책이었다. 카산드라(Cassandra) 언니와 더불어 평생 노처녀로 아버지와 오빠의 집에 얹혀살았던 오스틴은 누구보다 이런 레이디 수전의 어려움을 잘 이해했을 것이다. 이러한 연유로 작가 자신은 결혼을 찬성하는 강력한 이유 중 하나로서 "독신 여성들이 가난해지는 끔찍한 경향"이라고 지적한 바 있다(Austen, *Jane Austen's Letters*, 332).

이런 미망인이 과연 뭘 할 수 있을까? 표면상 "정숙한 귀부인"인 척 하는 그녀에게 결혼이란 낭만적인 사랑보다 죽느냐 사느냐 하는 절박한

---

5. 레이디 수전의 남편이 6년 전 영지를 팔면서 시동생 부부와 멀어졌다는 사실로 미루어보아 그녀에게 집이 없다는 사실을 짐작할 수 있다. 그녀의 거주지는 맨워링의 집에 너부살이하던 랭퍼드(Langford)에서 위그모어가(Wigmore St.) 10번지를 거쳐 처칠의 버논 씨 집으로, 다시 런던의 어퍼 시무어가(Upper Seymour St)의 셋집으로 계속 바뀐다. 한 가지 분명한 점은 버논 성이 있었다면 그녀가 이처럼 주변사람들의 눈치를 보며 살지 않아도 되었을 거라는 사실이다.

생존의 문제이자 철저히 손익을 따져봐야 할 비즈니스였다. 따라서 그녀의 생존전략이란 돈 많은 남자와의 재혼과 딸의 성공적인 결혼뿐이다. 그래서 그녀는 가난한 과부의 운명에서 벗어나려 치밀한 전략가처럼 출중한 외모와 탁월한 언변, 그리고 똑똑한 머리 등 자신의 모든 무기를 동원한다. 가령 그녀의 언변은 "검은 색도 흰색으로 착각하게"(50) 만들 정도이다. 아울러 그녀는 유부남인 맨워링과 사귀면서 손아래 동서의 남동생인 드쿠르시와의 결혼을 추진하다가 랭포드 저택에서의 바람기 있는 과거 행적과 맨워링 씨와의 밀회 등 자신의 실체가 폭로되어 이 계획이 좌절되자 버논 부인이 프레데리카를 데려간 지 3주 만에 원래 딸의 결혼 상대였던 제임스 경과 전격적으로 결혼하며, 이 과정에서 온갖 음모와 술수, 계략 등 비윤리적이며 비도덕적 행위도 서슴지 않는다. 특히 그녀는 유일한 친구의 남편인 존슨 씨만 제외하고 죽은 남편은 물론 버논 씨와 제임스 경, 맨워링 씨, 레지널드까지 주변남자들을 감언이설로 속여 모두 자신의 편으로 만든다.

그녀는 왜 이렇게까지 비인간적으로 딸의 의사를 무시하고 부자지만 멍청한 제임스 경과의 결혼을 추진했던 걸까? 딸과 제임스 경의 결혼을 제멋대로 추진하는 이유를 묻는 버논 부인에게 그녀는 동서의 딸인 캐서린(Catherine)과 달리 "프레데리카는 상속받을 재산"(72)이 없기 때문이라고 말하는데, 이 대답은 상속받을 유산이 없는 딸의 장래를 걱정하는 그녀의 속마음과 관련하여 그녀의 모든 행동을 설명해주는 열쇠라 할 수 있다. 즉 딸에게는 재산이나 집, 부양해줄 부모가 없기 때문에 부자와의 결혼 외에 달리 살아갈 방도가 없다는 것이다. 그녀가 "런던 최고의 사립학교 중 하나"(43)로서 학비가 매우 비싼 서머스 양의 기숙학교에 딸을 보낸 것도 좋은 인맥, 즉 좋은 신랑감을 찾아주려는 노력의 일환이었다. 또한 제임스 경과 맨워링 양을 헤어지게 한 것도 딸을 제임스 경과 1년 안에 결혼시키려는, 본인의 표현대로 "모성애에서 나온 선의의 행동"(44) 때문이었다. 그러므로 그녀가 프레데리카에게 부자 신랑을 찾아주려는 행동은 안정된 삶을 제공하려는 나름 딸을 사랑하는 방식이라고 변명할 수 있을 것이다.

(2)

결말에서 작가는 모든 사람의 예상을 뒤엎은 레이디 수전과 제임스 경의 결혼을 암묵적으로 지지한다.[6] 결말의 화자는 기뻐할 이유가 왜 없겠냐는 레이디 수전의 말을 근거로 그녀가 두 번째 재혼에서 행복한지 여부는 오직 그녀만이 알며 "남편과 양심"(103) 말고 거리낄 게 없다고 한다. 작가는 이처럼 법을 교묘히 피해 가부장적 사회를 우롱하는 레이디 수전을 추한 간통녀가 아니라, 세상을 마음대로 지배하는 "매력적인 난봉꾼"(Gard, 314)으로 만들었다. 즉 19세기 가부장적 남성들을 보기 좋게 농락하는 이 괴물 같은 여성을 통해 19세기 영국 가부장적 남성과 사회를 비판하고 있다.

그러나 이 작품이 사후에 출판되었다는 사실은 작가가 살아생전 시골 성공회 목사의 딸로서 받은 사회적 제약을 암시한다. 또한 서간체도 레이디 수전에 대한 작가의 이런 모호한 태도에 한몫한다. 작가는 이 괴물 같은 레이디 수전을 직접 대놓고 찬성하거나 반대하지 않고 모호하

---

6. 푸비는 이런 모호한 결말에 대해 오스틴이 "미학적 결말과 사회적 예절이라는 이중 조절 장치를 제어하려는 충동"을 보인다고 지적하였다. 179.

게 처리함으로써, 그녀를 비판하고 있다. 이런 맥락에서 서한체 형식 때문에 "도덕적 혼란"이 야기된다는 푸비의 주장(178)은 독자가 부도덕한 레이디 수전에게 동조하게 만든다는 점에서 적합한 지적이다. 즉 이 서한체 형식은 재산 없는 미망인 레이디 수전의 유창한 언어 구사를 통해 독자를 설득하려는 "오스틴의 치밀한 글쓰기 전략"(조한선 281)이라는 것이다. 이런 맥락에서 감시당하지 않고 "체제 전복적인 여성의 목소리"를 담을 수 있기 때문에 작가가 의도적으로 서한체를 택했다는 줄리아 L. 엡스테인(Julia L. Epstein)의 지적(399)이 설득력을 얻는다. 솔직한 마음이 억제된 작가의 후기 작품에 비해 이 작품에서 작가의 가장 솔직한 마음이 표현되었다는 마빈 머드릭(Marvin Mudrick)의 주장(127-40)은 도발적이고 전복적인 작가의 면모를 보여준다는 점에서 설득력 있는 주장이다. 이와 같이 작가는 거리를 두고 간접적으로 애매모호하게 괴물 같은 레이디 수전을 그려내었다.

2.2. 『프랑켄슈타인』(1818)

(1)

대표적인 괴물 이야기인 『프랑켄슈타인』에는 후일 괴물의 대명사가 된 진짜 괴물의 속성이 더 직접적으로 묘사된다. 이 소설에서는 빅터 프랑켄슈타인이 괴물을 만들어내기까지의 전반부, 그리고 후반부에서 괴물이 프랑켄슈타인의 동생 윌리엄을 죽이고 그 살인죄를 무고한 하녀 저스틴(Justine)에게 덮어씌우는 부분을 기점으로 빅터와 괴물이 각각 내러티브의 주도권을 잡게 된다. 먼저 빅터가 주도권을 잡는 앞부분에서 그는 여성의 출산 신화 대신 과학과 지식으로 피조물을 만들지만, 자신이 만든 추악한 피조물로부터 놀라 도망친다. 그는 제네바를 떠나 독일 잉골슈타트 대학교(University of Ingolstadt)에서 만난 발트만(Waldman) 교수의 영향으로 거의 2년간 세상을 등지고 "깊이 숨겨진 자연을 구석구석 들여다보고"[7] 시체를 모아 피조물을 만들었다. 이런 맥락에서 자연적인 인간생명의 탄생방식에서 벗어난 빅터의 창조가 여성 파괴와 연관된다는 멜로의 지적(220)[8]이나, 남성자생의 신화와 관련하여 생명을 탄생시키는 여성의 힘에 대한 남성의 질투 및 생명 탄생에 대한 남성의 환상을 보여준다는 지적(Picart 3)은 타당하다. 헨슨(Mark Hansen)의 지적처럼, 기술 절벽이라 할 정도로 엄청난 불연속적 인공생명이 생긴 것이다(581).

한편 이렇게 창조된 피조물은 주인도 놀라 도망갈 정도로 인간과 다른 비정상적인 모습과 꿰맨 자국, 쭈그러진 피부, 다 드러난 혈관 등 흉측한 외모에 엄청난 거구, 그리고 살인을 저지르는 극악무도함 등 괴물의 요소를 두루 지니고 있다. 빅터는 "11월의 어느 음침한 밤"(38)에 자신이 만든 추악한 피조물의 몰골에 놀라 "숨 막히는 공포와 혐오"(39)를 느끼며 도망친다. 그는 "누구도 [괴물의] 그런 무서운 얼굴"(40)을 견디지 못할 거라면서 자신의 도망을 합리화하지만, 사랑과 관심으로 돌봐야 할 피조물을 유기한 것이 사실이다. 이런 맥락에서 바람직한 욕망의 대상이라는 몸의 전통에서 벗어난 추한 괴물의 몸체를 여성의 몸에 대한 당시 인식을 뒤집는 것으로 본 브룩스(Brooks)의 지적(199)이 타당하다.

---

7. Shelley, Mary. *Frankenstein*(1818), Oxford UP: Oxford & New York, 1993. 앞으로 나오는 본문의 인용은 이 판에 의거하여 면수만 표기하기로 한다. 30면.
8. 괴물의 수난을 당시 가부장제에서 겪는 여성의 상황과 관련시킨 Gilbert & Gubar, 220, 225; Poovey, 128 등 페미니즘 연구 참조.

그렇다면 사람들은 왜 이렇게 괴물을 두려워하나? 이 괴물에 대한 공포는 첫째, 신의 창조질서나 어머니의 자연적 출산과 대비되는 피조물의 기이한 출산과(Johnson 1982, 9) 둘째, 다른 존재와의 관계 결여에서 유래한다. 첫째, 괴물은 죽음/삶, 창조자/피조물, 자연/ 문명, 인공/ 자연, 남성/ 여성, 주체/ 객체, 인간/ 자연 등 세상의 이분법적 경계를 벗어난 미지의 존재이다. 이는 "애매모호한 미결정적 존재"의 "위협적 타자성"이나 "피조물의 타자성 . . . 에 대한 공포와 혐오"(홍성주 148, 132, 147)로 표현된다. 즉 괴물은 어떤 단일한 개념으로 설명되지 않는 "잉여"(Botting 26)의 존재이자 고립되고 일관된 규정을 회피하는 존재라는 것이다(Lipking, 315-20). 이런 맥락에서 괴물의 괴물성을 이질적 존재를 타자화하는 경향, 즉 하층계급에 대한 억압, 여성에 대한 적대감, 인종차별주의, 이방인 배척과 관련시킨 설명(이선주, 58)은 적합하다. 그러므로 자신의 정체에 대한 괴물의 고민은 "내 외모는 끔찍하고 키는 엄청 커. 이것이 무슨 뜻인가? 나는 누구인가? 나는 어떤 존재인가? 나는 어디서 왔나? 나는 어디로 가야 하나? 이런 질문들이 끝없이 떠올랐지만 이런 질문에 답할 수가 없었어"(104; 한애경, 149)라고 표현된다.

둘째, 괴물성이란 다른 존재와의 관계성 결여, 즉 격리(Brooks 1996, 374)라 할 수 있다. 애초에 괴물은 철저히 홀로 존재하는 외로운 존재라는 점에서 레이디 수전과 비슷한 상황에 놓여 있지만, 추악한 외모 외에도 인간과의 관계를 간절히 열망한다는 점에서 그녀와는 다르다. 그는 워낙 선악을 초월한 존재지만 인간에게 버림받았기에 인간에게 필요한 돈과 지위, 사회 관계망 등 "인간관계의 고리"가 전혀 없다. 창조되어 비틀거리며 일어나는 그의 모습은 사랑과 관심을 원하는 보통 아기와 같다. 그러나 인간들은 편견 때문에 친구 대신 혐오스러운 괴물의 모습만 본다고 그는 불평한다.

이처럼 괴물은 자신을 만든 주인뿐 아니라 다른 인간들에게도 버림받는 등 인간과의 관계에 대한 욕망이 좌절되자, 자기를 만든 주인에게 복수하기로 결심하고 극지방까지 빅터를 추격하는 진짜 사악하고 잔인무도한 악마가 된다.

> 나를 불쌍히 여기거나 도와줄 사람은 단 한 명도 없었어. 적들에게도 친절을 느껴야 하는가? 그럴 수는 없어. 그때부터 인간과 싸우겠노라고 전쟁을 선포했어. 무엇보다도 나를 만들고 견딜 수 없을 만큼 불행하게 만든 창조자와 싸우겠다고 말이야.

> There was none among the myriads of men that existed who would pity or assist me; and should I feel kindness towards my enemies? No: from that moment I declared everlasting war against the species, and, more than all, against him who had formed me, and sent me forth to this insupportable misery. (111; 한애경 159)

실제로 괴물은 후반부에서 통제가 불가능한 분노의 화신이 되어 윌리엄과 저스틴, 그리고 엘리자베스(Elizabeth) 세 명을 무고한 죽음에 이르게 한다. 그는 이처럼 당사자인 빅터에게 직접 복수하기보다 그의 주변인물을 차례차례 죽이는 식으로 복수한다. 또한 괴물은 스스로 불 속에 죽을 거라 말하지만 눈 속으로 사라질 뿐 그의 죽음이 기록되지 않은 채 빅터가 죽은 뒤 이름 없는 존재로 자멸한다.

(2)

그렇다면 괴물은 왜 이렇게 사악한 존재가 되었나? 괴물은 태어나자마자 외모만을 기준으로 악의 화신이자 모든 인류의 적으로 간주된다. 이로써 괴물이 사악한 악마라는 등식이 성립하는 것처럼 보이지만, 처음부터 사악한 존재는 아니었다. 인간을 도우려 애쓰던 그가 점차 사악해진 계기는 빅터를 찾으러 가던 중 물에 빠진 어린 소녀를 구해줬으나 시골 청년이 그에게 총을 발사한 일, 창조되기 넉 달 전에 쓰인 빅터의 일지를 읽고 자신의 실체를 깨닫는 일, 그리고 믿었던 드레이시(De Lacey) 가족의 배신 등 인간들의 거부와 배척이다. 가장 결정적 계기는 마지막 일화이다. 유난히 인간과의 관계를 원하던 괴물은 드레이시 가정에서 아랍 여성 사피(Safie)에게 언어를 가르쳐주는 펠릭스(Felix)를 엿보면서 인간의 상호관계에 미치는 언어와 독서의 중요성을 깨닫는다. 그는 웅덩이에 비친 자신의 모습이 바람직한 욕망의 대상이 못 되므로, 타인과의 관계를 맺게 해주는 수단이자 욕망의 매개수단(Brooks, 202-203, 218)에 필요한 도구로서 언어를 독학으로 익힌다. "신과 같은 과학"인 언어에 대한 그의 기대는 다음과 같이 표현된다.

> 내 피조물는 그들[드레이시]을 뛰어난 존재로 존경했고, 그들은 내 장래 운명을 좌우할 거야. 그들에게 나 자신을 소개하고 그들이 나를 받아들이는 모습을 수천 번이나 상상해 보았어. 처음에는 싫어하겠지만 우선 점잖은 태도와 좋은 말로 호감을 얻게 되면, 나중에는 사랑도 받게 될 거라고 상상했지.

> I looked upon them as superior beings, who would be the arbiters of my

future destiny. I formed in my imagination a thousand pictures of presenting myself to them, and their reception of me. I imagined that they would be disgusted, until, by my gentle demeanour and conciliating words, I should first win their favour, and afterwards their love. (91; 한애경, 133)

동시에 그는 오두막집 사람들의 가방에 들어있던 『플루타르크 영웅전』과 『실낙원』, 그리고 『젊은 베르테르의 슬픔』이라는 세 권의 책을 통해 유럽 문명을 배우지만, 지식이 늘어날수록 인간 사회 안에 자신의 자리는 없다는 사실을 깨닫게 된다. 특히 그는 『실낙원』을 읽고 아담과 자신의 처지를 비교한다.

아담처럼, 나는 분명 다른 인간과는 상관없이 창조되었어. 하지만 모든 면에서 아담과 나는 다른 처지였어. 그는 행복하고 번성하는 존재로 하느님의 손에 창조되어, 창조주에게 특별한 보살핌을 받았지. 아담은 품성이 탁월한 인간과 대화하고 인간의 지식을 얻을 수 있는 특권이 있었어. 하지만 난 비참하고 무력한 외톨이였어.

Like Adam, I was created apparently united by no link to any other being in existence; but his state was far different from mine in every other respect. He had come forth from the hands of God a perfect creature, happy and prosperous, guarded by the especial care of his Creator; he was allowed to converse with, and acquire knowledge from beings of a superior nature: but I was wretched, helpless, and alone. (105; 한애경 150-151)

여기서 터키 상인과 아랍인 기독교도 사이에서 태어난 사피와 괴물의 대조는 중요한 의미를 갖는다. 사피는 분홍 뺨과 흰 피부 등 미인의 아름다운 용모와 기독교 신앙, 그리고 언어 학습을 통해 드레이시 집안에 받아들여진다. 즉 그녀는 이슬람교 대신 기독교, 모국어 대신 불어를 택하는 등 '외부인' 대신 유럽적 특성 내지 지배가치를 내면화함으로써 그 가정에 받아들여진다는 것이다(함종선 242). 반면 사피보다 더 유럽인처럼 사고하며 누구보다 이성적이며 드레이시 가정을 "착한 정령"(91)처럼 헌신적으로 도운 괴물이 드 레이시 가족에게 관계를 요구한 순간, 그들의 관계는 끝난다. 오랜 인내와 기다림 끝에 괴물이 드레이시 노인에게 친구가 되어 달라고 요청할 때 사피와 펠릭스, 애거서(Agatha)는 이 괴물에 기겁하여 도망치면서 극단적 적대감을 보인다. 그러므로 언어를 배워 외모에 대한 편견 없이 인간과 소통하여 그토록 원하던 '관계의 연결고리'를 만들려던 그의 기대는 무참히 좌절된다. 이같이 외모만 빼면 똑같이 외부인인 두 인물 중 여러 면에서 부족한 사피는 그 가정에 받아들여지는 반면, 사피보다 빠른 언어습득능력과 책을 통한 유럽문화 이해 등 사피보다 여러 가지 능력이 출중한 괴물은 받아들여지지 않는다. 사피와 괴물에 대한 이러한 대조적 반응의 원인은 오로지 기형적 외모이다. 그러므로 괴물이라는 "다른 것"을 허용하지 않는 드레이시라는 이상적인 부르주아 가정이 타자를 대하는 경계선의 한계와 허약성을 드러낸다는 지적(함종선 242)은 타당한 것이다. 더 나아가 이는 드레이시 가정의 한계이자 영국사회의 한계라고 확대해석할 수 있을 것이다.

(3)

괴물이 내러티브의 주도권을 잡는 후반부에서 2년 뒤 빅터를 만난 괴물은 유창한 언변으로 그에게 여자 괴물을 만들어 달라고 요구한다. 괴물은 성적 욕망의 대상이라기보다 서로 공감하며 동료나 친구처럼 지낼 여자 괴물을 만들어주면 그녀를 통해 지금 소외된 "존재와 사건의 고리"(Brooks, 121)에 연결될 것이므로 "인간 세상을 떠나겠다"(121)고 설득한다. 그는 자신의 불행 때문에 악마가 되었지만 "행복한 존재로 만들어주면 다시 착한 존재"(78)가 되겠다면서 "살아 있는 다른 존재의 연민"(123)을 받게 해달라고 간청한다. 그는 자신의 비참한 처지를 사탄의 처지에 비유하는 모순어법(oxymoron) 등 뛰어난 수사를 구사한다. 빅터는 이 간곡한 요청에 괴물을 만든 자로서 책임감을 느끼고 여자 괴물을 만들기 시작한다. 여전히 역겹고 추악한 외모에 어울리지 않는 유창한 언변과 놀라운 사유 능력을 지닌 괴물에게 이상한 동정심을 갖게 된 것이다.

그러다가 빅터는 두려운 생각이 들기 시작한다. 즉 분명히 남자 괴물보다 더 사악하고 불순종할 여자 괴물의 배반 때문에 "악마 종족"(138)이 온 세상에 번성하는 더 두려운 세상이 될지 모른다는 것이다. 따라서 그는 괴물의 말을 그대로 다 믿을 수 없다. 즉 괴물처럼 알 수 없는 능력을 지닌 남자 괴물도 통제 못할 존재가 될지도 모른다는 생각에 반쯤 완성 단계에 있던 여자 괴물을 부수어 존재의 사슬에 끼고 싶어 하는 괴물의 욕망을 거부한다. 이에 여자 괴물에게 모든 희망을 걸었던 괴물의 분노는 최고 정점에 달한다. 그는 빅터를 추적하여 죽이고 자신도 얼음으로 뒤덮인 북극의 불 속에 자멸함으로써, 둘 다 파멸하는 결말을 맞이한다. 이렇듯 빅터의 피조물은 레이디 수전보다 큰 파괴력을 지닌 괴물로 직접적으로 그려진다.

빅터가 이처럼 여자 괴물을 만들다가 중단한 가장 큰 이유는 여자 괴물의 불순종과 악한 자손의 번성을 두려워하기 때문이다. 여기서 그가 자신은 출산과 생명창조라는 신과 여성의 영역에 도전했으면서 괴물의 불순종을 두려워하는 것은 큰 아이러니라고 하겠다.

III. 결론

이상과 같이 레이디 수전이나 빅터가 만든 피조물이 왜 이렇게 불순종하는 사악한 괴물이 되었는지 두 작품을 '괴물'이라는 관점에서 분석해보았다. 이러한 분석 결과, 궁핍한 미망인의 생존전략 및 괴물의 기이한 창조나 인간사회에서 소외된 괴물의 외로운 처지를 생각해볼 때 다른 해석이 가능함을 알 수 있었다. 구체적으로 불만스러운 처지에서 벗어나려는 그들의 노력은 레이디 수전의 경우 온갖 수단을 강구하는 괴물처럼 돈 많은 귀족 남성과의 재혼을 통해 사회에 정착하는 것처럼 보이나 궁핍한 미망인의 생존전략이라는 관점에서 볼 때 "정숙한 귀부인"과 가부장적 영국 남성을 비웃는 형태로, 또한 프랑켄슈타인이 만든 피조물처럼 주인과 인간사회에 직접 반항하고 복수하는 형태일 수도 있다. 즉 두 작품에서 각 시대의 가부장적 이데올로기나 당대 사회의 여성성 규정에 저항하는 괴물성을 규명하고, 각기 이러한 괴물성을 통해 여성 작가들이 어떻게 당대 이데올로기에 대한 전복을 텍스트에서 시도하였는지 규명해보았다.

결론적으로 레이디 수전은 얼핏 괴물 같지만 괴물로만 볼 수 없으며, 그녀는 빅터 프랑켄슈타인의 괴물보다 억압적이며 모호하게 묘사되었다고 할 수 있다. 이 괴물 같은 레이디 수전에게 19세기 가부장적 남성과 영국사회에 대한 여성의 분노가, 그리고 워낙 선악을 초월한 존재지만 인간의 배척으로 사악한 악마가 된 괴물에게는 인간관계망 없는 자신의 고독한 처지에 대한 분노, 더 나아가 흉측한 외모 때문에 자신을 거부하는 (드레이시 가로 대변되는) 부르주아 영국 가정에 대한 분노가 숨어 있음을 확인하였다. 오스틴의 사후 출판이나 메리 셸리의 익명 출판은 이러한 괴물 같은 주인공을 통해 가부장적 사회의 변화를 요구하는 두 작가의 전복적인 면모를 암시한다고 해석할 수 있을 것이다.

인용문헌

Austen, Jane. *Jane Austen's Letters*. 3rd edition. ed. Deirder Le Faye, Oxford: Oxford UP, 1996.

Austen, Jane. *Lady Susan, The Watsons, and Sandition*. Penguin Books: London, 2015.

Austen, Jane/ Han, Aekyung & Lee, Bongji (Trans.). *Lady Susan and Others*. Seoul: Sigong-sa, 2016.

　　[제인 오스틴/ 한애경·이봉지 역. 『레이디 수전 외』. 서울: 시공사, 2016.]

Botting, Fred. "Reflections of Excess: *Frankenstein*, the French Revolution and Monstrocity." *Reflections of Revolution*. Eds. Yarrington and Everest. London & New York: Routledge, 1993.

Brooks, Peter. *Body Work: Objects of Desire in the Modern Narrative*. Cambridge: Harvard UP, 1993.

Bush, Douglas. *Jane Austen*. London & New York: The Macmillan Press Ltd., 1975.

Chapman, R. W. *Lady Susan*. New York: Schocken Books, 1984.

Doody, Margaret Anne. "Jane Austen, that Disconcerting 'Child.'" *Cambridge Studies in Nineteenth Century Literature and Culture* 47 (2005): 101‐121.

Epstein, Julia L. "Jane Austen's Juvenilia and the Female Epistolary Tradition." *Papers on Language & Literature* 2.4 (1985): 399-416.

Gard, Roger. "*Lady Susan* and the Single Effect." *Essays in Criticism* 30.4 (1989): 305-325.

Gilbert, Sandra M. & Gubar, Susan. *The Mad Woman in the Attic: The Woman Writer and the Nineteenth-Century Imagination*. New Haven: Yale UP, 1979.

Ham, Jongsun. "Wolstonecraft's Criticism of the Culture of Sensibility and *Frankenstein*". *Nineteenth Century Literature in English* 10.2 (2006): 225-47.

　　[함종선 「울스턴크래프트의 감성문화비평과 『프랑켄슈타인』」. 『19세기 영어권 문학』. 10.2 (2006): 225-47.]

Han, Aekyung. "*Lady Susan*: 'Proper Lady' vs. Femme Fatale". *Gender and Culture* 9.2 (2016): 27-47.

[한애경. 「「레이디 수전」: '정숙한 귀부인'과 여성 악당」. 『젠더와 문화』. 9.2 (2016): 27-47.]

Hansen, Mark. "Not Thus, After All, Would Life Be Given: 'Technesis.' Technology and the Parody of Romantic Poetics in *Frankenstein*." *Studies in Romanticism* 36.4 (1997): 575-609.

Hong, Sungjoo. "The Monstrosity of Birth in Frankenstein and Mary Shelley's 〈Frankenstein〉". *The Journal of Literature and Film* 4.2 (2003): 125-152.

[홍성주. 「『프랑켄슈타인』과 〈메리 셸리의 프랑켄슈타인〉에 나타난 출산의 괴물성」. 『문학과 영상』. 4.2 (2003): 125-152.]

Jo, Hansun. "An Anomaly in Jane Austen Canon: *Lady Susan*." *The Journal of Humanities* 37.2 (2016): 263-87.

[조한선. 「제인 오스틴의 일탈: 「레이디 수잔」」. 『인문어학연구논총』. 37.2 (2016): 263-87.]

Johnson, Barbara. "My Monster/ My Self." *Diacritics*. 12(1982): 2 – 10.

Lee, Sunjoo. "*Frankenstein*: from a Post-human Perspective." *Nineteenth Century Literature in English* 21.1(2017): 57-83.

[이선주. 「포스트휴먼 관점에서 본 『프랑켄슈타인』」. 『19세기 영어권문학』. 21.1 (2017): 57-83.]

Levine, Jay Arnold. "Lady Susan: Jane Austen's Character of the Merry Widow." *Studies in English Literature 1500-1900*. 1.4 (1961): 23-33.

Lipking, Lawrence. "*Frankenstein*, the True Story: or Rousseau Judges Jean-Jacgues." *Frankenstein*. Ed. Paul Hunter. New York: Norton, 1996.

Mellor, Anne K. "*Frankenstein*: A Feminist Critique of Science." Bottig, Fred. ed. *New Casebooks Frankenstein*. London: Macmillan, 1995.

Mudrick, Marvin. "Gentility: Ironic Vision and Conventional Revision." *Jane Austen: Irony as Defense and Discovery*. Princeton: Princeton UP, 1952, 127-145.

Min, Jaesik ed. *The New World Comprehensive English-Korean dictionary*. Seoul:

Sisayongo-sa, 1986.

[민재식 편. *The New World Comprehensive English-Korean dictionary*. 서울: 시사영어사, 1986.]

Picart, Caroline Jane ("Kay"). *The Cinematic Rebirth of Frankenstein, Universal, Hammer, and Beyond*. Westport: Praeger, 2002.

Poovey, Mary. *The Proper lady and the Woman Writer: Ideology as Style in the Works of Mary Wollstonecraft, Mary Shelley, and Jane Austen*. Chicago: U of Chicago P, 1984.

Shelley, Mary. *Frankenstein(1818 text)*. Oxford & New York: Oxford UP, 1993.

Shelley, Mary/ Han, Aekyung (Trans.). *Frankenstein*. Seoul: Eulyou Moonwha-sa, 2013.

[메리 셸리/ 한애경 역. 『프랑켄슈타인』. 서울: 을유문화사, 2013.]

Wollstonecraft, Mary. *A Vindlication of the Rights of Woman*. Ed. Miriam Brody Kramnick. Penguin Books, 1982.

Webster's Ninth New collegiate Dictionary. Springfield, Massachusetts: Merriam-Webster Inc, 1987.

『프랑켄슈타인』과 실재계(the Real)

I. 서론

정치학과 철학, 종교, 문학, 영화 등 문화 전반에 걸친 슬라보예 지젝 (Slavoj Žižek)의 전방위적 비평은 21세기 문화계에 큰 영향을 미치고 있다. 그는 어렵게만 느껴지고 접근하기 힘든 프랑스의 정신분석학자 자크 라캉(J. Lacan, 1901-1981)과 헤겔을 한결 알기 쉽게 재해석해주었다. 그는 "실재계의 철학자"라 불리는데, 이는 라캉의 상상계와 상징계, 실재계라는 세 등록소(register)를 받아들여 그 중에서도 특히 가장 덜 주목받던 실재계에 주목해 설명했기 때문이다.

잠깐 라캉의 이론을 살펴보자. 라캉의 상상계는 유아가 태어나서 6개월에서 18개월 사이에 갖게 되는 환상이며, 이는 보통 "거울단계"

(mirror stage)라 표현된다. 인간은 "유아에게 완전하게 통일되고 종합적인 신체를 부여"[1]하는 상상계에서 상징계, 즉 '대문자' O(Other)로 표기되는 '대타자'(58)로 나아가게 된다. 지젝에 의하면, 상징계는 언어에서부터 법에 이르는 모든 사회적 체계들을 포함하는 가장 광범위한 세계로서, 우리가 보통 사회 내지 '현실'이라고 부르는 것의 긍정적 부분이다. 상징계는 사회의 비인격적 틀로서, 거기서 우리는 다른 존재들과 특정한 공동체 내 자리를 차지한다. 대다수 사람은 태어나기도 전에 상징계에 등록된다. 한편 상징계는 의미화 사슬(signifying chain)이나 기표의 법(law of the signifier)에 의해 통합되며, 어떤 의미에서 우리는 이 상징계 속에 갇혀 있다(토니 마이어스/박정수 역, 55, 65).

실재계는 가장 설명하기 어려운 부분으로서, 알 수 없는 삶의 영역이다.[2] 다시 말해 어렴풋이 '무엇인가' 존재한다는 것만을 알 수 있을 뿐 그것이 무엇인지 또렷하게 알 수 없는, 상징계의 언어로 표상할 수 없는 세계이다. 우선 실재계에 대한 사라 케이(Sarah Kay)의 설명을 인용해보자.

라캉에 있어 실재계는 상징계, 상상계와 더불어 세 등록부의 하나이다. 비록 초기 저작에서 지젝이 따로 실재계를 무시무시한 존재로 제시하지만, 이것은 실재계가 관련을 맺고 있는 공포나 외상을 전달할 목적을 띤 설명 장치이다. 실재계는 현실과 대비해서만 존재하며, 언어의 한계와

---

1. Tony Myers, 2003: 토니 마이어스/박정수 역, 2005. 앞으로 나오는 『누가 슬라보예 지젝을 미워하는가?』의 제목은 『누가』로 줄여 표기하기로 한다. 54면 참조.
2. 라캉의 설명은 난해할 뿐 아니라 후기로 갈수록 변한다. 라캉이 1936년에 출판된 논문에서 "실재계"라는 용어를 처음 사용한(Ecrits 86) 이후, 1953년, 1953-55년, 1964-70년대 초까지 라캉의 실재계 개념의 변화에 대해 『라깡 정신분석 사전』 216-21 & 숀 호머 153-78 참조.

한도에 상응한다. 그러므로 그것은 '거세'에서 생겨나고 의미사슬 내의 불균형에서 모습을 드러내는 언어의 결핍의 관점에서 접근될 수 있다. . . . 실재계에 대해 생각하는 방식은 직접적인 것이 아니라 '그 자체에는 존재하지 않는 원인으로서 – 왜곡되고 대처된 방법으로 일련의 효과로만 나타난다.'[3]

위 인용에서 보듯이 실재계는 언어로 표현할 수 없다. 즉 실재계는 언어의 한계인데, "우리가 말하는 존재가 됨으로써 잃게 되는 모든 것" (사라 케이 18)이다. 즉 언어로 무엇을 인식하고 표현하려고 하는데 실재계는 언어로 도달할 수 없는 것이다. 세계에 대한 우리의 앎은 언어를 통해 매개되므로, 실재계는 "언어에 의해 포획되기 이전의 세계"이다. 가령 미국 작가 척 팔라닉(Chuck Palahniuk)의 『질식』(Choke)에서 마미가 산을 이해하는 방식에서 이런 실재계의 경험을 볼 수 있다.

> 짧은 섬광 속에서 마미는 벌목 더미, 스키 리조트, 산사태, 관리된 야생, 판 구조 지형, 국지기후, 비 그늘(산으로 막혀 강수량이 적은 분지), 음양의 조화 등과는 무관한 산을 보았다. 그녀는 언어라는 틀 없이, 관념의 연상 없이, 산과 관련하여 알고 있던 지식의 렌즈를 거치지 않은 상태의 산을 본 것이다. 그 찰나의 섬광 속에서 그녀가 본 것은 '산'이 아니었다고 할 수 있다. 그것은 자연의 원천이다. 그것은 아무런 이름도 갖고 있지 않다. (Palahnicuk 2001 149; 토니 마이어스/박정수 역, 59에서 재인용)

---

3. Žižek, 1989; 이수련, 2002, 163; 사라 케이 248-49. 앞으로 나오는 『이데올로기라는 숭고한 대상』의 인용은 『숭고한 대상』으로 줄여 표기하기로 한다.

이처럼 산은 언어 너머에 있으므로 그 산을 상징계로 설명하거나 쉽게 정의할 수 없다. 이 산처럼 실재계는 언어 밖에 존재하며 상징화 과정을 거부한다(*Seminar* I 66).

　　그럼에도 불구하고, 지젝은 거의 언제나 상징계와의 관계 속에서 실재계를 다룬다. 실재계는 상징계가 실재계를 절단하는 과정에서 남은 잔여물, 즉 상징계 내부의 실패나 공백으로 나타나는, 상징화에 저항하는 잉여이다(『누가』 61). 그래서 실재계를 인식하는 한 가지 방법은 어떤 것이 상징화에 적용되지 않는 순간을 주목하는 것이다. 다시 말해 실재계는 상징계 내의 부재로서만 알려진다(사라 케이 58). 지젝의 유명한 다음 인용문을 보자.

　　오늘날 라캉적인 주체가 분열되어 있고 빗금 그어져 있으며, 기표연쇄 속에서의 결여와 동일시 된다는 것은 너무나도 잘 알려져 있는 사실이다. 하지만 **라캉 이론의 가장 급진적인 차원은** 이 사실을 인정했다는데 있는 게 아니라 **큰 타자, 상징적 질서 자체도 또한 어떤 근본적인 불가능성에 의해 빗금 그어져 있으며, 어떤 불가능한/외상적인 중핵, 중심의 결여를 중심으로 구조화되어 있다는 점을 깨달았다는 데 있다.** 타자 속에 이런 결여가 없다면 타자는 밀폐된 구조가 될 것이며, 주체에게 열려진 유일한 가능성은 타자 속에서의 완전한 소외가 될 것이다. 따라서 **주체로 하여금 라캉이 분리라고 부른 일종의 '탈-소외'를 성취할 수 있도록 하는 것은 바로 타자 속의 이러한 결여이다.** 이는 물론 주체가 자신이 언어의 장벽에 의해 대상과 영원히 분리되어 있다는 것을 체험한다는 의미에서가 아니다. . . . **타자 속의 이러한 결여는 주체에게 이를 테면 숨 쉴 수 있는 공간을 만들어 준다. 그것을 통해 주체는 기표 속에서**

의 완전한 소외를 모면하게 된다. 물론 자신이 결여를 메움으로써가 아니라 자신을, 자신의 결여를 타자 속의 결여와 동일시함으로써 말이다.

Today, it is a commonplace that the Lacanian subject is divided, crossed out, identical to a lack in a signifying chain. However, the most radical dimension of Lacanian theory lies not in recognizing this fact but in realizing that the big Other, the symbolic order itself, is also barred!, crossed out, by a fundamental impossibility, structured around an impossible traumatic kernel, around a central lack. Without this lack in the Other, the Other would be a closed structure and the only possibility open to the subject would be his radical alienation in the Other. So it is precisely this lack in the Other which enableds the subject to achieve a kind of 'dealienation' caned by Lacan separation : not in the sense that the subject experiences that now he is separated for ever from the object by the barrier of language. . . . This lack in the Other gives the subject ―so to speak―a breathing space, it enables him to avoid the total alienation in the signifier not by filling out his lack but by allowing him to identify himself, his own lack, with the lack in the Other.

(*The Sublime Object of Ideology* 137; 굵은 글씨는 인용자의 강조)

상징계는 모든 것을 포괄할 수 없고 억압된 "불가능한/외상적인 중핵(traumatic kernel)" 때문에 잉여나 결핍이 생기며, 이런 잉여와 결핍이 바로 실재계이다. 상징계 안에 존재하는 실재계의 중핵은 빈자리로 인식되며 모든 그 외의 표상들, 이미지들, 그리고 기표들은 이 간극을 메우려는 시도일 뿐이다. 주체로서 욕망을 실현하고자 할 때 우리는 충분히 만족하지 못하기 때문에 필연적으로 실망하며, 항상 뭔가 더 있다고 느낀다(숀 호머 52-158, 169-71). 이 '의미들 속의 빈 구멍'이나 빈틈 때문에 상징계에서 소외가 생긴다.

그런데 주체는 상징계의 도구, 즉 대타자의 요구에 맞추려는 경향이 있지만, 상징계에도 빈틈이 있다는 것을 알면 주체는 소외에서 해방된다. 즉 주체는 자신만 $가 아니라 상징계 역시 Ø라는 것을 아는 순간, 주체는 자유로워지며, 숨 쉴 구멍이 생긴다는 것이다. 이를 한마디로 정리하면, 상징계는 자신의 욕망 때문에 균열과 결핍, 틈새를 드러낸다. 타자의 결여로 인해 주체는 소외에서 벗어난다. 즉 대타자도 궁극적 질문에 대한 대답을 갖고 있지 않음을 알고, 이로 인해 주체는 소외에서 벗어날 가능성을 갖게 된다는 것이다. 만약 상징계가 완벽하다면 주체는 상징계의 명령에 맹목적으로 복종하는 "자동 기계나 로봇"(토니 마이어스 63)이 될 것이다. 따라서 주체는 상징계 속 실재계를 인정해야 한다. 실재계를 본 사람은 이전과는 다른 사람이 된다. 즉 "실존적인 혹은 대상관계적인 완성 혹은 완결에 대한 자만과 집착을 버리고 불가능성을 수용"하여 상징계로 되돌아온 주체는 상징계를 벗어날 수 없겠지만, 상징 질서 내에 갇힌 주체와는 분명 다른 주체가 될 가능성이 있다는 것이다(양종근 103-04). 다시 말해 실재계를 수단으로 상징계를 치료한다, 즉 실재계에서 재부팅해 상징계와 우리의 관계를 새롭게 시작하게 해준다는 것이다(사라 케이 230).

그러므로 이세까지 살펴본 실재계의 특징을 대강 정리해보면, 실재계는 언어와 법 밖에 있고, 상징계에서 배제하려 해도 자꾸 돌아오므로 상징계와 실재계는 내밀하게 서로 중첩되어 있다. 그러므로 본고에서는 메리 셸리(Mary Shelley)의 『프랑켄슈타인』(*Frankenstein*)에 등장하는 괴물을 만든 주인공 빅터 프랑켄슈타인(Victor Frankenstein)과 똑같은 이름의 괴물의 관계를 이런 실재계(the Real)라는 틀에서 분석해보고자 한다. 구체적으로 괴물은 언어나 여자 괴물을 통해 끊임없이 상징계 진입을 시도하며, 상징계에 괴물의 존재를 인정할 수 없는 빅터는 괴물의 상징계 진입을 끊임없이 배제하려 한다. 이것이 이 작품의 핵심적 갈등이므로, 괴물의 상징계 진입 시도와 빅터의 배제를 실재계라는 관점에서 분석해보겠다는 것이다. 이런 분석은 빅터와 괴물의 관계를 더욱 깊이 있게 이해하게 해줄 것이다.

II. 본론

2.1 괴물의 상징계 진입 실패

우선 인간 사회에서 소외된 괴물이 언어를 통해 상징계로 들어가려 애쓰지만 좌절하는 과정을 살펴보자. 자신이 만들어진 날 주인에게 버림받은 괴물은 물에 빠진 처녀를 구해주는 등 몇 차례 사람들과 교류하려 하지만, 혐오와 두려움의 대상이 될 뿐 번번이 좌절한다. 젊은 처녀를 익사에서 구해주자 시골 청년은 총으로 그를 죽이려 하며, 시골 사람들은 그의 추악한 외모를 보고 놀라 도망친다. 이와 같이 그에게 돌아온 것은 배은망덕한 반응뿐이다. 이외에도 괴물은 상징계에 들어가 대타자(드레이시 집안)의 요구에 맞추려 한다. 가령 그는 귀족 출신으로 남다른 "오두막 식구들[드레이시 집안]의 점잖은 매너"4를 간파하며, 자신들은 굶으면서도 노인에게 식사 차려 드리는 것을 보고 그들의 식사를 몰래 조금씩 훔치던 버릇을 고치는 등 사회적 규율을 지키려 한다. 우연히 물에 비친 자기 모습을 보게 된 괴물은 자신의 추악한 외모에 실망하여 인간과 교류하기 힘든 자신의 실체를 깨닫는다.

> 오두막 식구들(드레이시 집안사람들)의 완벽한 외모에 감탄했어. 그들의 우아함과 아름다움, 그리고 섬세한 얼굴. 하지만 맑은 웅덩이에 비친 내 모습을 보고 얼마나 놀랐던지! 처음에는 거울 같은 물에 비친 모습이 정말 나인지 믿지 못해 움찔 물러섰지. 그러다 사실 내가 바로 괴물이라는 사실을 충분히 확인하자, 비통한 절망과 억울한 감정에 휩싸였어. 아, 이 비참한 추함이 얼마나 치명적 결과를 초래할지 난 전혀 몰랐거든.

> I had a admired the perfect forms of my cottagers - their grace, beauty, and delicate complexions: but how was I terrified, when I viewed myself in a transparent pool! At first I started back, unabled to believe that it was indeed I who was reflected in the mirror; and when I became fully convinced that I was in reality the monster that I am, I was filled with the bitterest sensations of despondence and mortification. Alas! I did not yet entirely know the fatal effects of this miserable deformity. (239)

이런 이유로 그는 언어를 배워 상징계에 들어가려 한다. 괴물은 "비참하고도 무력, 외로운 상태"에서 언어를 배우면 상징계 속 인간과 관계를

---

4. Mary Shelley. *Frankenstein; or The Modern Prometheus* (1818). Edited by P. L. Macdonald & Kathleen Schert. Broadview Press Ltd.: New York, 1999. 이제부터 나오는 본문의 인용은 이 판에 의거하여 면수만 표기하기로 한다. 138면.

맺을 거라 기대한다. 이리저리 쫓겨 다니던 괴물은 드레이시 가족이 사는 오두막 옆 헛간에 정착해 "눈으로 들여다볼 수 있지만 남의 눈에는 거의 보이지 않는 작은 틈"(134)으로 그들이 사는 모습을 몰래 지켜보다가 아랍 여인 사피를 가르치는 펠릭스의 불어 수업을 통해 언어를 배우기 시작한다.

점차 나는 훨씬 더 의미심장한 발견을 하게 되었다. 사람들이 경험과 감정을 분명한 소리로 전달한다는 사실을 알았다. 가끔 그들의 말이 듣는 사람의 마음이나 얼굴에 기쁨이나 고통을 일으키고 미소나 슬픈 표정을 짓게 만든다는 사실도 깨달았다. 이것은 정말 신과도 같은 학문이었다. 나는 열렬히 그 학문을 알고자 했다.

By degrees I made a discovery of still greater moment. I found that these people possessed a method of communicating their experience and feelings to one another by articulate sounds. I perceived that the words they spoke sometimes produced pleasure of pain, smiles or sadness, in the minds and countenances of the hearers. This was indeed a godlike science, and I ardently desired to become acquainted with it. (137)

그는 언어를 배우면 드레이시 가족이 자신을 친구로 대해주리라, 즉 자신만이 소외되었다고 느끼는 저 "존재와 사건의 고리"(172)를 통해 다른 인간과 상호교류하게 해줄 거라 기대했던 것이다. 이처럼 그는 "신과도 같은 학문"인 인간의 언어를 관계의 모델이자 "인간의 상호작용과 영향" 내지 "하나의 사회 제도"(브룩스 378-80)라는 측면에서 이해한다.

괴물의 언어습득 과정을 살펴보면, 처음에는 지시어(기표, signifier)에 지시 대상(기의, signified)이 있음을 파악하고 일단 몇몇 단어를 배운다. 또한 괴물은 빅터의 호주머니에서 발견한 세 권의 책-『플루타르크의 영웅전』(*Plutarch's Lives*)과 『젊은 베르테르의 슬픔』(*Sorrows of Werter*), 『실낙원』(*Paradise Lost*)-에서 공적·사적 영역과 우주적 영역에 걸친 세 가지 양식의 사랑(브룩스 381), 더 나아가 인간 사회의 미덕과 추악한 면모를 동시에 배우게 된다.

괴물은 사피보다 빠른 언어습득에 자부심을 느끼지만, 언어를 통해 드레이시 가족의 인정과 사랑, 연민과 공감을 얻어 상징계에 들어가려던 기대는 보기 좋게 좌절된다. 괴물은 언어를 익혔어도 언어의 핵심적인 특징인 상호성이 부인되어 인간과 관계를 맺을 수 없다. 다시 말해 괴물은 의미화 사슬의 어디에도 소속되지 못한다는 것이다. 이처럼 괴물은 언어를 통한 관계형성, 즉 상징계 진입에 실패한다. 언어를 숙달한 뒤 드레이시 노인을 만나러 간 그는 기대한 좋은 결과를 얻을 듯하다. "눈이 멀어 당신 모습을 볼 수 없지만, 당신 말에는 진심을 믿게 하는 뭔가 있어요"(159)라면서 괴물의 유창한 언변에 마음이 움직여 노인이 그를 받아들이려는 순간, 돌아온 세 사람은 이런 기대를 망친다. 최초로 사회적 고리로 들어가려는 순간, 애거서는 기절하고, 사피는 밖으로 뛰쳐나가며, 펠릭스는 온 힘을 다해 괴물을 구타한다.

그런데 언어는 본질적으로 상호적인 현상일 뿐더러 바깥세계를 바꾸는 "수행석인 힘"을 갖고 있다(Lee 75). "언어의 최고 기능"은 말을 듣는 상대방을 "새로운 현실"로 바꾸는 것이다(*Ecrit* 298/85; Lee 76에서 재인용). 이런 의미에서 사회 제도 안에서 의미는 단순히 언어학적 기호에서 그

기호가 가리키는 지시물로 움직이는 것이 아니라, 법칙에 지배되는 기호 간의 상호 관계에 따라 형성된다는 브룩스의 지적(380)이 적합하다. 이처럼 자신의 외모에 실망해 언어를 배워 상징계에 들어가려다 마지막 희망을 걸었던 드레이시 가족의 거부로 상징계 진입에 실패하자, 그 가족에게 몰래 땔감을 갖다 주는 등 착했던 괴물은 모든 인간에게 원한과 증오심을 갖게 된다. 게다가 그는 자신이 더 이상 할 수 있는 일이 없다는 사실에 더욱 분노한다. 따라서 그는 오두막을 불사르고 주인을 찾아 떠남으로써, 사탄 같은 존재가 된다.

이는 같이 언어를 배운 사피와 괴물을 비교해보면 확실히 알 수 있다. 사피와 괴물은 둘 다 그 사회에서 아웃사이더라 할 수 있다. 하지만 언어를 통해 드레이시 집안에 받아들여지는 사피와 달리, 괴물은 추악한 외모와 거구 때문에 인간과 관계를 맺을 수 없다. 즉 사피는 상징계에 등록되지만, 괴물은 배제된다. 둘의 상황과 성취가 유사하지만, "사피만이 오두막 사람과 남게 된다"(Bentley 335-36).

인간 주체를 규정하는 것이 말의 수행적 차원이라면, 이는 다른 사람에게 우리가 처음에 질문 형태로 접근한다는 사실에서 확인된다. 그 질문은 "나를 사랑하느냐?"는 것이다(Lee 77-78). 나아가 괴물은 언어의 수행적 차원에서 배제됨으로써 인간 주체가 되지 못한다. 그는 아마도 "나를 사랑하느냐? 즉 나도 너희의 일부가 될 수 있느냐?"라고 묻고 싶었겠지만, 이것이 철저히 거부된다. "주체는 대타자의 영역에 종속될 때만 주체가 된다"(Lacan 1991; *Seminar* II 172, 188). 이처럼 괴물은 언어를 습득했지만 인간과의 작용에 실패함으로써 상징계에 들어가지 못한다. 그는 아무에게도 의존하지 않고 아무와도 관련이 없는 불완전한 존재, 즉 상징계의 주체가 아니라, 상징계에 포함될 수 없는 존재이기 때문이다. 주체가 "대타자의 질문에 대한 응답이 지닌 불가능성의 공백"(Žižek 1989; 『숭고한 대상』 302)이라거나, 인간이 단순한 동물도 아니며 동시에 상징적 법에 예속되는 존재도 아닌 "사이의 존재"(In-between)라는 지젝의 언급(*The Ticklish Subject* 36)은 바로 괴물에게도 적용될 수 있다. 이런 맥락에서 괴물이 "선례도 없으며 복제품도 없는 독특한 창조물"로 "자연 이후의 존재이자 문화 이전의 존재"(브룩스 402)라거나 "자연과 문화에서 똑같이 배제"되었다는 지적(Dolar 18)은 적합하다. 이처럼 괴물은 언어는 습득했으나 인간과의 상호작용에 실패함으로써 상징계 진입에 실패한다.

2.2 법의 배제와 실재

질병이나 죽음이 없는 "새로운 인간"을 창조하려던 빅터는 괴물이 깨어난 순간, 즉 2년에 걸친 각고의 노력 끝에 자신이 만들어낸 "괴물이 둔탁한 누런 눈을 뜬"(85) 순간, 괴물의 흉측한 외모에 대해 "숨이 막힐 듯한 공포와 혐오감"(85)으로 자신이 만든 피조물에서 도망친다. "새로 생긴 종은 나를 창조자이자 존재의 근원으로 축복할 것이다. . . . 나보다 자식에게 더 감사받을 아버지는 없을 것"(82)이라는 그의 기대는 무너지며, 그는 괴물의 아버지이자 창조주로서의 책임과 의무를 유기한다. 뿐만 아니라 그는 괴물을 "마귀"(devil)나 "악마"(demon), "혐오스러운 괴물"(125) 등으로 부르며 저주한다. 윌리엄이 살해된 뒤 그가 한 말처럼 괴물은 "나 자신을 잡아먹는 흡혈귀이자 무덤에서 나와 내게 소중한 존재라면 모조리 죽여버릴 나 자신의 영혼"(104)이기 때문이다. 이렇게 그는 만든 첫날 도망쳐 몽블랑에서 괴물을 직접 대면하기까지 괴물을 보지도 못하지만, 끊임없이 괴물에 대한 두려움에 시달리면서 어떻게든 괴물을 상징계에서 배제하려 한다.

이런 배제를 가장 잘 보여주는 것은 괴물에게 쫓기던 빅터가 판사에게 괴물을 처벌해달라고 법에 호소하는 장면이다. 상징계는 언어뿐 아니라 법으로 이루어져 있다. 지젝에 의하면, 법이란 "사회가 기반해 있는 원칙 또는 일련의 금지들에 입각한 집단적 행위 규범"(토니 마이어스 112)을 가리킨다. 다시 말해 대문자 'O(Other)'로 표기되는 "대타자"는 개별 주체들이 경험하는 상징적 질서를 가리키거나, 상징계를 대리표상하는 다른 주체를 가리킨다. 가령 법은 상징계의 일부 제도로서, 그 자체로 대타자이며, 경찰도 법 제도를 대리표상하기 때문에 대타자이다(토니 마이어스 58). 괴물을 만든 과학자 빅터는 상징계 진입에 실패한 괴물이 인간에 대한 원한 때문에 단지 자신의 가족이라는 이유로 남동생인 윌리엄(William)과 집안 하녀 저스틴(Justine)을 죽이고 친구인 클러벌(Clerval)과 약혼녀인 엘리자베스까지 죽이자, 친구 살인 누명을 뒤집어쓰고 법정에서 보았던 치안판사에게 괴물을 체포하여 처벌해 달라고 요구한다. "이는 제가 고발하려는 존재이니 모든 능력을 발휘해 체포해서 처벌해주시기 바랍니다. 그게 치안판사로서의 당신 의무입니다"(221). 이런 호소는 괴물을 상징계의 법에 의해 재판한 후 완전히 이 사회에서 배제하려는 시도이다.

하지만 판사는 괴물이 상징계에 속할 수 없는 다른 차원에 있다고 지적함으로써 상징계의 법으로 심판조차 할 수 없는 근본적인 배제 대상임을 분명히 밝힌다. 상징계로 들어간다는 것은 아버지의 이름, 즉 아버지의 법이라는 등록소에 새겨지는 것인데(Dolar 15), 사회 질서에 포함되지 않는 괴물은 처벌받을 수 있는 법적 지위조차 없다. 판사는 "얼음 바다를 건너고 아무도 감히 들어가지 못할 동굴에 살 수 있는 동물을 누가 추적할 수 있겠어요?"라고 말한다. "당신이 묘사한 괴물에게는 아무리 노력해도 체포할 수 없는 힘이 있는 것 같네요"(222). 그는 괴물을 인간으로 보기 어렵기 때문에 상징계를 지배하는 법으로 처벌할 수 없다고 괴물의 처벌을 거부했던 것이다. 이처럼 판사는 괴물이 인간이 아니라고 최종 판단을 내려준다. 그런데 이제까지 괴물을 인간이 아닌 존재로 취급하던 빅터는 여기서 법에 의해 처벌해야 할 인간으로 취급하는 자기 모순 내지 괴물의 정체에 대한 혼란을 보이기도 한다.

서론에서 본 것처럼, "실재계"는 "친숙한 두려움 혹은 섬뜩함"으로 풀이되는 프로이트의 "unheimliche"(uncanny) (*Standard Edition* XVII 238)나 "현실(reality)이 아닌 실재, 즉 . . . 말로 표현할 수 없는, 영원히 글로 쓰여지지 않는 무엇"(*Seminar* IX, X)이다. 따라서 괴물의 이런 "존재론적 갭"(*The Parallax View* 242; LeDoux 323) 때문에 빅터는 실재적 균열에 직면하게 된다. 이 실재적 균열은 두려움과 공포, 불안, 격렬한 몸부림이나 분노, 질병과 환영, 악몽 등의 증상으로 나타난다. 즉 "현실을 객관적이나 중립적으로 바라보지 못 하게 하는 환상 속에서 . . . 주체는 실재적 균열, 즉 공포에 직면하게 된다"(『숭고한 대상』 196). 따라서 괴물은 인간과 비인간 "사이의 존재"이자 "존재 속의 구멍", '도넛의 구멍' 같은 존재이다. 가령 도넛의 구멍은 그 자체로 아무것도 아니지만 바로 그 구멍 덕분에 도넛이 된다는 것이다(사라 케이 18). 마찬가지로 실재인 괴물까지 포괄할 때, 즉 상징계의 결여를 끌어안을 때 완벽한 현실의 모습이 나타난다.

여기서 빅터가 간과한 것은 괴물이 이런 실재이며 이런 실재를 배제한 상징계는 불완전하다는 점이다. 그는 괴물이 섬뜩하고 두려운 실재계 속 존재, 거리에 뱉어진 추잉검처럼 신발 뒤축에 달라붙어 떨어지지 않는 어떤 것(라캉1988d[1956] 40)임을 미처 깨닫지 못한 것이다. 이는 마치 차 안이나 닫힌 창문 뒤에 안전하게 있을 때는 외부 대상이 "비실재적인 것"으로 보이다가, 갑자기 창문을 내리고 외부 현실에 근접하면 인간이 매우 불편해지는 것에 비교할 수 있다. 안전하게 "보호 스크린" 역할을 해주던 창문이 실은 얼마나 가까이 있었는지를 깨닫는 순간 불편해진다는 것이다(『삐딱하게 보기』 36-37). 지젝의 지적처럼, 실재계는 상징계 바깥에 있는 게 아니라, "실재계는 상징계 자체, 즉 '전부가 아님'의 양태로 존재하는 상징계다"(『죽은 신을 위하여』 115).

또한 이런 괴물의 위치는 2004년 중반 NBC에서 다룬, 법망 밖에 있는 관타나모 포로의 처지와 비교할 수 있다. 아무도 전쟁포로로 운 좋게 살아남은 그들의 처리 문제를 비난할 수 없다는 주장에는 그들의 상황이 어찌 됐든 죽는 것보다 낫다는 생각이 들어 있다. 이 포로들은 "생물학적으로 살아 있지만 명확한 법적 지위를 박탈당했기 때문에 법적으로는 죽은 상태", 즉 '두 죽음의 사이'에 있으며 "법의 영역 안에 남아 있는 텅빈 공간"에 있다(『How to Read 라캉』 138). 이런 연유로 이 포로들은 법에 포함되지 않아 아버지의 법 밖에 있는 괴물의 위치를 대변해준다. 괴물은 이 포로들처럼 법의 밖에 있으며 살아있지만 죽은 것 같은 산송장 취급을 당한다. 마치 실재계처럼 "법의 중심에 존재하며 동시에 법의 밖"(김서영 130)에 있다는 것이다.

2.3 실재의 귀환과 공포

끝까지 상징계에서 괴물을 배제하려는 빅터와 무슨 수를 써서라도 상징계에 진입하려는 괴물은 마침내 몽블랑에서 처음 만나 대화를 나눈 뒤 일종의 타협안에 이르는 듯하다. 괴물은 자신의 귀환이나 반격에 대한 빅터의 두려움을 간파하고 몸집에 어울리지 않는 유창한 언변으로 유럽에서 떠나 멀리 "남미의 넓은 광야"(170)에서 살겠으니 자신처럼 "같은 종"에 "같은 결함"(168)을 지닌 여자 괴물을 만들어 사회적 관계를 맺게 해달라고 간청한다. 그가 여자 괴물에게서 기대하는 것은 다른 사람에게 바람직한 존재가 되는 것, 즉 자신이 받아보지 못한 인정과 존경이다. 이처럼 괴물은 법의 바깥에 존재하면서도 그 법에 지배되기 위해 다른 피조물, 즉 자신의 이브를 만들어달라고 요구한다(브룩스 384). 그는 비록 외로워서 타락했지만 여자 괴물과 지내면 지금은 소외된 "존재와 사건의 고리"(172)에 연결될 거라고 말한다. 이처럼 언어를 통해 상징계 진입에 좌절한 괴물은 이번에는 자기와 같은 여자 괴물을 통해 상징계에 진입하려 한다.

한편 빅터는 눈을 가린 채 괴물의 이야기를 들을 때, 기이하게도 그에게 "연민"(171)을 느낀다. 그는 괴물에게도 최소한의 행복을 보장해줄 의무와 아울러 부모로서의 책임과 "피조물에 대한 창조자의 의무"(128)를 처음으로 느낀다. 아울러 빅터는 괴물의 제안대로 여자 괴물을 만들어 둘을 함께 멀리 보내면, 괴물도 나름 행복하고 자신도 괴물의 귀환에 대한 두려움에서 벗어나며 사회도 안전할 거라 생각한다. 즉 그는 괴물을 배제하기보다 괴물의 귀환에 대한 두려움이나 걱정 없이 상징계에서 격리하는 것을 바람직한 대안으로 생각하게 된다.

괴물의 요구대로 여자 괴물을 만들던 그는 괴물 후손의 번식에 대한 두려움 때문에 거의 완성 단계에 있던 여자 괴물을 파괴한다. 괴물들의 출산은 "저주를 번식"시켜 전혀 통제 불가능한 새로운 의미고리를 만들 것이므로 상징계가 괴물의 후손으로 오염될까 두려워졌기 때문이다. 즉 "악마의 종족이 지상에 번성"(190)해 바로 "인류 종족의 존재 자체를 위협하고 공포에 가득한 상태"(190)로 만들 거라는 이유로, 괴물의 행복보다 인류를 생각하여 여자 괴물을 파괴한 자신의 행위를 정당화하기도 한다. 게다가 그는 아마도 남자 괴물보다 더 "이성적"(190) 존재일 여자 괴물은 자기가 만들어지기 이전에 이루어진 계약에 순종하지 않을지도 모른다고 생각했던 것이다. 그런데 빅터가 괴물을 두려워하고 나아가 여자 괴물을 파괴하는 것은 인간보다 빠르고 추위와 더위를 잘 견디는 등 자기가 만든 괴물의 뛰어난 능력 및 괴물의 후손이 지상에 번식하게 될까봐 괴물의 번성에 대한 두려움이 표면적 이유지만, 실은 라멜라나 에일리언처럼 떼래야 뗄 수 없는 실재계에 대한 두려움이 더 큰 진짜 이유라 하겠다. 괴물은 "언어를 포함하여 모든 우리의 문화적 제약에 이의를 제기하는 존재"(브룩스 407)이기 때문이다. 이처럼 그의 두려움은 주체가 어둠 속의 심연, 즉 실재적 공포와 직면할 때의 두려움이다(Evans 10).

그러자 창문에서 이 여자 괴물의 파괴를 지켜본 괴물은 "악마같이 절망해 복수하겠다"(191)고 울부짖는다. 멀리 떠나서라도 여자 괴물과 상징계에서 살려던 괴물의 기대는 다시 무너진다. 이렇듯 여자 괴물의 파괴는 "존재와 사건의 고리"에 접근하려던 괴물의 희망을 앗아가 버린 것이다. 이전에는 언어를 통해, 이번에는 여자 괴물을 통해 상징계에 진입하려던 괴물의 기대는 또 다시 무참하게 무너진다. "결혼식 날 밤 돌아올게"(193)라고 복수를 맹세하며 사라졌던 괴물이 결혼식 날 빅터의 신부인 엘리자베스를 살해하고 사라지자, 쫓고 쫓기는 그들의 본격적인 추격전이 시작된다. 결국 이런 추격전의 결과, 둘 다 비참하게 죽는다. 빅터는 괴물을 창조한 결과 가족과 친구를 잃고 괴물을 추격하다가 월튼 선장의 선상에서 죽는다. 괴물도 심지어 자신을 만든 주인에게 버림받아 자식을 인정하지 않는, "문화와의 유일한 고리"(Dolar 18)인 주인 가족을 다 죽이며 인간과 더불어 살 수 있는 상징계 진입에 실패하자, 얼음 뗏목을 타고 "멀리 어둠 속에 사라져"(244) 죽는 것으로 암시된다. 이처럼 빅터는 여자 괴물을 만들 때 잠시 마음이 흔들렸지만 떼려야 뗄 수 없는 실재계를 인정하지 못하고 끝까지 괴물의 상징계 진입을 저지한 결과, 가족과 친구를 다 잃을 뿐 아니라 끝없이 두려움에 시달리다가 인생을 마감한다.

"결혼식 날 밤 돌아올게"라는 말은 후렴처럼 빅터의 귓가에 맴돈다. 아무리 멀리 있어도 언제든 돌아올 괴물의 반격을 두려워하던 빅터는 괴물이 "거리에 뱉어진 추잉검과 같이 신발 뒤축에 달라붙어 떨어지지 않는 어떤 것"(라캉1988d[1956]L 40; 숀 호머 153), 즉 상징계의 "도처에 있으면서 피할 수 없는"(사라 케이 59) 실재임을 모르고 계속 배제하려 애쓰는 것이다. 이런 맥락에서 괴물은 이른바 지젝의 "고요히 잠든 당신의 얼굴을 덮치는"(*The Ticklish Subject* 66; 『까다로운 주체』 154-55; 사라 케이 182에서 재인용) 라멜라(lamella)나 형체를 알 수 없는 "에일리언"처럼 떼거나, 부정할 수도, 배제할 수도 없는 실재라 할 수 있다. 어디든 존재하는 죽지 않는 라멜라에 대한 묘사에서 끔찍한 상상계 속 실재의 속성을 짐작할 수

하고 괴물을 통합하지 못하는 사회의 무능력을 보여준다는 지적(Dolar 18)이 적합하다. 이처럼 그의 제한된 사고는 더 나아가 괴물을 포함하지 못하는 사회의 한계를 보여준다.

빅터가 소외에서 벗어나는 유일한 길은 상징계와 더불어 항상 동시에 존재하는 실재계를 받아들이는 것이다. 라캉은 "완벽한 관련성"(the complete interconnections)(*Seminar* XX 112)을 세 개의 고리가 하나로 연결된 보로메오 매듭(Borromean knots)에 비유한 바 있다(Lee 196). 빅터는 상징계와 실재계가 중첩되어 공존함을 깨닫고, "내 안에 있는 나보다 더한 어떤 것", 다시 말해 "내 안의 낯선 이방인"을 성찰하고(양종근 101) "모든 진리 중에서 가장 유쾌하지 않은 진리"(테리 이글턴 228), 즉 내 안의 "외상적 중핵"인 괴물을 인정했어야만 했다.

III. 결론

이와 같이 빅터와 괴물의 관계를 "실재계"와 관련하여 분석해보았다. 괴물은 상징계 진입을 끝없이 시도하나, "존재의 빈 구멍"이자 "사이의 존재"이기 때문에 좌절된다. 한편 빅터는 괴물의 상징계 진입을 거부함으로써 상징계 안의 실재계를 끝까지 인정하지 않고 배제한다. 실재계가 "무엇인가 기괴하고 낯설며 두려운 영역"(김서영 131)이라 해도 상징계 속 실재계를 대면하고 인정해야 한다. 지젝에 의하면, "20세기를 규정하는 궁극적인 경험은 실재계에 대한 직접적 경험(일상적인 사회적 현실과 대립하는 경험)이며, 가장 폭력적인 형태의 실재계는 현실의 기만적인 껍데기를 벗겨내기 위해 치러야 할 대가이다"(김선규 102).

빅터는 "대타자에 의해 주조"되었으며, 빈틈이 있으며 완벽하지 않은 "상징계 속의 간극"을 받아들이지 못한다. 상징계의 요구에 맞추려고 애쓴다는 점에서 그는 라캉이 말하는 강박증 환자다. 거세에 대한 인식과 함께 상징계로 진입한 후 끝없이 강박증과 히스테리를 오가는 주체(김서영 134, 142)인 빅터는 어떤 의미에서 강박증 환자가 아니라 대타자에게 의문을 갖는 히스테리 환자(『까다로운 주체』 164; 사라 케이 183에서 재인용)가 되어 상징계와의 거리를 발견했어야 했다. 그러므로 상징계 속 실재계를 대면하고 받아들일 때 새로운 주체가 존재할 수 있는 새로운 상징적 질서가 탄생할 것이다.

메리 셸리는 상징계와 실재계가 중첩됨을 인정하지 못하고 상징계 속의 실재계를 배제하려는 빅터의 모습을 그렸지만, 본인은 지젝처럼 이 두 세계가 중첩됨을 꿰뚫어 간파하였다. 셸리는 실재계를 배제할 뿐 상징계의 일부로 받아들이지 못하는 빅터의 한계뿐 아니라, 괴물을 통해 이런 상징계 속에서 배제할 수 없는 실재계를 그리고 있다. 이처럼 상징계가 구성되기 위해서는 상징화에 들어오지 않는 부분을 사유로부터 배제할 수밖에 없는데, 이를 포착한 것이 시대를 앞선 셸리의 놀라운 선진성이라 할 것이다.

인용문헌

김서영. 「사랑의 방식들: 〈파도를 가르며〉와 〈마부〉에 나타난 두 종류의 실재적 사랑」.
『라깡과 현대정신분석』 10.1 (2008): 129-47.

김선규. 「상징계라는 형식의 역설」. 『현대사상』 2 (2008): 81-105.

딜런 에반스. 『라깡 정신분석 사전』. 김종주 외 역. 서울: 인간사랑, 1998.

사라 케이. 『슬라보예 지젝』. 정현숙 역. 부산: 경성대학교 출판부, 2006.

숀 호머. 『라캉읽기』. 김서영 역. 서울: 은행나무, 2006.

슬라보예 지젝. 『삐딱하게 보기: 대중문화를 통한 라캉의 이해』. 김소연, 유재희 역.
서울: 시각과 언어, 1995.

_____. 『죽은 신을 위하여』. 김정아 역. 서울: 도서출판 길, 2007.

_____. 『이데올로기라는 숭고한 대상』. 이수련 역. 서울: 인간사랑, 2002.

_____. 『HOW TO READ 라깡』. 박정수 역. 서울: 웅진지식하우스, 2007.

_____. 『까다로운 주체』. 이성민 역. 서울: 도서출판 b, 2005.

양종근. 「이데올로기와 실재계의 윤리」. 『신영어영문학』 34 (2006): 85-106.

토니 마이어스. 『누가 슬라보예 지젝을 미워하는가』. 박정수 역. 서울: 앨피, 2005.

테리 이글턴. 『실재계의 이론가 슬라보예 지젝』. 김용규 역. 213-228.

피터 브룩스. 『육체와 예술』. 한애경 & 이봉지 역. 서울: 문학과 지성사, 2000.

Bentley, Colene. "Family, Humanity, Polity: Theorizing the Basis and Boundaries of
Political Community in Frankenstein." *Criticism* 47.3 (2005): 324-51.

Dolar, Mladen. "'I shall Be with You on Your Wedding-Night': Lacan and the
Uncanny." *Rendering the Real* 58 (1991): 5-23.

Eagleton, Terry. *Figures of Dissent: Critical Essays on Fish, Spivak, Žižek and Others.*
London: Verso, 2003. 196-206.

Lacan, Jacques. *The Seminar of Jacques Lacan*(I II IX X XI XX). Trans. B. Fink.
New York: Norton.

_____. *Ecrits: A Selection.* Trans. Alah Sheridan. New York: Norton, 1977.

LeDoux, Joseph. *Synaptic Self.* London: Macmillan, 2002.

Lee, Jonathan Scott. *Jacques Lacan*. Amberst: U of Massachusetts P, 1990.

Shelley, Mary. *Frankenstein; or, The Modern Prometheus*(1818). Edited by P. L. Macdonald & Kathleen Schert. Broadview Press Ltd.: New York, 1999.

Žižek, Slavoj. *The Sublime Object of Ideology*. London: Verso, 1989.

_____. *The Parallax View*. Cambridge, Massachusetts: MIT P, 2006.

죽음과 성장:
『미들마치』와『미 비포 유』

I. 서론

"호스피스의 어머니. 의학계의 여신. 죽음학의 세계적인 대가. 시사
주간지 ≪타임≫이 선정한 20세기를 변화시킨 100인 중 한 사람. 역사상
가장 많은 학술상을 받은 여성"(퀴블러 로스[2009] 303). 이는 평생 죽음을
연구함으로써 의미 있는 삶을 추구한 20세기 최고의 정신의학자인 엘리
자베스 퀴블러-로스(Elizabeth Kubler-Ross, 1926~2004)를 나타내는 수식어들
이다. 그녀는 뇌졸중으로 쓰러져 죽음에 직면한 71세에 자기 생을 돌아
보면서 쓴 『생의 수레바퀴』(2009)라는 자서전에서 자신이 죽음에 관심을
갖게 된 과정을 설명한다. 이 책에 의하면, 그녀는 스위스 취리히에서
세 여자 쌍둥이 가운데 첫째로 태어나서 겪은 정체성의 혼란과, 나무에

서 떨어진 뒤 가족에게 둘러싸여 집에서 평안하게 돌아가신 아버지 친구의 죽음을 어린 시절에 목격한 일, 그리고 19세 때 제 2차 세계대전이 끝난 뒤 폴란드에서 전쟁 난민을 돕는 자원봉사 활동을 하던 중 나치의 마이데네크(Maidenek) 유대인 수용소의 막사 벽에서 본 나비 그림을 통해 삶과 죽음, 그리고 환생에 눈을 떴다고 한다. 아울러 그녀는 삶의 유일한 목적이란 죽을 때까지 "성장하는 것"(로스[2009], 296, 297, 300)이라고 강조한다.[1] 그러므로 우리는 스스로 평생 성장하고, 더 나아가 다른 사람의 성장을 도와야 한다. 즉 나로 말미암아 이 세상이 이전보다 조금이라도 나은 곳이 되어야 그 사람의 인생을 가치 있는 삶이라 평가할 수 있다는 것이다. 이는 세상에 조그만 변화라도 가져오도록 사는 동안 "변화 인자(change agent)"(김인숙 16)로 살겠다는 결단과도 상통한다. 이런 연유로 어떤 인물의 죽음이 주변 사람의 성장에 어떤 영향을 미쳤는가? 하는 점은 매우 중요한 문제라고 하겠다.

우선 대다수 작가들의 작품처럼 조지 엘리엇(George Eliot)의 작품에도 여러 인물의 죽음이 나온다. 가령 『플로스강의 물방앗간』(*The Mill on the Floss*, 1860)의 결말에서 탐(Tom)과 매기(Maggie)의 익사, 『미들마치』(*Middlemarch*, 1871-72)에서 에드워드 캐소본(Edward Casaubon)의 죽음, 『로몰라』(*Romola*, 1863)에서 티토(Tito)의 죽음 등이 그것이다. 또한 영문학에

---

1. 퀴블러-로스는 죽음을 "인간 최후의 성장단계" 내지 삶의 마무리이자 완성으로 본다. 그러므로 삶은 죽음으로 가는 것이 아니라 삶의 완성으로 가는 것이라 했다. 또한 "어떤 삶이 제대로 된 삶입니까?"라는 제자의 질문에 성철 스님은 인생의 목표가 "복혜쌍수(福惠雙修)"라고 대답했다, 즉 수레는 복과 지혜라는 두 개의 바퀴로 굴러가야 하며, 오직 수행과 사랑을 함께 할 때 영적 성장이 이루어진다고 했다(이창재, 262). 이외에 국내 죽음학자인 최준식 교수에 따르면, 영계로 가져가는 두 가지를, 불교식으로는 지혜와 자비, 유대-기독교식으로는 배움과 사랑이라고 한다(최준식, 161).

서 거의 다뤄지지 않은 조조 모예스(Jojo Moyes)의 최근 소설인 『미 비포 유』(*Me Before You*, 2012)에는 윌 트레이너(Will Traynor)의 죽음이 나온다. 이 논문에서는 『미들마치』와 『미 비포 유』, 두 작품에 나타난 죽음의 양상을 분석해보고자 한다. 이 두 작품 사이에는 약 140년이라는 시대적 간극이 있지만, 작품 속 몇몇 인물의 죽음이 주위사람들에게 커다란 영향을 미친다는 점에서 공통점을 갖고 있다. 따라서 이들의 죽음이 타인의 성장에 얼마나 도움을 주었느냐 하는 퀴블러-로스의 관점에서, 『미들마치』에서 캐소본과 피터 페더스톤(Peter Featherstone)의 죽음, 그리고 『미 비포 유』에서 윌의 죽음을 비교·분석해볼 것이다. 이러한 분석은 세계 역사상 유례없이 초고령 사회로의 진입속도가 빠른 우리나라에서 최근 '웰다잉'(Well-dying)과 '아름다운 마무리', 그리고 '삶과 죽음'에 대한 관심이 고조되는 이즈음 추세에 부합하는 시의성 있는 연구가 될 것이다.

II. 본론

2.1. 『미들마치』

(1) 캐소본의 죽음

우선 이 작품에 나오는 많은 인물 중 캐소본의 죽음을 검토해보자. 캐소본과 도로시아 브룩(Dorothea Brooke)은 서로 이상적인 배우자라 여기고 결혼하지만, 서로 다른 기대 때문에 크게 실망한다. 도로시아가 캐소본에게 "판단력이나 지식으로 자신보다 뛰어난"[2] 나머지 "아버지처럼 히브리어 등을 가르쳐줄"(35) 학문적 스승이나 멘토의 역할을 기대했다면, 캐소본은 자신에게 위안과 안정을 줄 수 있는 순종적인 아내를 원했던 것이다. 즉 그녀는 결혼이란 "넓은 길로 이끄는 안내자를 자진해서 자유롭게"(37) 따르는 결합이라 믿은 까닭에, 재산과 신분, 나이 등 당대 기준에서 볼 때 자신에게 더 어울리는 프레쉬트 홀(Freshitt Hall)의 주인이자 지주귀족(Baronet)인 제임스 체텀 경(Sir James Chettam)의 청혼을 거절하고, 27세 연상인 로윅(Lowick)의 목사이자 학자인 45세의 캐소본 목사와 결혼했던 것이다. 그러므로 그녀는 남편이 '현대의 밀턴'이나 파스칼처럼 위대한 학자라 믿고 그의 연구를 도와 사회적 제약 때문에 이룰 수 없는 자신의 지적 성취를 대리 실현하고자 한다.

그러나 캐소본은 아내에 대한 사랑과 배려보다 자신의 이기적 욕망을 우선하는 가부장적 남편으로서 아내를 억압한다. 그는 "젊고 열렬한"(229) 그녀와는 대조적으로 만사에 무심한 메마르고 무미건조한 성격에 편협하고 이기적인 성격을(Gilbert & Gubar 500-06; Carroll (1960) 29-41) 지니고 있지만, 그녀는 이처럼 다른 남편의 성격을 너무 뒤늦게 발견한다. 이런 연유로 그녀는 남편의 마음에서 "넓은 전망과 널리 퍼져 있는 신선한 공기" 대신 "막다른 작은 방과 꼬불꼬불한 길"(227-28)을 발견한다. 가령 2권 20장의 로마 신혼여행과 그들 사이에 아이가 없다는 사실, 그리고 결혼 전 방문한 "오래된 영국식 건축으로서 초록빛 도는"(98) 캐소본의 석조 저택과 작은 창문에 "건물까지 조락한 가을 분위기"(99)를 풍기는 음침한 방에서 받은 인상 등 여러 이미지를 통해 그들의 불행한

---

2. Eliot, George. *Middlemarch* (Harmondsworth: Penguin Books, 1965). 앞으로 나오는 본문의 인용은 이 판에 의거하여 면수만 표기하기로 한다. 40. 도로시아는 순교와 봉사의 '서사시적 삶(an epic life)'을 동경한 성 테레사 수녀처럼, 고결한 정신적 삶을 열망하여 "여기 영국에서 현재 위대한 삶"(51)을 살고 싶어 한다.

결혼생활이 암시된다.[3]

그뿐 아니라 그는 학문적 성과에 있어서도 무능하다. 가령 그는 종교적인 신화를 통합하여 "모든 신화를 여는 열쇠(The Key to All Mythologies)"를 제시하려 하지만, 방대한 연구 자료에 매몰되어 독일 역사학자들이 이미 탐구한 문제에 공허하게 정력을 낭비함으로써 학문적 성과도 못 내고 있다. 따라서 그는 사람들의 기대에 부응하는 멋진 역작을 쓸 수 없어서 "납덩이처럼 마음이"(314) 무겁다. 아울러 그는 브레이즈노즈(옥스포드 대학교의 칼리지)의 비평가 카프와 학문적 동료에 대한 질투와 경쟁심에 시달리고 있다. 따라서 그는 이러한 결혼생활과 학문의 실패를 감추려고 늘 불안하게 전전긍긍하고 있다.

> 결혼은 했지만 특별히 축복받은 결혼이 아니었다고 알려진다면, 결혼 전 그들이 한 결혼 반대가—아마 반대했을 것이다—옳다고 인정하는 꼴이다. 그것은 그가 ≪모든 신화를 여는 열쇠≫의 자료를 얼마나 더디게 정리하는지, 카프 씨나 널리 브레이즈노스 칼리지 사람들에게 광고하는 것처럼 불쾌한 일이다. 캐소본 씨는 평생 오늘날까지 열등감과 질투라는 내적 고통을 자신에게조차 인정하지 않으려 했다. (412)

그 결과 그는 "자신에 대한 의심"(400)과 "자신 없는 에고이즘"(243), 그리고 무능에 대한 열등감 때문에 자신의 연구를 도우려는 아내를 "잔인한 외부세계의 비난자"(232)로 적대시한다. 따라서 말없이 자기 연구를

---

3. 이러한 실패는 가부장적 남편에게 무조건 순종해야 하는 아내라는 빅토리아조 상류계급의 전형적인 부부관계를 보여주며, 그녀는 억압적이며 권위적인 남편에게 격렬한 분노와 "증오"(464), 살의까지 느낀다(Marotta 417; Fernando, 45, 63; Forster 222-23).

돕는 "조수"(313)나 "비서 같은 . . . 내조자"(313)를 기대했던 그는 자신을 엿보고 "감시하는 스파이"(232)로 아내를 경계한다. 이처럼 그는 "갈채에 인색한 냉담한 청중을 피해 부드러운 울타리를 얻으려 했는데, . . . 그런 울타리 대신 깐깐한 청중"(234)을 얻었다고 생각한다.

게다가 건강에 이상을 느낀 캐소본은 자신의 사후에도 아내가 이 무모한 연구를 지속해달라고 부탁한다. 그녀는 남편의 연구가 얼마나 소모적인지 알기에 밤새 고민하다가 어렵게 결심하고 대답하려던 바로 그날, 남편은 사촌인 윌 래디슬로(Will Ladislaw)에 대한 질투 때문에 심장마비로 갑작스레 죽는다. 만약 그가 죽지 않거나 조금만 늦게 죽었더라면 도로시아는 자신의 약속에 묶여 이 무모한 연구에서 헤어나지 못했을 것이다. 그의 죽음으로 그녀는 마침내 결혼생활의 질곡에서, 즉 편협하고 이기적인 성격을 지닌 남편의 억압과 계속 진행할 뻔한 소모적인 연구라는 이중의 질곡에서 해방된다. 이런 의미에서 그의 죽음을 "신의 섭리에 의한 죽음"(Providential death)이라고 부른 캐롤 크라이스트(Carol Christ, 130-140)의 지적[4]은 매우 타당하다. 그는 이처럼 고상한 꿈과 이상을 갖고 남편을 도우려는 아내를 부단히 경계하면서 부질없는 연구에 평생 묶어두려 했던 것이다.

이러한 캐소본의 이기심을 단적으로 보여주는 것은 그의 사후에 공개된 유서이다. 그는 이 유언장에 덧붙인 보충서(codicil)에서 아내가 윌과 재혼하지 않는다면 전 재산을 상속받겠지만, 윌과 재혼한다면 유산을

---

4. 가령 『플로스강의 물방앗간』이나 『로몰라』 같은 엘리엇의 여러 작품에서는 주인공들의 첨예한 갈등이 고조될 때 탐이나 매기, 티토 같은 주인공들이 우연히 죽게 됨으로써, 이러한 갈등이 애매하게 봉합되곤 했다.

한 푼도 받지 못한다는 조건부 상속을 생전에 명시해두었다. 한마디로 그는 사후에도 유산으로 아내를 구속하고 조정하겠다는 것이다. 이 당시 도로시아는 남편의 사촌인 윌과 가끔 이야기나 나눌 뿐 별다른 감정이 없는 관계였기에, 이 유서는 어처구니없는 오해와 질투에서 비롯된 상속조건이라 할 것이다.

이런 유서를 보고 도로시아는 물론 그녀의 가족과 친척이 받은 충격은 이루 말할 수가 없다. 창살 없는 "정신의 감옥"(307)에 갇힌 노예처럼 "숨 막힐 듯 답답한"(307) 결혼생활에 이미 실망하고 분노한 그녀의 상태에서도, 이 유서는 최악의 사건이다. 아울러 형부가 살아생전 그렇게 "재미없고 까다롭더니"(529) 죽어서도 비열하다는 도로시아의 여동생 실리아(Celia)의 비난이나, 이 유서보다 "비열하고 신사답지 못한 행동"(526)은 없다는 도로시아의 제부인 제임스 체팀 경과 삼촌인 아더 브룩(Arthur Brooke)의 비난은 주변사람들의 충격을 단적으로 대변한다.

그녀는 이 유서를 읽고 자기 생각보다도 훨씬 "비열"(535)했던 남편의 실체를 깨달았기에, 몇 주 뒤 윌과 재혼한다. 그는 갇힌 감옥의 벽 창문에 비치는 "밝은 하늘"(396) 같은 존재였기 때문이다. 그녀는 살아가는데 자기 재산(부모로부터 상속받은 연 7백 파운드와 도로시아가 결혼해서 아들을 낳으면 그 아들에게 상속될 연 약 3천 파운드의 브룩 씨 재산)만으로도 충분하다면서 캐소본의 유산을 포기하고 새로운 사랑을 택한 것이다. 그녀는 이처럼 캐소본의 유서에 도전하여 윌과 재혼하면서 남편의 재산은 물론 사회적 지위도 잃을 뿐 아니라, 가족에게 인정도 못 받는다. 그러나 그녀는 사회를 바꾸기 위해 "열렬한 정치가"(894), 즉 국회의원이 된 윌의 내조자가 되며 이 역할에 만족한다고 그려진다. "악이 존재하는 이상 남편은 한창 악과 대항하여 싸웠고 도로시아는 남편을 내조하는 아내가 된 게 가장 기뻤다"(894). 이후 그들 사이에 아들이 태어나자 의절했던 가족과도 화해한다.

이 재혼이 성 테레사 수녀에 비유되었던 도로시아의 성취로서 만족스러운 것이냐에 대해 논란이 많지만,[5] 윌과의 재혼이 적어도 캐소본과의 결혼생활보다 개선된 관계라는 사실만큼은 분명하다(Bennett 176; Sutphin 352-53; Beer 174, 한애경 233-34). 구체적으로 그들의 관계가 "어떤 충동보다 더 강한 사랑"(894), 즉 상호 애정에 토대한 좀 더 평등하고 협조적인 관계 하에 서로 배우자의 성장을 도모할 것으로 기대되기 때문이다.

이상에서 캐소본의 죽음이 주위에 미친 영향을 고려해보면, 그는 자신의 열등감을 아내에게 덮어씌워 보상받기를 바란 비겁한 인간으로서, 자신의 성장은 물론 아내의 성장을 돕는 것과는 거리가 먼 삶을 살았음을 알 수 있다. 그런데 학문적으로 무능한 캐소본이 도로시아에게 학문적 스승이나 멘토 역할을 못한 것은 뭐라 비난할 수 없다. 하지만 "스스로 현명"(88)해지려는 아내의 꿈을 전혀 이해하지 못하고, 질투의 화신처럼 아내와 윌의 관계를 의심한 것은 확실히 잘못된 행동이다. 당대 여성과 달리 도로시아가 인간의 복지나 사회개선에 지나치게 이상적인 인물이었음을 감안한다 해도, 캐소본은 여러 모로 결함이 많은 인물이다. 그는 살아서 무능한 학자이자 가부장적 남편으로서 아내를 괴롭혔을 뿐만 아니라, 죽어서도 유산으로 아내의 자유를 구속하려 했다. 한마디로 그

---

5. 엘리엇 자신은 작가로서 성공했는데, 왜 도로시아에게는 윌과의 인습적인 결혼이라는 "철저히 평범한 삶"만을 부여했느냐는 1980년대 엘린 링글러(Ellin Ringler)의 질문은 대다수 평자들의 불만을 단적으로 대변한다. 이 점에 관해 Ringler 57; Edward 223-38; Austen, 549; Lee R. Edwards 235 외에 본인의 졸고 「『미들마치』: 지상의 삶을 위하여」, 230-232 참조.

는 살아생전은 물론 사후에도 유산이라는 "죽은 손"(467)을 빌어 아내의 자유를 구속하려 했던 것이다. 퀴블러-로스의 기준에 의하면, 캐소본은 도로시아의 성장을 돕기는커녕 아내의 날개를 꺾어 앞날을 가로막은 대표적인 예라고 하겠다.

(2) 피터 페더스톤의 죽음

이 작품에는 재산으로 주변인물을 조정하려 한 피터 페더스톤이라는 또 다른 고약한 인물이 등장한다. 페더스톤은 스톤코트(Stone Court)를 소유한 부자지만 심술궂은 구두쇠로서, 페더스톤 첫째 부인이었던 가스 씨의 누나가 죽은 뒤 프레드(Fred)의 엄마인 빈시 부인(Mrs. Vincy)의 언니가 둘째 부인이 된 연고로 프레드의 이모부 벌이 되는 인물이다. 페더스톤이 늙고 병들어 스톤코트 이층에 자리보전하고 드러눕자, 프레드를 비롯한 대다수 친척은 유산을 상속받고 싶은 욕심에 날마다 쫓겨나면서도 그의 저택에 빈번히 드나든다.[6]

페더스톤 노인은 프레드와 빈시 부인, 남동생 솔로몬(Solomon)과 여동생 제인(Jane), 그리고 자신을 간병하는 메리 가스(Mary Garth) 등 몇 명만 빼고 가까이 오지 못 하게 하면서 때로 지팡이를 휘둘러 방문객을 쫓아내기도 한다. "그는 돈을 사랑했다. 그러나 돈을 사용하여 그 특유의 취미를 만족시키는 것 역시 좋아했다. 그가 돈에 대한 애착을 가장 강하게 느끼는 것은, 많건 적건 불쾌하게 만드는 수단으로 돈을 써서 그의 실력을 주위 사람들에게 인식시켰을 때였다"(357). 그는 이처럼 일가친척

---

6. 이처럼 돈으로 사람을 조정하는 페더스톤과 유산 상속을 기대하면서 스톤 코트를 기웃거리는 친척들의 모습은 돈을 둘러싼 인간의 탐욕과 이기심을 보여준다.

들에게 자신의 유언을 비밀로 한 채 상당한 재산을 물려줄 것처럼 재산을 권력 삼아 문병 오는 친척들을 구박하고 문전박대하지만, 마음 속 깊은 곳에서는 자신의 죽음을 두려워하고 있다. 퀴블러-로스의 지적처럼, "죽음 자체가 문제가 아니라 그에 따르는 절망감, 무력감, 소외감으로 인해 죽어감"(퀴블러-로스[2009] 422)을 두려워하는 것이다.

그러던 어느 날 그는 추한 모습으로 죽음을 맞이한다. 다가오는 죽음을 감지한 그는 어느 날 새벽 3시에 메리를 시켜 미리 작성한 두 개의 유언장 중에서 나중 것을 태우려 하지만, 그녀는 "고모부의 쇠 금고나 유언장"(351)에 손을 대어 남들에게 의심받기 싫어 이 지시를 거절한다. 다음 날 아침 그 노인은 "오른손에 열쇠 꾸러미를 움켜쥐고 포개진 지폐와 금화 다발 위에 왼손을 얹은 채"(354) 죽은 모습으로 발견된다. 그는 이처럼 죽음 앞에서 "자기 하고 싶은 대로 하려"(352) 했지만, 메리 때문에 유언을 고치지 못한 것이다.

결국 페더스톤의 사후에 그의 유언이 밝혀진다. 그의 두 개의 유언장을 작성 순서대로 읽는 스탠디시(Standish) 변호사에 따르면, 그는 두 번째 유언장(1826.7.20.-1828.8.1.)에서 프레드를 포함하여 모든 일가친척에게 단 한 푼도 남기지 않고, 자신의 사생아인 조슈아 리그(Joshua Rigg)에게 토지를 포함하여 전 재산을 물려주며 앞으로 세울 노인을 위한 페더스톤 구빈원 설립에 일부 돈을 기부한다. 이러한 사실이 공개되자, 모두 뒤통수를 얻어맞은 듯 큰 충격을 받는다.

> 이 두 번째 유언장에 의하면, 앞에서 말한 . . . 유산 분배는 모두 무효가 되어 . . . 로윅 교구에 있는 땅은 모든 가축 및 가구류와 함께 남김

없이 조슈아 리그 씨에게 유증되었던 것이다. 나머지 재산은 노인 보호 시설의 건축비와 기본금으로 충당되고, 그 시설은 페더스톤 양로원이라 이름 붙여서, 이미 고인이 이 목적을 위해서 미들마치 근교에 구입해두었던 땅에 세워지기로 되어 있었다. . . . 참석자는 누구나 단돈 한 푼 얻지 못했다. . . . 일동은 한참 지난 뒤에야 겨우 입을 열 수 있는 기력을 되찾았다. (371-72)

유산을 물려줄 것처럼 기대를 부풀리다가 뒤통수를 친 그의 위선에 친척들은 모두 분개하며 돌아선다. 가령 유언장이 낭독된 뒤 "형님은 대단한 위선자였으니 . . . 내일부터 상복을 벗겠다"(373)는 남동생 조너 페더스톤(Jonah Featherstone)이나, "두 번 다시 이 집에 발길을 돌리지 않겠다"(401)는 남동생 솔로몬의 반응이 그것이다. 또한 5월 어느 쌀쌀한 날 노인의 지시대로 성대한 장례식을 치르지만 그의 죽음을 진심으로 "애도하는 사람이 아무도"(362) 없다거나, 이렇게 좋은 추억 하나 없이 "기분 나쁜 장례식"(362)은 처음 본다는 캐드월러더 부인(Mrs. Cadwallader)과 도로시아의 대화는 그 노인의 평소 인품과 위선에 대한 마을 사람들의 부정적 평가를 대변한다.

페더스톤은 모든 친척에게 가혹했지만, 특히 조카인 프레드에게 가장 가혹했다. 먼저 작성한 첫 번째 유언장(1825.8.9.)대로 집행되었다면, 프레드는 1만 파운드라는 거금을 상속받을 뻔 했지만 한 푼도 못 받은 것이다. 프레드는 상승하는 도시 중산계급에 속한 견제품 제조업자이자 미들마치 시장인 빈시 씨(Mr. Vincy)의 아들로서 심성이 나쁜 청년은 아니지만, 아버지가 강권하는 목사가 되기 싫어서 빈둥대며 당구 내기를 하다가 그 고장 말 장수이자 돈을 빌려주는 대금업자인 뱀브리지(Mr.

Bambridge)에게 160파운드라는 큰 빚을 지고 어릴 때부터 좋아하던 메리의 아버지 케일럽 가스(Caleb Garth)까지 연대 보증인으로 자신의 빚에 연루시켰던 것이다. 그는 석 달 만기의 이 빚을 상환할 방법이 없어 이 "고약한 이모부"(377)의 상속만을 애타게 기다렸다. 즉 상속을 받으면, 가스 씨에게 빌린 돈을 갚고 신학을 때려치우며, 진홍색 사냥복에 멋진 말을 타고 사냥 나가서 사람들의 부러움과 존경을 한 몸에 받아보려던 그의 꿈은 수포가 되어버린 것이다.

이후 프레드는 신학공부를 포기하고 메리의 권고대로 스톤코트의 영지 관리인인 가스의 조수가 된다. '종장'에서 그는 사회적 편견을 버리고 메리와 결혼하여 두 아들을 낳고 행복하게 살며, 실제로 농사를 짓는 건실한 농부로서 "≪야채의 재배와 가축 사육의 경제≫"(890)라는 책까지 출판했다고 기록된다. 이처럼 무책임하고 버릇없는 시장의 응석받이 아들은 목사 대신 영지 관리인의 조수이자 농부가 됨으로써 사회적·경제적 지위는 낮아졌지만, 자신의 행동에 책임지는 성인으로 성장하게 된다.

결과적으로 프레드가 이모부에게 상속받지 못한 일로 인해 프레드의 자립과 성장이 촉발된 면이 있지만, 그렇다고 해서 노인의 죽음이 그에게 긍정적인 영향을 미쳤다고 볼 수는 없다. 프레드가 이처럼 사람 구실하도록 성장한 것은 페더스톤이 아니라, 어디까지나 근면성실한 가스 집안과 메리의 선한 영향 덕분이었기 때문이다. 이런 맥락에서 프레드가 1만 파운드의 유산을 못 받은 게 다행이라는 메리의 위로는 설득력이 있다.

이상에서 자신의 학문적 무능과 이기주의 때문에 가부상석 남편으로 아내를 억압하고 사후에는 조건부 상속으로 아내를 통제한 캐소본과 친척에게 상당한 유산을 남겨줄 것처럼 하다가 결국 자신의 사생아에게 거의 전 재산을 남긴 위선적인 구두쇠 페더스톤. 이 두 사람은 정도의 차이는 있으나, 살아서는 재산을 미끼로 사람을 조정하려 했으며 사후에는 본인의 추악한 실체를 드러냄으로써 주변인에게 선한 영향을 미치지 못했다는 점에서 공통점을 갖고 있다. 이렇듯 두 사람은 스스로 불행하게 살았을 뿐 아니라 주변사람의 성장을 돕기는커녕 방해하고 좌절시켰으므로, 두 사람의 삶에 부정적 평가를 내릴 수밖에 없다.

2.2. 『미 비포 유』(2012)

이 소설은 두 남녀가 전신마비 환자와 간병인으로 만나 사랑을 키우지만, 결국 남자 주인공이 스위스에 가서 안락사(Euthanasia, 또는 존엄사 Death with Dignity)함으로써7 많은 논란을 불러일으킨 작품이다. 따라서 이 소설은 얼핏 부유한 남자 덕분에 가난한 여자가 신데렐라가 되는 로맨스처럼 보이지만, 안락사라는 무거운 주제가 로맨스와 날줄과 씨줄처럼 얽힌 작품이라는 것이다.

월 트레이너와 루이자 클라크(Louisa Clark)는 사회·경제적 지위나 자란 환경 등 모든 조건에서 전혀 다른 인물이다. 월은 2년 전인 2007년

---

7. 여기서 존엄사와 안락사에 대해 잠시 살펴볼 필요가 있다. 이에 대해 여러 가지 설이 분분한데, 다음 설명은 둘을 간명하게 구분해준다. 존엄사는 "말기의 불치병 환자에게 연명치료를 유보 또는 중단함으로써 초래되는 죽음, 즉 자연사의 임종과정을 의미"한다(유경 103; 김건열 『존엄사』에서 재인용). 좀 더 쉽게 설명하면, "소생이 가능하지만 환자의 극심한 고통을 줄여주기 위해 자연적인 사망을 앞당기는 것은 '안락사'라 할 수 있고, 그와는 달리 소생이 불가능한 환자에게 무의미한 연명치료를 더 이상 하지 않는 것은 '존엄사'이다. 따라서 존엄사는 자연사"(유경 102)라고 할 수 있다. 다시 말해 사전의 정의처럼 존엄사란 "인간으로서 지녀야 할 최소한의 품위와 가치를 지키면서"(표준국어대사전) 죽는 행위라고 하겠다. 여기서는 큰 차이 없이 사용할 것이다.

오토바이 사고로 다쳐 목 아래로 사지마비 환자가 되어 하루아침에 모든 것을 잃기 전까지, "도시를 누비던 전직 천재 경영인, 전직 스카이다이버, 스포츠맨, 여행가"[8]라는 표현처럼, 유능한 젊은 사업가였다. 즉 그는 스토트폴드(Stortfold) 성의 소유주인 아버지와 현직 치안판사인 어머니 밑에서 극한 스포츠를 즐길 만큼 건강한 육체와 매력적인 애인 등 비현실적으로 보일 만큼 34세 나이에 온갖 경험을 하고, 돈과 명예, 사랑 등 모든 것을 지닌 완벽한 사람이었지만, 교통사고로 졸지에 다 잃어버린 인물이라는 것이다. 반면 루이자는 명랑하고 밝은 성격 외에 아무것도 없는 사람이다. 하루살이처럼 불안하게 직장을 다니는 아버지 외에 그녀의 수입이 온 가족의 유일한 수입원이었기 때문이다. 그녀는 고등학교 졸업 후 6년간 다니던 빵집이 문을 닫아 하루아침에 실업자가 되자, 6개월 간 월을 돌보는 임시 간병인으로 취직하게 된다.

두 사람은 같은 동네에 살았지만 한 번도 만난 적이 없으며, 아마 월이 다치지 않았다면 평생 마주칠 일도 없었을 것이다. 주기적으로 방문하는 남자 간호사 네이선(Nathan)과 임시 간병인 루이자 외에 고상하고 넓은 집에 단 세 명만이 사는 큰 스토트폴드 성과 그란타 하우스(Granta House), 전업 주부인 엄마 외에 아들 딸린 여동생에게 방을 내주고 다락방에서 기거하는 루이자와 친할아버지까지 6명이 사는 방 3개짜리 비좁은 집. 이 두 공간의 차이는 두 사람의 대조적 신분을 단적으로 대변해준다.

그러던 어느 날, 그녀는 자신이 두 번이나 자살을 시도한 월을 감시하는 간병인으로 고용되었으며, 6개월의 유예기간을 거쳐 그가 안락사

---

8. Moyes, Jojo. *Me Before You*. Penguin Books: UK., 2012. 이제부터 나오는 본문의 인용은 이 판에 의거하여 면수만 표기하기로 한다. 472.

－보다 정확히 의사조력자살(Physician Assisted Suicide)－할 작정임을 우연히 알게 된다. 즉 윌은 앞으로 자신의 상태가 더욱 악화될 것이기에 평생 타인에게 의지하는 삶을 견딜 수 없어 스위스의 존엄사 전문 병원 '디그니타스'(Dignitas)에서 안락사하기로 결정했지만, 이 결정을 극구 만류하는 어머님 때문에 6개월간 말미를 갖기로 했다는 것이다. 이에 그녀는 그의 마음을 돌려 삶에 대한 의지를 갖게 하고자 온갖 노력을 기울인다. 가령 기껏 TV나 독서 외에 별다른 취미가 없던 루이자는 도서관에서 온갖 책과 인터넷을 뒤져 자료를 검색하고, 사지마비 환자 모임에 참여하여 윌과 비슷한 처지의 사람들과 소통하여 얻은 정보와 조언을 토대로 그가 할 만한 버킷 리스트를 작성한다. 그녀는 6개월이 다 되어갈 무렵 네이선과 함께 인도양의 모리스 제도 여행까지 떠나지만, 공들여 계획한 이 마지막 여행도 윌의 결심을 돌리지는 못한다.

루이자는 자신의 이전 삶을 너무나 사랑하기에 절망스러운 현재 상황에서 매사 짜증을 내며 집에만 틀어박혀 있던 윌에게 야외산책이나 클래식 콘서트, 경마장은 물론 휠체어를 밀고 이전 여자 친구의 결혼식에 가는 등 바깥세상과 소통하도록 그의 변화를 모색한다. 한편 우스꽝스러운 패션에 수다스러운 루이자를 비웃던 윌도 자신에게 불평꾼에 투덜이라고 독설을 날리지만, 그가 가장 못 견뎌하는 동정과 연민으로 자신을 특별환자 취급하지 않으면서도 잘 돌봐주는 루이자를 사랑하게 된다. 그는 그녀 덕분에 예전의 명랑함을 되찾고 살아 있는 현재 이 순간을 즐기게 되며, 자신의 꿈을 뒤로 한 채 가족을 위해 희생만 한 그녀의 처지를 안타깝게 여겨 일종의 멘토처럼 여러 가지 충고를 한다. 그는 자신의 재능과 에너지, 총명함, 잠재력을 외면한 채 8km 반경 안의 "왜소한 삶"(265)에

만족하는 그녀에게 "저 바깥에 넓은 세상"(265)이 있으니 한 번뿐인 인생을 "최대한 충만하게"(252) 지내는 게 인간의 도리라고 강조한다. 아울러 26세가 되도록 한 번도 렌프루로드(Renfrew Road) 마을을 떠난 적이 없는 그녀로 하여금 다양하게 많은 경험을 하여 지경을 넓히게 도와준다. 가령 그는 그녀가 좋아하는 일과 관련된 직업 교육을 받거나, 헬스 강좌, 수영, 자원봉사, 음악 배우기나 다른 사람의 개 산책시키기 등 "돈이 많이 안 들면서 할 수 있는 일"(263)을 찾아보라고 충고한다. 이런 맥락에서 그가 그녀의 생일에 선물한 호박벌(bumblebee) 무늬 스타킹은 새로운 가능성을 상징한다고 할 수 있다. 그는 이처럼 그녀의 잠재력을 개발하기 위해 다른 진로를 모색하며 교육도 더 받으라고 격려한다.

월의 이러한 권면과 조언으로 루이자는 여러 가지 새로운 일에 도전하게 된다. 가령 똑똑한 여동생에 치여 자존감을 잃었던 루이자는 스폰지처럼 새로운 경험을 흡수하여 물가에 심긴 나무처럼 싱싱하게 살아난다. 일례로 그녀는 한 번도 본 적 없던 자막 있는 외국 영화에 몰입하며, 월과 함께 간 클래식 콘서트에서 가까이 들리는 생생한 음악의 즐거움에 빠지며, 마지막 여행에서 수상스키도 하고, 죽어도 안 하겠다고 고집 피웠지만 월이 몰래 예약해준 스킨 스쿠버를 하고 난 뒤 매우 즐거워하며 대학에도 지원한다. 이처럼 달라진 그녀의 모습은 여러 곳에서 확인된다. 가령 아이가 딸린 여동생에게 빼긴 방을 여동생의 대학 복학을 계기로 되찾으며, 부모나 여동생에게 이전에 감히 하지 못했던 말을 하며, 텅 빈 머리에 몸만들기와 운동에만 신경 쓰는, 7년이나 사귄 남자친구 패트릭(Patrick)과의 관계를 재고하기도 한다. 무엇보다 언니가 "드디어 새로운 지평을 개척(443)"했다는 여동생의 말에서 루이자의 변화가 단적으로 드러난다. 또한 스위스 안락사에 동행해달라는 윌 어머니의 부탁을 받고 스위스로 떠나려 하자, 윌의 결정은 명백한 살인이므로 지금 가면 의절하겠다는 엄마에게 자신이 가야 할 이유를 설명하는 다음 인용문에서 그녀의 변화가 암시된다.

> 엄마? 내가 윌한테 진 빚이 있어요. 그 빚을 갚으려면 가야만 해요. 누구 때문에 내가 대학에 지원했다고 생각하세요? 누가 내 인생에서 의미를 찾도록, 세상 밖으로 여행을 떠나도록, 야심을 갖도록 용기를 줬다고 생각하세요? 모든 걸 바라보는 내 생각을 바꿔놓은 사람이 누구 같아요? 심지어 나 자신에 대해서도 생각이 달라졌는데? 다 윌 덕분이라고요. 저는 내 평생의 27년 세월보다 지난 6개월 동안 더 많은 일을 하고, 더 풍요로운 삶을 살았어요. (460-61)

모든 것을 지녔지만 주위의 도움 없이는 아무것도 할 수 없는 윌이나, 몸은 건강하지만 가족의 생계라는 무거운 족쇄 때문에 무조건 돈을 벌어야 하는 루이자는 매우 다른 처지지만 둘 다 자기 뜻대로 살지 못한다는 점에서 아이러니하게도 닮았다(주철진 http://star.ohmynews.com/NWS.Web/OhmyStar/at.pg.aspx:CNTN_CD-A0002215357). 이처럼 각각 다른 방식으로 자유롭지 못한 두 사람은 주어진 한계 내에서 서로 상대방의 성장을 응원한다.

윌은 어머니와 루이자의 애원에도 불구하고, 후일 그녀에게 짐이 되고 싶지 않아 자신의 결심을 굽히지 않고 원래의 안락사 계획을 강행하려 한다. 한편 루이자는 윌 어머니의 간청으로 뒤늦게 스위스로 가서 그의 임종을 지키면서 죽기 전 "좋은 얘기"(470)를 들려달라는 그의 부탁에, 처음엔 전혀 좋아하지 않았지만 세상에서 오로지 단 둘이 이해하게 된 자신들의 이야기를 들려준다. 그가 보여준 "기적과 가능성으로 충만한 세상"(470) 덕분에 "평생 최고의 여섯 달"(471)을 보냈다는 그녀의 고백에, 윌도 웃기지만 자신도 그랬다고 고백한다. 이들의 대화는 죽음이 두려운 게 아니라, 가장 멋지고 놀라운 경험이 될 수 있으며 "지금이라는 이 순간 소중한 것은 오직 하나 사랑뿐"(퀴블러-로스[2009] 225)이라는 사실과, "진심으로 사랑하는 사람이 많아질수록 더 충만한 사랑과 행복을 느낄 수 있다"(고틀립 215)는 언급을 입증해준다.

반전은 사후에 밝혀진 그의 유언이다. 그는 자신이 좋아하던 파리의 카페에서 자신의 유언을 읽으라고 당부하며, 그녀는 이 당부에 따라 6주 뒤 파리의 카페에서 "프랑 부르주아(Francs Bourgeois) 거리의 카페 마르키(Marquis)에서 크루아상과 큰 크림 커피 잔을 앞에 놓고"(478)[9] 그의 편지를 개봉한다. 편지에는 그녀의 더 나은 삶, 더 풍성하고 독립적인 삶, 원래 긍정적인 성품 외에 대학에 진학해 지성과 교양을 갖춘 여성이 되도록 4년간의 대학 학비와 생활비를 주겠다는 내용이 적혀 있다. 즉 그는 그녀의 지속적인 성장을 돕기 위해 상당한 재산을 물려준 것이다. 그는 이처럼 가족부양의 짐에서 벗어나 죽기 전 하고 싶은 일을 하도록, 즉 나비처럼[10] 자유롭게 다른 세상으로 훨훨 날아오르도록 경제적 지원을 통해 그녀에게 날개를 달아준다. 다음 편지에 그녀에게 새로운 출발과 성장을 신신당부하는 그의 진심이 담겨 있다.

---

9. 더 살 수 있다면 어디 가겠냐는 루이자의 질문에, 그는 르 마레의 노천카페에 앉아 무염 버터와 딸기잼을 바른 따뜻한 크루아상을 커피와 마실 수 있는 "파리 중심가"(252)에 가겠다고 했었다.
10. 퀴블러-로스가 본 폴란드 유대인 수용소 벽의 나비 그림은 그들이 죽어야만 수용소를 벗어날 수 있기 때문에 그려진 것이다.

우리 둘 다 고향이라고 부르는 그 폐소 공포증을 유발하는 좁은 마을과, 지금까지 당신이 어쩔 수 없이 해야만 했던 선택들로부터 해방될 자유 말입니다. . . .

내가 이 돈을 주는 건 이제 나를 행복하게 만드는 게 별로 남지 않았는데, 당신만은 날 행복하게 해주기 때문입니다.

. . . 나로서는 그렇게 할 수밖에 없었다는 사실을 알아주면 좋겠어요. 그리고 또, 이로써 당신은 나를 만나지 않았던 때보다는 훨씬 더 좋은, 아주 멋진 삶을 살 수 있는 발판을 갖게 되었다는 것도요.

. . . 당신 안에는 굶주림이 있어요, 클라크. 두려움을 모르는 갈망이. 대부분의 사람들이 그렇듯, 당신도 그저 묻어두고 살았을 뿐이지요. . . . 대담무쌍하게 살아가라는 말이에요. 스스로를 밀어붙이면서. 안주하지 말아요. 그 줄무늬 타이츠를 당당하게 입고 다녀요. 그리고 어떤 말도 안 되는 남자한테 굳이 정착하고 싶다면, 꼭 이 돈 일부를 어딘가에 다람쥐처럼 챙겨둬요. 여전히 가능성이 있다는 걸 알고 사는 건, 얼마나 호사스러운 일인지 모릅니다. 그 가능성들을 당신에게 준 사람이 나라는 것만으로도, 어쩐지 일말의 고통을 던 느낌이에요.

이게 끝입니다. 당신은 내 심장에 깊이 새겨져 있어요, 클라크. 처음 걸어 들어온 그날부터 그랬어요. 그 웃기는 옷들과 거지같은 농담들과 감정이라고는 하나도 숨길 줄 모르는 그 한심한 무능력까지. 이 돈이 당신 인생을 아무리 바꾸어놓더라도, 내 인생은 당신으로 인해 훨씬 더 많이 바뀌었다는 걸 잊지 말아요.

내 생각은 너무 자주 하지 말아요. 당신이 감상에 빠져 질질 짜는 건 생각하기 싫어요. 그냥 잘 살아요.

그냥 살아요.

사랑을 담아,
윌(479-80)

윌의 이러한 당부는 사후에 우리 모두 얼마나 사랑을 베풀고 봉사했는가 하는 질문을 받게 되므로 "좋은 죽음을 맞이하려면 '어떤 봉사를 해왔는가?'라고 물으면서 무조건적인 사랑"(퀴블러-로스[2009] 183)을 베풀어야 한다는 언급을 상기시킨다. 이후 그녀는 이 편지를 읽고 난 뒤 그의 당부대로 향수를 사려고 향수 가게로 걸어가는 모습으로 이 소설의 결말이 마무리된다. ". . . 카페를 등지고 나서면서 어깨에 걸친 가방을 고쳐 매고 길을 따라 향수 가게를 향해, 그리고 그 너머 펼쳐져 있는 드넓은 파리를 향해 발걸음을 내딛었다"(481). 이는 그녀가 시작하게 될 새로운 인생을 암시한다.[11]

이러한 결론에 대해 더 나빠질 전망밖에 없다고 하더라도 생사는 신만이 주관할 수 있으니 윌이 살아남아 루이자와 함께 남은 기간을 보내야 한다거나, 또는 장애를 극복하고 타인을 돕는 삶을 살았어야 했다는 등 많은 논란이 제기될 수 있다. 가령 윌과 대조적으로, 『샘에게 보내는 편지』(2007)의 주인공인 정신과 의사 대니얼 고틀립(Daniel Gottlieb)은 33세에 교통사고로 전신마비가 되어 휠체어를 타는 신세가 되었지만, 피나는 재활훈련 뒤 35년간 심리상담가로서 타인을 돕는 삶을 살았다. 그는 살아남아 절망을 극복한 실제 사례라고 하겠다.

이러한 안락사[12]에 대한 논쟁과는 별도로, 윌의 죽음은 캐소본과는

---

11. 이 작품의 후속작인 『에프터 유』(2015)를 보면, 루이자의 성장은 그리 간단치 않다. 그녀는 "생존자의 죄의식"(그롤만 81), 즉 윌을 잃은 슬픔과 혼자 살아남은 죄책감, 그리고 절망을 혹독하게 겪으며, 한동안 여기서 헤어나지 못한다. 결국 그녀는 대학에 진학하지 않고 런던에서 일하면서 많은 시행착오 끝에 샘이라는 인물과 새로운 사랑을 시작하며, 뉴욕의 새로운 일자리를 찾아 떠난다.
12. 윌의 안락사는 정확히 '의사조력자살'(PAS)이며, 이는 2018년 현재 스위스와 캐나다, 미국 8개 주, 호주(빅토리아)에서 허용되고 있다. 또한 자발적 적극적 안락사(Euthanasia)는 네덜

매우 대조적이라 할 것이다. 즉 윌은 비록 먼저 죽지만, 살아서나 죽어서 한결같이 루이자의 지속적인 성장을 돕고 응원한 것이다. 물론 이 작품은 『미들마치』로부터 무려 141년 뒤라 시대 분위기가 많이 변한 것도 사실이다. 어쨌거나 윌의 죽음은 살아서나 죽어서 돈으로 족쇄를 채워 아내를 조정하려던 캐소본이나 주변일가친척의 믿음을 배반한 페더스톤과는 매우 대조적인 죽음의 양상이라 할 것이다.

III. 결론

이상에서 『미들마치』의 두 인물과 『미 비포 유』의 윌의 죽음은 "얼마나 다른 사람을 사랑했느냐?" 하는 관점에서 매우 대조적인 죽음의 양상이라는 사실을 확인하였다. 구체적으로 아내의 성장은커녕 재산상속 유보조항으로 윌과의 재혼을 막은 캐소본, 메리의 간호를 실컷 받고 자주 찾아오는 프레드나 병문안온 친척에게 상당한 유산을 남겨줄 듯 하다가 결국 사생아에게 재산을 거의 다 주고 일부만 구빈원에 기부하는 등 매우 위선적인 페더스톤. 그리고 살아서는 넓은 세상을 경험하게 많은 기회를 주고 죽어서는 더욱 멋진 독립적인 여성이 되도록 루이자의 성장을 응원한 윌이라는 세 인물을 살펴보았다.

이와 같이 퀴블러-로스의 이론에 의거하여 두 작품 속, 세 인물의 매우 대조적인 죽음의 양상을 서로 비교하는 작업을 통해 죽음과 성장

란드와 벨기에, 룩셈부르크, 콜롬비아에서 허용되고 있다. Harrison's online. 가령 미국에서는 1976년에 자연사법을, 1994년에 오레곤 주에서 존엄사법을 제정하였다(최철주 217).

이라는 쟁점을 깊이 들여다보고 바람직한 죽음을 생각해봄으로써, '죽음'이라는 현대적 화두에 대해 다시 한 번 점검해보았다. 이러한 분석을 통해 "인생에서 만나는 모든 고난과 모든 악몽, 신이 내린 벌처럼 보이는 모든 시련은 실제로는 신의 선물이다. 그것들은 성장의 기회이며, 성장이야말로 삶의 유일한 목적"([2009] 300)이라는 퀴블러-로스의 언급을 거듭 확인해볼 수 있었다.

인용문헌

Austen, Zelda. "Why Feminist Critics Are Angry with George Eliot." *College English* 37.6 (1976): 549-61.

Beer, Gillian. *George Eliot.* Brighton: The Harvester Press, 1986.

Bennett, Joan. *George Eliot: Her Mind and Her Heart.* Cambridge: The Cambridge UP, 1962.

Carroll, David R. "An Image of Disenchantment in the Novels of George Eliot." *Review of English Studies* 2.11 (1960): 29-41.

Choi, Chuljoo. *Happy Ending, We have a right to die with Dignity.* Goonri: Seoul, 2008.

[최철주. 『해피 엔딩, 우리는 존엄하게 죽을 권리가 있다』. 서울: 궁리, 2008.]

Choi, Junsik. *A Story of Hereafter.* Serving People: Seoul, 2015.

[최준식. 『사후생 이야기』. 서울: 모시는 사람들, 2015.]

Christ, Carol. "Aggression and Providential Death in George Eliot's Fiction." *Novel* 9 (1976): 130-40.

Edwards, Lee R. "Women, Energy, and *Middlemarch*". *Woman: An Issue* Lee R. Edwards, Mary Heath & Lisa Baskin, eds. Boston, Toronto: Little Brown and Company, 1972, 223-38.

Eliot, George. *Middlemarch.* Harmondsworth: Penguin Books, 1965.

Fernando, Lloyd. *"New Women" in the Late Victorian Novel.* University Park: The Pennsylvania State UP, 1977.

Foster, Shirley. "Female Januses: Ambiguity and Ambivalence towards Marriage in Mid-Victorian Women's Fiction." *International Journal of Women's Studies* 6.3 (1983): 216-29.

Gilbert, Sandra M. & Gubar, Susan. *The Madwoman in the Attic: The Woman Writer and the Nineteenth-Century Literary Imagination.* New Haven and London: Yale UP, 1979.

Gottlieb, Daniel. *Letters to Sam. A Grandfather's Lessons on Love, Loss, and the Gifts of Life*. Lee, Munjae · Kim, Myunghee Trans. Munhak Ongnae: Seoul, 2007.

[고틀립, 대니얼. 『샘에게 보내는 편지』. 이문재 · 김명희 역. 서울: 문학동네, 2007.]

Grollman, Earl A. *Talking about Death: A Dialogue Between Parent and Child*. Jung, Kyungsook & Shin, Jongsub Trans. Innerbooks: Seoul, 2008.

[그롤만 얼 A.. 『아이와 함께 나누는 죽음에 관한 이야기』. 이문재 · 김명희 역. 서울: 이너북스, 2008.]

Han, Aekyung. "*Middlemarch*: For Life on Earth." *George Eliot and Woman Question*. Dongin: Seoul, 1998, 213-240.

[한애경. "『미들마치』: 지상의 삶을 위하여."『조지 엘리어트와 여성문제』. 서울: 동인, 1998, 213-240.

Harrison's online> part 1. Introduction to Clinical Medicine> Ch. 9 Palliative and Managing the Last Stages> Euthanasia & Physician-Assisted Suicide> Table 9-8

Joo, Chuljin. 'Me Before You.'

http://star.ohmynews.com/NWS.Web/OhmyStar/at.pg.aspx:CNTN_CD-A0002215357)]

[주철진. 〈미 비포 유〉]

http://star.ohmynews.com/NWS.Web/OhmyStar/at.pg.aspx:CNTN_CD-A0002215357)]

Kim, Gunyul. *Death with Dignity*. Current Medicine Press: Seoul, 2005.

[김건열. 『존엄사』. 서울: 최신의학사, 2005.]

Kim, Insook. *I am Happy with this Life*. Kukmin Books: Seoul, 2017.

[김인숙. 『이렇게 살아도 행복해』. 서울: 국민 북스, 2017.]

Kubler-Ross, Elizabeth. *The Wheel of Life: A Memoir of Living and Dying*. Kang, Daeeun Trans. Golden Owl: Seoul, 2009.

[퀴블라-로스, E. 『생의 수레바퀴: 죽음을 통해 삶을 배우고자 하는 이에게』. 강대은 역. 서울: 황금부엉이, 2009.]

_____. *On Death and Dying*. Yeerae: Seoul, 2008.

[퀴블라-로스, 엘리자베스. 『죽음과 죽어감』. 서울: 이레, 2008.]

Lee, Changjae. *Do you live Without Regret?*. Sooohsuhjae: Seoul, 2015.

[이창재. 『후회 없이 살고 있나요?』. 서울: 수오서재, 2015.]

Marotta, Kenny. "*Middlemarch*: The 'Home Epic'". *Genre* 15.4 (1982): 403-20.

Moyes, Jojo. *After You*. Lee, Nakyung Trans. Arte: Seoul, 2016.

[모예스, 조조. 『에프터 유』. 이나경 역. 서울: 아르테, 2016.]

_____. *Me Before You*. Penguin Books: UK, 2012.

Moyes, Jojo. *Me Before You*. Kim, Sunhyung Trans. Salrim: Seoul, 2013.

[모예스, 조조. 『미 비포 유』. 김선형 역. 서울: 살림, 2013.]

Ringler, Ellin. "*Middlemarch*: A Feminist Perspective." *Studies in the Novel* 15.1 (1983): 55-60.

Sutphin, Christine. "Feminine Passivity and Rebellion in Four Novels by George Eliot", *Texas Studies in Literature and Language*, U. of Texas 29 (1987): 342-63.

You, Kyung. *A School for Death Preparation*. Goonglee: Seoul, 2008.

[유경. 『유경의 죽음준비학교』. 서울: 궁리, 2008.]

2부

잭 클레이톤 감독의 〈위대한 개츠비〉와
'미국의 꿈'

I

    피츠제럴드(F. Scott Fitzgerald)의 세 번째 단편 소설인 『위대한 개츠비』 (*The Great Gatsby*)는 형식과 내용에 있어 미국 문학에서 가장 훌륭한 소설 중의 하나로 평가받고 있다.[1] 그런데 이 훌륭한 작품을 영화화한 네 편의 영화가 있지만, 모두 이렇다 할 만한 평가를 받지 못하고 있다. 우선 원작의 출판 다음해인 1926년에 나온 백스터(Warner Baxter)와 윌스 (Louis Wills) 주연의 무성 영화와 래드(Allan Ladd)와 필드(Betty Field) 주연

---

1. 가령 피츠제럴드는 스스로 1924년 뉴욕 찰스 스크리브너스 선스 출판사의 편집자인 퍼킨스(Maxwell Perkins)에게 보낸 편지에서 이 소설은 "지금까지 나온 미국 소설 중 가장 훌륭한 소설"이 될 거라 장담했으며, 엘리엇(T. S. Eliot)은 이 작품이 "헨리 제임스 이후 미국 소설이 내딘 첫 걸음"이라고 칭찬한 바 있다.

의 1949년 영화, 그리고 클레이튼(Jack Clayton) 감독의 1974년 영화와 2001년 TV용 영화가 그것이다. 그 중에서 1974년과 2001년의 두 편 정도가 상대적으로 주목받고 있다. 2001년 영화는 소르비노(Mira Sorvino)라는 유명한 여배우를 주연으로 하여 1974년 작을 능가하려는 마코비츠(Robert Markowitz) 감독의 야심찬 의도로 제작되었지만, 오히려 1974년 영화보다 못하다는 혹평을 받고 있다.[2] 그나마 낫다는 1974년 영화도 원작에 함축된 심오한 의미를 잘 재현하지 못했다고 평가를 받고 있다. 물론 고전 문학 작품의 영화화 과정에서 영화와 소설이라는 매체의 특성상 어느 정도의 의미 축소나 생략은 필연적 과정이지만, 이 영화의 경우에는 이런 편차가 좀 심한 편이다.

그렇다면 1974년 영화가 원작만 못해진 이유는 무엇일까? 원작에 충실하지 않기 때문인가? 투자나 연기의 부족인가? 다 아니다. 1925년에 600만 달러 이상 투자했다면(Variety Staff) 투자의 부족도 아니고, 레드포드(Robert Redford)나 패로우(Mia Farrow) 등의 배역이나 코폴라(Fra Copola)의 각본과 클레이튼 감독은 호화 캐스팅이자 당대 최고의 환상적인 제작진이라 할 만하다.[3] 막대한 제작비와 호화 제작진에도 불구하고, 이

---

2. 2001년 영화는 상업성을 의식한 듯 남녀의 본격적 키스라는 충격적 장면으로 시작된다 (August 2006 Autor: Ed Uyeshima from San Francisco, CA, USA).

3. 가령 화자인 닉 워터슨(Sam Waterson)의 연기는 가장 잘 되었다고 칭찬받는다. 예일대 출신인 샘 워터슨은 평범하면서 지적인 마스크에, 상류 사회를 가까이 들여다보는 화자의 역할에 아주 적합하다. 또한 개츠비 역의 로버트 레드포드는 대체로 개츠비의 성격을 잘 드러냈다고 한다. 우선 레드포드가 너무 자신 있는 태도에 잘 생겼기 때문에 비천한 출생의 개츠비 배역에 맞지 않고 너무 아이비리그 출신처럼 보인다고 간혹 비난받기도 했지만, 중서부 출신의 낭만적이며 순진한 영웅 역에 잘 맞는다고 평가된다.
    톰 역의 브루스 던도 원작의 "무지막지한 야수"처럼 위협적인 거구는 아니지만, 다른 인간의 감정에 무심하며 야비하고도 거만한 톰의 역할에 적합하다. 큰 눈의 미아 패로우

영화가 실패한 가장 큰 이유로서 원작에 지나치게 충실했다는 점을 생각해볼 수 있다(144분). 즉 1920년대 재즈(Jazz) 시대를 충실히 재현했지만, 그 이면의 시대정신은 재현하지 못했다는 것이다. 문학 작품을 영화화한 경우 대부분 원작에 충실하지 않은 게 문제이다. 그러나 이 경우에는 "경외심"이나 "외경심"을 가졌다고 할 정도로 원작에 충실하지만,[4] 원작에서 전하려는 메시지를 제대로 전하지 못하는 아이러니가 발생했다. 이런 아이러니에 대해 많은 평자들이 지적하고 있다. 가령 원작에 대한 지나친 존경의 태도 및 영화적 상상력의 부족으로 실패했다거나(A Lavish 'Gatsby' Loses Book's Spirit: The Cast By VINCENT CANBY Published: March 28, 1974.), 코폴라와 잭 클레이톤이 원작을 1920년대 매너와 도덕의 백과사전처럼 취급했으며 소설의 정신적·알레고리적 암시를 희생하고 로맨스에 초점을 맞추어("The Great Gatsby," 1974. *Top Critic Review*, Puccio), 원작의 외형은 재현했지만 그 내적 정신은 재현하지 못했다[5]는 것이다.

는 숨차게 말하는 기식음과 경박한 백치미에 거짓 허세를 부린다는 측면에서 원작의 데이지 이미지에 부합하긴 하지만, 개츠비가 왜 그렇게 그녀에게 집착하는지 잘 납득시키지 못하므로 이 배역에 부족한 면이 많다.

4. 가령 백인이 정신 차리지 않으면 유색인에게 멸종당할 거라는 톰의 책 이야기는 그의 인종차별적 면모를 보여주기는 하지만, 영화에서는 생략했어도 큰 지장이 없었을 것 같다. 또한 머틀이 톰과 함께 뉴욕으로 가면서 길거리에서 강아지를 사는 일화나 개츠비의 파티에 노란 드레스 입은 쌍둥이 같은 두 명의 여자까지 재현한 것, 그리고 개츠비의 파티 참석자를 톰이 데이지와 조던에게 일일이 일러주는 것도 굳이 다 재현해야 했을까 싶은 장면들이다.

5. 이외에 1920년대 롱 아일랜드의 파티 정신은 있지만 영화의 가장 중요한 요소인 개츠비의 절망과 데이지의 갈망 같은 깊이 있는 감정이 없다는 평가(Levy)나, 화려한 파티와 춤추는 발의 클로즈업을 통해 볼거리는 제공했지만 20년대의 이면이 탐구되지 않았다고 한다(From Time Out File Guide). 겉은 화려하지만 초점이나 내용이 거의 없다는 지적(Druker)도 같은 맥락의 지적이다. 즉 시각적 면은 잘 다루지만, 보통 영화화 과정 이상으

이 작품은 제1차 세계대전 직후 광란의 "재즈 시대"의 초상화 내지 풍속도라 할 만큼 1920년대의 미국사회를 잘 그려내고 있다. 이 시기는 일차 대전을 겪고도 살아남았다는 기쁨과, 인류 역사상 유례없는 전쟁의 참상과 수많은 젊은이들의 죽음을 목격하고 나서 깊은 회의와 허무감이 교차하던 시대였다. 한편 미국 상류층은 급격한 경제적 성장의 시기에 엄청난 부를 축적하고 이 금주시대에 술과 재즈, 반짝이는 신형 자동차와 찰스턴 춤의 향락에 빠져 미친 듯이 흥청망청 돈을 써댔다. 이런 경제적 성장 뒤에는 도덕적 타락과 부패가 숨어 있었다. 겉으로는 고상하고 화려하지만 그 이면에는 탐욕과 이기심, 정신적 공허감이 들어 있었던 것이다. 가령 개츠비 저택에서 열리는 화려한 파티와 거기 모인 사람들은 동전의 안팎과도 같은 이런 물질적 풍요와 도덕적 타락과 방종, 마비를 잘 보여준다.

이런 아이러니는 필연적으로 원작의 핵심 내용인 '미국의 꿈'(The American Dream)의 재현문제와 관련되므로, 본인은 이 문제에 초점을 맞추어 영화를 분석하고자 한다. '미국의 꿈'이라는 개념은 매우 복잡하고도 상충하는 개념을 포함하고 있으므로, 논의의 전개에 필요한 범위 내에서 간단히 정의해보자. 구체적으로 '미국의 꿈'은 계급 없는 사회와 경제적 번영, 압제가 없는 자유로운 정치 체제 외에 누구든지 미국에 가면 잘살 수 있다는 믿음을 포함한다. 한마디로 물질적 성공과 미국의 무한한 발전 가능성을 믿는 정신적 이상주의를 의미한다. 개인적으로는 앨저(Horatio Alger)나 프랭클린(Benjamin Franklin), 링컨(Abraham Lincoln)처럼

로 소설의 본질을 많이 놓쳤다는 것이다(Vivre).

정직하고 근면성실하게 일하면 누구나 출세할 수 있다는 것이다. 제퍼슨(Thomas Jefferson)이 초안한 미국독립선언문에 나타나 있듯, 누구나 평등하게 생명과 자유와 행복을 추구할 권리가 있으며, 누구나 평등하게 자기 소망과 욕망을 실현할 수 있다는 것이다. 가령 메이플라워호를 타고 뉴잉글랜드에 도착한 윌리엄 브래드포드(William Bradford)의 '위대한 계획'은 세상 사람이 모두 보게 미국이라는 신대륙에 멋진 도시를 세우는 것이었다. 따라서 신대륙에 '새로운 가나안 땅'이나 '새로운 예루살렘'을 건설하려던 청교도들은 물질적 풍요보다 누구의 간섭도 받지 않고 하나님을 섬기는 종교적 자유를 추구하면서 동시에 식민 개척자로서 지상낙원을 건설하려 했던 것이다. 하지만 이 꿈은 신대륙에서 땅을 소유할 가능성과 미국인의 무한 발전이라는 본래 의미로부터 무조건 성공하기 위해 미국 상류 문화와 사회에 참여하는 능력, 즉 수단을 가리지 않는 물질적 성공과 신분 상승의 욕망으로 변질되었다. 즉 '미국의 꿈'은 청교도 정신이 빛을 잃으면서 제임스(William James)가 "성공이라는 비치 가디스"(bitch-goddess, success)라 부른 물질적인 성공 신화로 왜곡되었다. 그러나 물질적 정공만으로는 이상을 실현할 수 없다. 이처럼 그 꿈에는 이미 실패로 끝날 수밖에 없는 모순이 내재되어 있었다.

원작은 두말할 필요도 없이 개츠비의 꿈을 통해 "미국의 꿈"[6]의 성취

---

6. 미국에서의 성공은 가족의 부나 정치적 관계보다 개인의 재능이나 열정으로 가능하다고 여겨졌으며, 미국에서 교육받아 계급과 사회적 지위, 종교와 종족 등에 제한 받지 않고 성공할 기회를 갖는 것을 의미한다. 이 꿈은 단지 좋은 차나 고소득보다 자신의 타고난 능력에 합당한 사회적 지위에 오르고 신분과 지위, 운과 관계없이 능력으로만 평가받는 것이다. 위키디피아.

이외에 '미국의 꿈'에 대한 가장 훌륭한 정의는 Bewley에게서 찾아볼 수 있다. Bewley 는 이 꿈이 본질적으로 물질과 정신이 복잡하게 얽힌 인생의 가능성을 낭만적으로 확대

와 한계, 즉 이 꿈의 긍정적·부정적 측면을 잘 그렸다는 점에서 높이 평가받고 있다.7 작가는 "미국 자체"(Trilling, 242)를 상징하는 개츠비의 출세와 좌절을 통해 부의 집중과 사회계급의 분화로 인해 미국의 꿈이 도덕적으로 타락하게 되었음을 강력히 비판한다. 다시 말해 광란의 "20년대 재즈 시대"(Way 107)의 러브 스토리 이면에는 미국적 꿈의 부패와 타락에 대한 깊은 성찰, 더 나아가 미국의 장래에 대한 근본적 성찰과 우려가 담겨 있다는 것이다. 이런 맥락에서 "미국의 위대한 약속은 뭔가 일어날 거라는 것이다. 하지만 그 뭔가는 결코 일어나지 않았다. 미국은 결코 떠오르지 않는 달이다"라는 '미국의 꿈'에 대한 피츠제럴드의 제사 (epigraph)가 이 작품의 핵심이라 할 수 있다(*Masterplot*, 2360-61).

이처럼 이 영화의 실패 이유에 대해서는 여러 가지 분석이 가능하겠지만, 본고에서는 '미국의 꿈'의 몰락과 관련하여 1) 화자 캐러웨이(Nick Carraway)의 깊이 있는 사색과 명상이 사라진 점과 2) 데이지의 다층적 형상화 실패에 가장 큰 원인이 있다고 보고, 이 두 가지 점을 중심으로 1974년 영화와 원작을 비교·분석해보고자 한다. 즉 문학 텍스트가 영화로 변용되면서 발생하는 긴장과 파열, 혹은 창조적 변화가 미국의 꿈이라는 렌즈를 통해 어떻게 굴절되었는지 살펴보고자 한다.

한 개념이며, 이 문제는 미국의 경험을 다루는 미국 예술가들이 항상 직면하는 문제, 즉 어디서 현실이 끝나고 어디서 환상이 시작되는지, 미국인의 인생관에 감추어진 경계를 결정하는 문제로 이끈다고 지적했다(37-38).

7. 푸치오는 이 작품이 "미국의 꿈"의 부패를 완벽히 묘사한 것으로 본다. "The Great Gatsby," 1974, *Top Critic Review*, Puccio) 또한 피츠제럴드는 부의 파괴적 힘을 통해 "미국의 꿈" 의 부패를 완벽히 묘사한 위대한 작가라는 지적("The Great Gatsby" by F. Scott Fizgerald review)도 있다.

II

2.1 화자 닉의 형상화 실패

원작에서 닉은 바로 "미국의 꿈"에 대한 성취와 한계를 꿰뚫어본다는 점에서 양가성을 담지한 화자라 할 수 있다. 흔히 피츠제럴드가 큰 영향을 받았다는 콘래드(Joseph Conrad)의 『어둠의 속』(*Heart of Darkness*)의 일인칭 화자인 말로우(Marlow) 선장처럼, 닉은 관찰자이자 화자로서 톰과 데이지, 개츠비의 이야기를 서술한다. 차이가 있다면 말로우는 입으로, 닉은 글로 사건을 전한다는 점이 다르다고 하겠다. 애초에 화려한 과시나 속물적 세계의 대변자로 개츠비를 싫어하던 닉은 그의 "희망을 향한 열정"과 낭만적인 이타심, 그리고 순진함 때문에 개츠비를 점차 좋아하게 된다. 가령 닉은 부자가 되어 가난 때문에 잃은 옛 애인을 되찾으려는 개츠비의 순진하고 낭만적인 꿈과 환상이 현실에서 타락하는 과정을 객관적으로 관찰한다. 닉은 부자가 되기 위해 마이어 울프심 같은 조직 폭력계 두목과 손잡고 불법 밀주나 훔친 증권의 불법판매, 도박, 주식 투기 등 온갖 불법 수단을 동원해 막대한 재산을 모은 개츠비의 변질된 '미국의 꿈'을 관찰한다. 청교도들의 '미국의 꿈'이 물질주의와 손잡으면서 변질되고 타락한 것처럼, 개츠비의 이상주의는 물질주의 때문에 타락한 것이다. 동시에 톰과 데이지의 도덕적 부패와 타락도 적당한 거리를 두고 비판한다. 요컨대 누구나 부유하고 풍족한 삶을 살고 개인의 능력과 성과에 합당하게 보상을 받을 수 있다는 '미국의 꿈'이 자신의 물질적 성공만 중시하고 남에게 무심해졌는데, 닉은 이런 도덕적 불감증을 비난한다는 것이다.

그러나 영화에서 닉은 '미국의 꿈'을 찬미하면서 동시에 비판하는 양가적 관점의 화자라기보다 개츠비의 물질적 성공과 톰과 데이지의 화려한 상류사회를 그저 관망하는 화자로 제시된다. 즉 '미국의 꿈'의 화려하고 번지르르한 겉모습은 재현되지만, 이 삶 뒤의 공허감과 타락 등 부정적 측면은 잘 재현되지 않는다는 것이다. 따라서 '미국의 꿈'의 긍정적 측면은 보아내지만, 부정적 측면에 대한 비판은 약화된다.

영화를 분석하기 전에 영화의 첫 장면을 살펴보자. 동부의 웨스트 에그에 있는 자기 집에서 이스트 에그에 있는 톰의 집을 방문하려고 모터보트를 타고 닉이 만을 건너가면서 이야기하는 영화의 첫 장면과 원작의 시작 부분을 보자.

어리고 상처받기 쉬웠던 시절, 아버지께서는 충고를 해주셨는데 저는 이후 그 충고를 마음 속으로 곰곰이 생각하게 되었죠. 아버지는 "남을 비판하곤 싶을 땐 언제나 세상 모두가 너만큼 혜택 받지 못했다는 사실을 꼭 기억하라"고 말씀하셨죠. 그 이후 저는 **모든 판단을 유보하는 경향이 생겼어요**. 저는 우연히 그 길쭉하고 떠들썩한 섬에서 여름을 보내기로 마음먹었죠. 그 섬은 뉴욕에서 정동쪽으로 20마일 떨어져 있는 롱아일랜의 큰 헛간 앞뜰 같은 곳으로 튀어나와 있었죠. 저는 웨스트 에그, 즉 커티시 만에서 더 상류사회답지 않은 곳에 살았어요. 육촌 여동생 데이지 뷰캐넌은 이스트 에그의 빛나는 하얀 대저택에서 살았는데 그 애 남편 톰은 대학 때부터 알던 사람이죠. 결혼한 뒤 그들은 정처 없이 이곳지곳 떠돌았는데, 폴로 경기가 있거나 부자들이 모이는 곳이라면 어디든 갔죠. (영화의 첫 장면 대사, 고딕체는 인용자의 강조)

지금보다 젊고 상처받기 쉽던 시절, 나는 아버지가 해 주신 충고를 늘 마음 속 깊이 되새겨 왔다.

"남을 비난하고 싶을 때마다 이 세상 사람이 다 너처럼 혜택을 누리지 못한다는 걸 기억하렴." 아버지께서는 이렇게 말씀하셨다.

아버지께서는 더 말씀하지 않으셨지만, 우리는 서로 말하지 않아도 신기하게도 늘 통했기 때문에 아버지의 말씀에 그 이상의 뜻이 들어 있음을 알았다. 그 결과, **내게는 매사에 판단을 잠시 유보하는 습성이 생겼고**, 그 때문에 별난 성격을 가진 사람들이 접근해서 지긋지긋하게 재미없는 이야기를 들어주어야 했다. 정상적인 사람에게 비정상적인 특성이 나타나면, 비정상적인 사람들은 재빨리 알아채고 달라붙는다. 대학 시절 이런 특성 때문에 억울하게도 정치적이라는 비난을 받기도 했다. 별로 친하지도 않은 사람들의 슬픈 사연까지 은밀히 알고 있었으니까. 일부러 알려고 한 적은 한 번도 없었다. . . .[8] (원작의 첫 장면)

이 비교를 통해 영화 속 첫 대사와 원작의 첫 장면이 거의 유사하며, 아울러 첫 대사 속에 원작의 중요한 뼈대와 골격이 다 들어 있음을 확인할 수 있다. 또한 닉이 개츠비와 톰의 두 세계를 연결시키는 객관적 화자임이 암시된다. 이 앞부분에서 개츠비와 톰이 대변하는 웨스트 에그와 이스트 에그라는 두 지역의 대조(Fahey 74) 및 객관적 화자로서의 닉이라는 존재가 두드러진다. 웨스트 에그에는 '어디 출신인지 모르는' 개츠비 같은 신흥부자들이 살고 있으며, 이스트 에그에는 폴로용 말떼를 거느리고 동부에 나타난 톰 뷰캐넌처럼 조상에게 재산을 물려받은 유서

---

8. F. S. Fitzgerald, *The Great Gatsby* (서울: 신아사, 1978) 3장, 29-30. 이제부터 나오는 본문의 인용은 이 판에 의거하여 면수만 표기하기로 한다.

깊은 가문의 귀족들이 산다. 뉴욕시 근교의 롱아일랜드를 배경으로 이 두 지역은 지리적 차이뿐 아니라, 이 두 지역이 대변하는 경제적·사회적 차이를 나타낸다. 즉 웨스트 에그는 낭만적 이상주의와 미숙함, 신흥부자의 순진한 힘을 나타내며, 이스트 에그는 기성 부의 힘과 편협, 부정직과 눈길을 끄는 매력을 나타낸다는 것이다(McDonell 35).

또한 이 부분에서 닉이 매사에 판단을 유보하는 객관적 화자라는 사실이 밝혀진다. 이로써 앞으로 닉이 개츠비가 대변하는 웨스트 에그 및 톰과 데이지가 대변하는 이스트에그, 두 사회를 냉철히 관찰하리란 사실이 암시된다. 원작에서 닉은 대학 신문에 가끔 글을 기고하던 문학청년으로서 친구들이 믿고 찾아와 비밀을 털어놓을 정도지만, 매사에 판단을 유보하는 신중한 인물이다. 그는 중서부에서 동부, 즉 뉴욕으로 이주해 증권맨으로 변신하여 톰과 데이지, 개츠비 등 주요 인물과 그들이 대변하는 이스트 에그와 웨스트 에그, 두 세계를 유심히 관찰하기 때문에, 종종 닉의 성장 소설로 평가될 만큼 원작에서는 비중이 큰 인물이다. 왜냐하면 지적이며 정직한 화자 닉의 깊이 있는 명상과 사색 덕분에 사랑하는 여성과 헤어진 개츠비가 이미 톰과 결혼한 데이지의 사랑을 되찾으려는 삼각관계 러브 스토리가 "미국의 꿈"에 연결되며 이 꿈의 몰락까지 비판하기 때문이다.

그러나 첫 장면을 제외하면, 영화에서는 닉의 이런 역할이나 의미가 제대로 부각되지 않는다. 늘 희비의 감정을 직접 드러내지 않는 무표정한 얼굴을 통해 영화에서 닉은 두 세계에 거리를 둔 관찰자로 그려진다. 하지만 그는 톰과 데이지가 겉으로는 고상하지만 도덕적으로 부패했으며 개츠비의 화려한 성공 뒤에 온갖 불법적인 재산 축적 과정이 있음을 간파하고 있는 화자다. 클레이톤 감독은 화자 닉의 사색을 충실히 재현하기 위해 닉의 중요한 대사를 거의 다 넣었지만, 영화에서는 닉의 깊이 있는 사유에서 나온 상류사회 비판이 많이 빠져 닉의 역할이 상당 부분 약화되었을 뿐만 아니라, 비판의 강도도 매우 약화되었다. 즉 "미국의 꿈"의 성취는 그려지지만 한계가 제대로 그려지지 않아, 닉의 목소리가 대체로 실패로 보인다는 것이다.

원작에서 개츠비를 실패자의 운명에서 구하는 것은 화자 닉이다. 표면상 개츠비는 막대한 부를 일군 것 외에는 별로 이룬 것이 없는 실패한 인물이다. 온갖 노력을 했지만, 부도 부정하게 일궜고 그렇게 바라고 소망하던 데이지의 사랑도 얻지 못하며 톰의 혼외정사의 누명을 대신 뒤집어쓰고 윌슨에게 비극적 죽음만 당할 뿐이다. 그럼에도 불구하고 닉은 개츠비의 독특한 낭만적 꿈과 환상 때문에 다른 사람과 구별되는 "괜찮은" 사람으로 평가한다. 다시 말해 그는 화려하게 성공한 자기 모습을 거듭 상상하다가 그것을 현실로 믿어버리는 "자신에 대한 플라톤적 환상"(Platonic conception of Himself)을 지녔으며, 환상이지만 이 낭만적 꿈이나 환상을 성취하기 위해 온갖 희생을 무릅쓰며, 끊임없이 좌절하면서도 삶의 낭만적 가능성을 믿으며, 끈질긴 희망과 용기를 갖고 "황홀한 축제 같은 미래"를 향해 나가는 위대한 존재라는 것이다.

그런데 영화에서는 화려한 파티나 집, 차 등 데이지를 되찾기 위해 이룬 개츠비의 화려한 물질적 성공에 치중한 나머지, 개츠비의 이런 희망과 꿈은 잘 드러나지 않는 듯하다.

닉의 역할이 영화에서 불충분하다는 사실은 많이 찾아볼 수 있겠지만, 여기서는 대표적인 세 가지 예만 들어보기로 한다. 첫째로, 데이지가 톰의 정부인 머틀을 치는 교통사고를 낸 날 닉이 개츠비의 과거 이야기를 듣고 자기 집으로 건너가다가 갑자기 돌아서서 "그들은 썩어빠진 사람들이에요. 그들[톰과 데이지]을 다 합친 것보다 당신 한 사람이 나아요"(233)라고 개츠비를 칭찬하는 장면이 있다. 원작과 똑같은 이 대사는 개츠비에 대한 닉의 최종 평가라 할 만큼 중요한 대사로서, 닉이 개츠비를 칭찬하는 준거는 다른 사람에게서 찾기 어려운 꿈과 희망, 즉 "희망을 감지하는 탁월한 재능"(31)과 삶의 낭만적 가능성에 대한 믿음이다. 다시 말해 닉은 개츠비가 대변하는 웨스트 에그와 톰과 데이지가 대변하는 이스트 에그 중에서 원래 톰과 예일대 동창이라는 학벌이나 성향, 태생 등으로 볼 때 후자에 가깝지만, 개츠비의 "낭만적인 희망," 즉 "삶의 약속에 대한 어떤 높은 감수성"(30) 때문에[9] 전자를 택한다는 것이다. 닉의 이런 판단은 이후 윌슨의 개츠비 살해로 말미암아 이 말이 개츠비에 대한 처음이자 마지막 칭찬이 되었으며, 그가 그 때 그 말을 개츠비에게 하길 잘 했다고 두고두고 생각한다는 사실로도 입증된다. 그러나 영화에서는 이 대사가 영화 속에 녹아들어가지 못하고 따로 겉돈다. 즉 닉에게는 커다란 전환점이 된 이 대사에 함축된 중대한 의미가 전달되지 않은 채 다소 뜬금없는 대사처럼 들린다는 것이다.

둘째로, 다시 영화에서 개츠비가 윌슨에게 살해된 뒤 톰과 데이지를

---

9. 개츠비는 낭만적인 성공의 꿈을 계속 추구하며, 아무리 돈을 많이 벌어도 과거를 돌이킬 수 없다는 사실을 이해하지 못한다. 밀주나 도박 같은 그의 부의 원천이 무엇이든, 그는 희망과 낭만적 믿음, 순수함을 대변하는 존재다(*Masterplot*, 2361). 또한 그는 사랑에 실패해도 다시 사랑하는 것을 두려워하지 않는 능력을 보여준다고, 즉 누구나 생각하는 위대함과는 거리가 멀지만, 자신이 믿고 확신하는 사랑을 위해 부서질 수 있는 용기, 아무도 인정해주지 않는 자기만의 가치를 위해 살아가는 위대함을 지닌 존재라 칭찬받는다(김현주 186).

다시 재회했을 때 닉이 톰의 악수를 거절하는 장면을 보자. 그동안 두 세계를 관찰한 닉은 머틀의 교통사고를 계기로 개츠비가 그토록 도달하려 애쓰던, 톰과 데이지의 상류사회가 도덕적으로 매우 부도덕하고 무책임한 세계임을 깨닫는다. 왜냐하면 톰은 진실을 은폐하고자 윌슨에게 그의 아내를 치어죽인 운전자가 데이지가 아니라 개츠비라고 거짓말을 함으로써, 윌슨이 개츠비를 살해하게 했기 때문이다. 이로써 톰은 머틀과의 부도덕한 혼외정사를 감추고, 자신에게는 눈의 가시처럼 거슬리던 개츠비를 손에 피 한 방울 묻히지 않고 윌슨을 통해 감쪽같이 제거해버린다. 더 끔찍한 것은 그들 부부가 이런 비극 뒤에도 아무 일 없다는 듯 집수리를 시키고 그동안 유럽여행을 떠날 정도로 비양심적이라는 것이다. 이처럼 그는 강한 근육질 체격에 암시되듯, 자기 가정의 안녕과 행복만 지킬 수 있다면 주위사람은 어떻게 되어도 상관없다는 식의 도덕적 마비와 불감증을 보인다. 게다가 악수를 거절당한 톰은 자신도 이 사건으로 고통을 겪었다면서 기껏 한다는 이야기가 뉴욕의 아파트에서 머틀이 기르던 강아지의 밥그릇을 보고 어린아이처럼 울었다고 하는데, 이 일화는 그의 고통이라는 것이 고작 자기연민에 불과할 뿐 사건의 본질에서 얼마나 벗어나 있는지를 단적으로 보여준다.

그의 악수 거부는 원래 톰의 친구였던 닉이 톰과 데이지의 실체를 파악한 뒤 톰 대신 개츠비에게 돌아섰다는 사실을 의미한다. 이처럼 그는 애초에 졸부라고 경멸하던 개츠비를 점차 자신의 분신으로 여기게 되며, 두 주에 한 번 이웃에서 열리는 개츠비의 파티를 바라보던 구경꾼에서 남녀가 "샴페인을 들고 속삭이는 별빛의 세계"(80)로 들어가 그의 절친한 친구(Ed Uyeshima)로 바뀌었다. 이는 개츠비가 중서부 출신의 무일푼 청년에서 롱아일랜드에 대저택을 지닌 엄청난 거부가 되었기 때문이 아니라, 그만이 간파한 개츠비의 원대한 꿈 때문이다. 그의 이런 변화는 몇몇 다른 일화에서도 찾아볼 수 있다. 가령 그는 개츠비의 장례식에 참석하러 온 개츠비의 아버지에게 자신을 '절친한 친구'라고 소개하고, 생전에 그를 알던 사람들에게 연락해 개츠비의 장례식을 품위 있게 치러 주려고 애쓰며, 개츠비의 아버지와 목사님과 더불어 셋이(원작에서는 또 한 명의 파티 참석자와) 장례식을 치러준다. 이런 변화의 연장선상에서 나름 유명한 골프선수지만 골프대회에서 공을 옮기는 등 자기 실력 아닌 속임수로 명성과 멋진 겉모습을 유지하는, 톰과 데이지처럼 도덕적 불감증에 빠진 조던과의 관계를 정리하고 부패하고 부도덕한 동부를 떠나 고향인 중서부로 돌아가는 닉의 귀향에는 중요한 의미가 들어있다. 북부 시카고 출신의 톰과 남부 루이빌 출신의 데이지와 조던이 엄밀히 동부인은 아니지만, 이들 모두 미국의 동부인 뉴욕에 와서 타락한 반면, 개츠비의 비극적 죽음에 환멸을 느낀 닉은 동부의 타락한 세계를 떠나 순박한 중서부로 돌아간다.[10] 동부에서 서부로 이동한 초기 정

10. 톰과 데이지의 도덕적 타락과 부패, 무책임은 전후 허무감과 상실감에 몸부림치며 방황하는 당시 재즈 시대 분위기와 따로 떼어 생각할 수 없다. 가령 톰과 데이지는 도덕적 마비상태에 있으며, 개츠비의 후견인인 마이어 울프심은 1919년 월드시리즈를 조작한 조직 폭력계의 거물이며, 데이지의 친구인 조던 베이커는 프로 골프시합에서 부정한 방법으로 경기를 하고도 뉘우치지 않을 정도로 도덕적 불감증에 걸려 있다. 따라서 닉이 이 세계의 도덕적 재무장, 즉 이 세계가 제복을 입고 '도덕적 차렷' 자세를 취하길 바라는 데는 바로 도덕적으로 타락한 이런 시대적 배경이 숨어 있다. 흔히 동부 사람은 겉으로 부유하고 세련되었지만 도덕적으로 타락하고 무책임하며, 중서부 사람은 촌스러우며 물질적으로 넉넉하지는 않으나 도덕적 순수성과 청교도적 가치관을 지니고 있다. 따라서 이 두 지역을 대변하는 톰과 개츠비는 충돌할 수밖에 없는 운명이다. 결국 개츠비가 어떻게 거부가 되었는지 돈의 출처를 알게 된 데이지는 남편에게 돌아서 자신이 저지른

착자들[11]과는 반대로 닉만이 중서부로 돌아간다는 것은, 개츠비의 사후에 그만이 도덕적 책임을 받아들인다는 의미로 해석할 수 있다(엄광웅 128, 134).

세 번째로, 닉의 서술로 끝나는 영화의 마지막 장면과 원작의 마지막 문단을 비교해보자. 우선 서부로 떠나기 전날 밤, 주인 없는 개츠비의 저택을 찾아 홀로 해변에 서서 삼백여년 전에 이 섬에 처음 발을 디딘 네덜란드 선원들이 이 섬을 바라보며 꾸었던 꿈과 개츠비가 만 건너 데이지의 집 근처 초록 불빛을 처음 보았을 때의 놀라움, 그가 굳게 믿었던 "해가 갈수록 우리 앞에서 뒤로 물러나는 황홀한 축제 같은 미래"의 의미를 되새겨보는 원작의 마지막 문단을 보자.

. . . 한때는 네덜란드 선원들 눈에 꽃처럼 만개했던 여기 이 오래된 섬은 점차 유명해졌다. 이 섬은 신세계의 싱그러운 푸른 젖가슴이었던 것이다. 이 섬에서 사라진 나무들, 개츠비의 저택에 길을 만들어 주었던 그 나무들이, 한때는 모든 인간이 지닌 꿈 가운데 가장 위대한 최후의 꿈을 속삭이며 일깨웠던 것이다. 덧없이 흘러가는 매력적인 순간, 인간은 틀림없이 이 대륙 앞에서 숨을 죽였을 것이다. 역사상 마지막으로 경이로움에 대한 그의 능력에 필적하는 그 무엇과 대면한 인간은, 틀림없이 이해할 수도 없고 바랄 수도 없는 심미적 명상에 빠져 들었을 것이다.

그리고 그곳에 앉아 그 오래된 미지의 세계를 곰곰 생각할 때, 나는

온갖 부도덕한 죄를 개츠비에게 덮어씌우는 톰과 공모해 그의 악행을 수수방관한다. 이런 맥락에서 개츠비의 죽음에는 머틀의 죽음에 아무 죄가 없지만 억울한 누명을 쓰고 윌슨에게 살해당하는 개인적인 죽음 외에 동부인에 의한 서부인의 죽음이라는 상징적인 의미가 있다.

11. Bewley는 "미국의 꿈"이 청교도 전통보다 개척자와 서부의 산물이라 지적한다(38).

개츠비가 데이지의 선착장 끝에서 빛나는 초록 불빛을 처음 찾아냈을 때 느꼈을 경이로움을 떠올려 보았다. 그는 이 푸른 잔디밭까지 먼 길을 왔고, 그의 꿈은 너무나 가까이, 그래서 틀림없이 손에 잡힐 것처럼 보였을 것이다. 그는 그 꿈이 이미 그의 뒤에, 밤하늘 아래 공화국의 어두운 들판들이 펼쳐진 도시 너머 방대한 어둠 속 어딘가에 있다는 사실을 몰랐던 것이다.

개츠비는 초록 불빛을 믿었다. 해가 갈수록 우리 앞에서 뒤로 물러나는 황홀한 축제 같은 미래를 믿었던 것이다. . . .

그래서 우리는 조류를 거스르는 배처럼, 끊임없이 과거로 밀려나면서도 계속 앞으로 나아가는 것이다. (270)

개츠비가 경이롭게 바라보던 선창가의 초록 불빛은 아메리카 대륙을 처음 대면한 네덜란드인이 숨죽이고 바라본 초록 대륙과 동일시된다. 이 "20세기 가장 유명한 문장"(Ebert)은 데이지를 되찾으려는 개츠비의 꿈을 '미국의 꿈'에 연결시킨다는 점[12]에서 매우 중요한 문단이다. 이 문단에서 개츠비의 꿈은 미국이라는 신생 공화국의 꿈에 연결된다. 개츠비는 성공을 꿈꾸며 신대륙에 온 초기 개척자인 네덜란드 선원들처럼, 끝없이 좌절하면서도 그것을 극복하고 넘어서 "황홀한 축제같은 미래"를 향해 나가는 자세, 즉 계속 꿈꾸며 앞으로 나가는 희망과 용기를 보여준다.

그런데 영화에서는 이 문장이 두 군데로 나뉘어 나온다. 우선 데이지가 우연한 사고로 머틀을 죽인 다음날 아침 데이지의 집밖에서 밤을 새운 개츠비가 닉과 대화를 나누는 장면이 있다.

---

12. 레한(Lehan)은 개츠비의 꿈이 1) 건국을 기다리는 신세계, 2) 가난뱅이에서 부자가 되는 이상을 구현한 벤자민 프랭클린의 정신, 3) 데이지라는 세 가지로 동일시된다고 지적한다(107).

닉: 네덜란드 선원들이 이 옛 섬을 맨 처음 보았을 때 어땠을지 상상이
되요? 산뜻한 초록색이었을 거예요. 마치 신세계에 대한 꿈처럼.
개츠비: 그들은 숨을 죽였을 거예요. 만져보기 전에 없어질까 봐 두려워
서요.

또 하나는 영화의 마지막 장면에서 닉이 아무 일 없다는 듯 태연한 데이
지 부부를 만난 뒤의 대사가 있다.

나는 개츠비가 데이지의 부두 끝에 있는 초록 불빛을 찾아냈을 때 그가
느낀 경이로움에 대해 생각해보았다. 이 잔디밭으로 오기까지 그는 많
은 과정을 거쳤고 그의 꿈이 너무 가까이 있어서 성취하지 못할 거라는
생각은 해보지 않았을 것이다. 그러나 그는 그 꿈이 이미 자기 뒤에 있
다는 걸 깨닫지 못했다.

원작의 마지막 문단이 영화에서 두 군데로 나뉘었다고 해서 문제가
될 것은 없다. 그러나 미국 문학사에 영원히 남을 이 인상적인 마지막
문장이 영화에서 빠져버림으로써, 개츠비의 꿈을 "미국의 꿈"에 연결시
키는 이 문단의 깊은 의미가 제대로 전달되지 않은 것은 대단히 유감스
럽고 아쉬운 일이다. 이 문단의 생략은 감독이 소설을 완전히 이해하지
못했음을 증명하는 또 다른 예가 될 것이다.
또한 이 대사는 초록 불빛을 미국의 꿈을 상징하는 것으로 암시하긴
하지만, 그저 가끔 깜빡일 뿐 원작에서의 심오한 의미를 전달하지 못하
고 그저 간단히 지나간다. 다시 말해 손을 뻗으면 잡힐 듯한 초록 불빛
이 잡히려는 순간 톰의 치정 사건에 휘말려 애꿎게 살해됨으로써, 영화

에서는 개츠비의 죽음이 "미국의 꿈"의 몰락과 관련되기보다 단순한 치정사건으로 전락한 듯하다. 따라서 개츠비의 "빠른 출세와 갑작스런 몰락"(Too Faithful Adaptation Dampens the Many Qualties of an Elaborate Production, 11 August 2006 Author: Ed Uyeshima from San Francisco, CA, USA)에 함축된 의미, 즉 돈을 벌어 경제적 약점은 극복했지만 신분상의 약점과 정복하려던 세계의 부패 때문에 젊은 나이에 당하는 개츠비의 폭력적인 죽음(Roberts 77)에 함축된 미국의 꿈의 어두운 이면은 제대로 조명되지 않는다. 다시 말해 이상의 실현이 물질의 성취로 가능하다는 것은 착각임을 보여주지 않는다는 것이다.

이런 검토 결과, 영화에서 닉은 원작처럼 '미국의 꿈'의 양가성을 담지한 "멀쩡한 정신의"(Druker) 화자로서 형상화되지 못했음을 살펴보았다. 즉 개츠비의 물질적 성공 이상의 의미를 전달하지 못하고 "미국의 꿈"에 함축된 양가성 포착에 실패했다는 것이다. 이는 '미국의 꿈'이 그저 물질적 성공만을 뜻하는 것으로 몰락한 암울한 현실을 그려냈다는 점에서 높이 평가받는 원작에 비추어볼 때, 매우 아쉬운 점이다.

2.2 데이지의 다층적 형상화 실패

원래 여러 겹의 복합적 의미를 지닌 데이지라는 인물을 논의하려면, 이 소설의 중심 상징 중 하나인 "초록 불빛"을 언급하지 않을 수 없다. 이 불빛에는 여러 가지 의미가 함축되어 있지만,[13] 무엇보다 개츠비의 꿈(및

---

13. 원작의 몇 곳(1장 마지막 문단과 5장 중간, 그리고 9장 마지막 문단)에 나오는 '초록 불빛'은 개츠비의 꿈과 미국의 꿈을 상징한다. 밀러(Miller)는 '초록 불빛'이 1) 작품 전체의 의미, 2) "해마다 우리 앞을 지나가는 광란의 미래," 3) 손짓하여 부르지만 달아나는 꿈

"미국의 꿈")을 상징한다. 개츠비의 꿈이란 가난 때문에 헤어진 데이지를 되찾아 5년 전의 과거를 되돌리는 것이며, 그녀를 되찾기 위해서는 돈을 벌어 성공해야 한다. 왜냐하면 그녀는 개츠비가 바라고 원하는 모든 것이기 때문이다. 이런 연유로 초록 불빛으로 대변되는 개츠비의 꿈은 "미국의 꿈"에 연결된다. 가령 개츠비가 데이지가 혹시 올까 하여 호화로운 파티를 연다거나, 데이지가 사는 건너편 만을 자주 바라보며, 그만의 초록 불빛을 향해 손을 내미는 것에는 바로 이런 의미가 함축되어 있다.

원작 소설에서 데이지는 개츠비의 아름답고 신비한 연인이자 '미국의 꿈'을 상징하는 존재로 제시된다. 그런데 결론부터 말하자면 영화에서 데이지는 개츠비의 연인으로서는 어느 정도 재현되지만, '미국의 꿈'을 상징하는 존재로서는 잘 재현되지 못한 듯하다. 첫째, 영화에서 데이지는 "당대의 〈로미오와 줄리엣〉"(Romeo and Juliet)을 제시하려는 클레이톤 감독의 의도대로 나이나 외모상 개츠비에게 어울리는 연인으로서는 비교적 잘 제시되었다. 클레이톤 감독은 영화 재킷에 사용한 개츠비와 데이지의 피크닉 장면이나 중위 군복을 입고 함께 춤추는 장면 등 원작에 없는 장면을 넣어서까지 불후의 러브 스토리 결정판을 제시하고자 했으며, 이런 노력 덕분에 데이지는 개츠비의 연인으로서 그럭저럭 재현되었다. 물론 기껏 18세에서 26세 사이 8년간의 세월을 그린 원작의 데이지에 비해, 촬영 당시의 미아 패로우는 훨씬 나이가 들어 보인다. 게다가 뭇 남성의 가슴을 설레게 하는 원작의 데이지만큼 신비한 매력이

을 추구하는 사람의 상징이라고 지적한다(123).

데이지의 존재는 초록 불빛으로 상징되며, 초록 불빛은 또한 '미국의 꿈'을 상징한다. 이런 연관관계에서 데이지는 '미국의 꿈'을 상징하게 된다. 그러므로 데이지를 되찾으려는 개츠비의 꿈은 '미국의 꿈'에 연결된다.

나 아름다움은 없지만, 사람을 끌어들이는 독특한 콧소리는 비교적 가깝게 재현되어 개츠비의 연인 역에 별 문제가 없어 보인다.

둘째로, 더 중요한 것은 데이지가 '미국의 꿈'과 그 꿈의 몰락을 상징하는 존재로서 잘 재현되지 못했다는 점이다. 이 점을 보기 위해서는 재즈 시대라는 시대적 배경을 검토해보아야 한다. 앞에서도 보았지만, 이 시기는 급격한 경제적 성장으로 엄청난 경제적 부를 누린 시기다. 반면 전후의 허무감과 상실감 때문에 도덕적 방황과 타락, 해이가 극에 달한 시기이기도 하다. 따라서 그녀의 삶은 물질적 풍요를 누리면서도 도덕적 불감증에 빠져 있으며, 정신적 빈곤 때문에 뭘 해야 할지 모른다는 점에서 '미국의 꿈'의 몰락을 나타낸다. 일단 데이지를 통해 '미국의 꿈'의 밝은 측면이 카메라 앵글과 미장센 등 여러 가지 영화 촬영술과 기법을 통해 화려하게 그려진다. 우선 그녀는 루이빌의 부잣집 딸로 태어나 시카고의 거부인 톰과 결혼해 내내 부자다. 따라서 그녀는 할 일이 없어 유럽과 뉴욕 등 언제나 어디로나 마음대로 갈 수 있는 시간적·경제적 자유를 누리지만, 이러한 부를 주체하지 못해 뭘 해야 할지 모른다. 더위에 허덕이며 열기구에 탄 듯 할일 없이 소파에 기대어 있는 데이지와 조던의 나른한 모습이 이런 상류층의 의미 없고 무료한 삶을 단적으로 대변해준다. "마치 은으로 만든 조각처럼 . . . 노래하듯 윙윙대는 선풍기 바람에 흰 드레스를 내리며 커다란 소파에 꼼짝없이 누워 있는"(180) 데이지와 조던의 모습이나, 두 주 뒤인 이번 하지뿐 아니라 십 년이나 이십 년, 삼십 년 뒤에도 뭘 해야 할지 모르는 그들의 모습에는 인생의 목적이나 의미도 없고, 장래에 대한 별다른 희망이나 기대가 없는 그들의 공허한 상태가 잘 암시되어 있다.

톰도 마찬가지다. 톰은 20대 미식축구선수 시절에 너무 일찍 성공하여 인생의 정점을 맛본 이후 모든 게 내리막이라는 인상이 드는 인물로 극적 흥분을 찾아 끊임없이 폴로 경기나 부자들이 모인 곳을 쫓아다니며, 이런 무위의 삶에서 벗어나고자 호텔 청소부와 머틀 등 방탕한 여성 편력으로 속을 썩이며 늘 술병을 들고 다니지만, 그 무엇으로도 그의 갈증을 채울 길이 없다. 이처럼 그들 부부는 막대한 부와 시간을 지녔지만, 남아도는 시간과 물질을 주체하지 못한다. 이런 공허함은 화려한 개츠비의 저택과 실내를 클로즈업해서 보여주는 영화 첫 장면에서 개츠비의 아버지가 먹다만 샌드위치에 붙어 있는 파리로 대변되는 듯하다. 이 장면은 첫 장면과 끝 장면을 연결시켜 '미국의 꿈'에 함축된 허상을 보여줌으로써, 이 영화에 담긴 모든 의미, 즉 개츠비의 꿈이 공허하고도 헛된 꿈이라는 사실을 단적으로 설명하는데 매우 효과적이다.

원작에서는 누구나 평등하고 행복해지는 이상 국가를 건설하려던 꿈이 사라지고 물질적 부만 누리는 이 무료한 생활이 그들의 개인적 경우에 그치지 않고 당시 상류계급의 일반적 경우로 확대되어, '미국의 꿈'의 도덕적 타락 내지 몰락을 조명하게 된다.

그러나 영화는 '미국의 꿈'의 몰락을 암시하는 단계에 이르지 못한다. 돈을 벌어 데이지를 되찾으려는 개츠비의 꿈은 애초에 잘못된 것이다. 그는 부를 얻는 과정에서 온갖 불법을 자행하며, 그렇게 사랑하는 데이지를 되찾지도 못한다. 왜냐하면 데이지는 톰의 여성편력과 방탕에 지쳤지만 톰이 제공하는 물질적 풍요와 편안함 때문에 남편을 떠날 생각이 없기 때문이다. 게다가 데이지는 개츠비의 부의 축적과정을 알고는 남편에게 돌아서버린다. 가장 기막힌 것은 개츠비가 그렇게나 사랑하는 데이지가 실은 그의 사랑을 받을 만한 가치가 없는 여성이라는 사실이다. 일례로 데이지는 변덕스럽고 신중하지 못하며, 목소리에서 돈 소리가 나며 개츠비를 기다리지 못하고 35만 달러짜리 진주목걸이를 줄 정도로 거부인 톰과 결혼하며, 재회한 뒤에는 개츠비 자신보다 그가 보여주는 저택을 좋아하며,[14] 이렇게 아름다운 셔츠를 처음 본다고 개츠비가 보여주는 영국에서 수입한 많은 고급 셔츠에 감동해서 울 정도로(Roberts 76) 세속적이며, 톰처럼 자신이 저지른 무책임한 행동의 결과를 다른 사람이 처리하게 맡기는 비겁한 여성이었던 것이다.

그뿐 아니라 영화에서는 데이지가 그저 두 남자의 사랑을 다 차지하려는 이기적인 여성으로 제시된다. 가령 데이지가 자기만을 택하라는 개츠비에게 톰과 개츠비를 둘 다 사랑했다면서 너무 많은 걸 원한다고 오히려 화를 내는 장면이 있다. 이는 오직 그녀와 재회하기 위해 1920년대 초반부터 대공황 시기까지 금주법이 시행되던 시대에 밀주와 도박, 석유와 주식 투기 등 온갖 미심쩍은 수단으로 엄청난 부를 축적하는 등 절대적 사랑을 베푼 개츠비에게 결코 할 수 없는 이기적인 발언이다.

이렇듯 '미국의 꿈'을 상징하는 존재로서 데이지는 잘 그려지지 않았다. 데이지는 물질적 부는 누리지만 도덕적 타락 상태에 있다. 원래 '미국의 꿈'이란 누구나 행복하게 행복을 추구할 권리가 있으며 근면성실하

---

14. 개츠비는 3년 동안 일해 이 집을 샀다고 자랑스러운 얼굴로 자기 집을 구경시킨다. 그는 데이지를 통해 자기 집을 재평가한다. 또한 영국에서 봄가을로 옷을 보내주는 사람이 있다면서 수많은 외제 셔츠를 집어던지자 셔츠가 날개처럼 팔랑거리며 떨어지는 장면은 영상미가 돋보이는 장면이다.
　　또한 로버츠는 이 장면이 원하는 여성을 얻는 가장 효과적인 전략이며, 각색자는 데이지 같은 물질적인 여성에게 남성의 성공을 나타내는 셔츠의 힘을 알았다고 지적한다(75).

게 노력하면 정신적·물질적 꿈을 성취할 수 있다는 것이다. 그러므로 데이지가 개츠비와 결합하지 못하는 것은 돈만이 아니라 계급과 문화, 교양 등 여러 가지 요인이 얽힌 복잡한 문제이다.[15] 원작에서는 데이지가 사회의 엘리트계층 대신 연극배우나 영화 제작자 등이 오는 개츠비의 파티를 별로 안 좋아하는 데서(Roberts 76) 이런 면모가 암시된다. 그러나 "부잣집 딸은 가난한 남자와 결혼하지 않는다."는 데이지의 대사처럼, 이 복잡한 문제를 단지 돈 때문에 결합하지 못하는 것으로 간단하게 처리한 것이 이 영화의 가장 큰 한계다. 원작에 없는 이 대사는 원작에 대한 감독의 이해 부족을 다시 한 번 입증해준다.

결국 개츠비는 톰의 치정사건에 말려들어 애꿎게 죽음으로써, 그의 꿈은 비극적 결말을 맞이한다. 간접적으로 살해를 교사한 톰에 의한 개츠비의 죽음에는 데이지를 사이에 둔 개츠비와 톰의 불가피한 대결과 갈등이 첨예하게 압축되어 있다. 이 개츠비의 죽음은 이기적이며 무자비한 부자 톰과 대결하기에 개츠비가 너무 무력하다는 사실 및 물질적 성공을 통해 과거를 돌이키려는 개츠비의 원대한 꿈이 톰의 무자비한 세계에 부딪쳐 좌절된다는 사실을 보여준다. 다시 말해 개츠비의 이상주의가 도덕적으로 타락하고 무자비한 톰의 물질주의에 의해 파괴되는 과정은 동부와 중서부의 차이, 즉 미국의 꿈에서 종교적 자유를 추구하며 누구나 자유롭고 평등한 "멋진 신세계"를 건설하려던 정신이 사라지

---

15. 프랑스의 사회학자인 부르디외(Pierre Bourdieu)의 지적처럼, 문화자본(Cultural capital)과 상징자본(Symbolic capital)의 부족 등을 둘 수 있다(37). 이 외에 본인의 졸고 「보이지 않는 경계선: 『엠마』와 '문화자본'」, 66-90. 『19세기 영국 여성작가 읽기』, 서울: L.I.E., 2008. 참고. 두 사람은 사랑만으로 결합할 수 있을 것 같지만, 데이지는 건너편 만의 초록 불빛처럼 범접하기 어려운 여성이었던 것이다.

고 물질적 성공만 남게 되었다는 사실을 암시한다는 것이다.[16] 그러나 영화에서는 이런 의미보다 개츠비가 그저 치정 사건에 얽혀 비극적 최후를 맞이하는 것으로 보인다.

결국 영화에서 그녀는 개츠비의 연인으로서는 어느 정도 재현되었지만, "미국의 꿈"을 상징하는 존재로서의 의미는 약화된다. 즉 상류계급의 화려한 겉모습은 재현되었지만, 그 속의 공허감은 잘 제시되지 못 했다는 것이다. 구체적으로 원작에 지나치게 충실하여 재즈 시대의 화려한 상류사회를 통해 '미국의 꿈'에 내포된 물질적 성공의 측면은 거의 완벽히 재현했지만, 이 화려한 세계 이면의 도덕적 타락이라는 측면은 잘 제시되지 않았다. 즉 많은 엑스트라를 동원해 춤추는 군상의 무릎과 다리, 아름다운 의상, 당시 드물었던 화려한 차와 값비싼 가구, 소품, 수영장 달린 대저택과 정원, 호화로운 파티, 베이지 색과 흰 색 세팅 등에 엄청난 돈을 쏟아 부어 아메리칸 드림의 겉모습은 영상으로 잘 재현했지만, 이 꿈을 비판하는 원작의 정신은 살리지 못했다는 것이다. 이것은 영화의 몇몇 장면에서 데이지가 사는 집 근처 만의 '초록 불빛'이 간헐적으로 비춰지나, 이 불빛이 개츠비의 꿈이나 '미국의 꿈'을 상징한다기보다 그저 하나의 소도구나 소품으로 전락해버린 데서도 확인되는 바이다. 이처럼 '미국의 꿈'의 타락에 대한 근본적 비판 없이 화려한 상류사회만 의미 없이 제시된다.

물론 이런 복합적 의미를 영화에서 다 재현하기는 쉽지 않은 일일 것이다. 그럼에도 불구하고, 이런 의미를 재현하려고 노력조차 하지 않

16. 이런 연유로 중서부 출신인 개츠비의 낭만적 이상과 무자비한 부자 톰의 필연적 갈등이 영화에 본격적으로 나오지 않는 것은(Vivre) 또 다른 미흡한 점이라 하겠다.

았다면 이는 간과할 수 없는 크나큰 결함이라고 하겠다.

III

이상에서 이 영화의 실패 이유를 주로 1) 화자 닉의 형상화 실패와 2) 데이지의 다층적 형상화 실패라는 두 가지 점을 중심으로 살펴보았다. 즉 이 영화에서 데이지와 개츠비의 로맨스는 강화되었지만 '미국의 꿈'에 대한 비판이 약화되었으며, 이는 치명적인 약점임을 검토해보았다. 컴퓨터 그래픽도 없던 시대에 막대한 돈과 많은 엑스트라를 동원하여 화려한 파티 등 1920년대 재즈 시대 '미국의 꿈'의 표면만 그리고 이 꿈의 이면을 제대로 그리지 못한 결과, 반쪽짜리 영화가 되고 말았다. 압축적인 대사와 빠른 템포의 진행 등 짧고 압축적이지만 통찰력 있는 원작에 비해 표면상 원작에 충실한 영화 같으나 진행 속도가 느리고 너무 긴 영화가 됨으로써, 감동과 공감, 공명이 적은 영화가 되고 말았다는 것이다.

그럼에도 불구하고 이 1974년 영화는 네 편의 중에서는 가장 나은 영화다. 조만간 앞에서 말한 미국의 꿈이나 시대상 등등 이 영화의 화려한 화면 이면에 숨은 의미까지 좀 더 깊이 있게 전달하는 새로운 영화가 제작되기를 기대해 본다.

인용문헌

김현주. 「고독한 인생길에 만난 오아시스 ―장영희의 〈문학의 숲을 거닐다〉」. 『푸른 리뷰』. 182-87.

부르디외, 피에르. 정일준 옮김. 『상징폭력과 문화재생산』(Language and Symbolic Power). 서울: 새물결, 1997.

부르디외, 피에르. 최종철 옮김 『구별 짓기: 문화와 취향의 사회학 上下』. 서울: 새물결, 1996.

엄광웅. 「〈위대한 개츠비〉에 나타난 미국의 꿈과 상징성 연구」. 『영미어문학』. V. 37. 125-42.

한애경. 「보이지 않는 경계선: 『엠마』와 '문화자본'」. 『19세기 영국 여성작가 읽기』, 한애경. 서울: L.I.E., 2008. 66-90.

Bewley, Marius. "Scott Fitzgerald's Criticism of America." Twentieth Century Interpretations of The Great Gatsby. Ed. Ernest Lockridge. Englewood Cliffs: Prentice Hall, 1968. 37-53.

Lehan, Richard. "The Nowhere Hero." American Dreams, American Nightmares. Ed. David Madden. Carbondale and Edwardsville: Southern Illinois UP, 1970. 106-14.

McDonnell, Robert F. "Eggs and Eyes in The Great Gatsby." Modern Fiction Studies 7 (Spring 1961): 32-36.

Miller, James E. Jr. F. Scott Fitzgerald: His Art and His Technique. New York: New York UP, 1964.

Roberts, Marilyn. "Scarface, The Great Gatsby and the American Dream." Literature Film Quarterly 34.1 (2006): 71-78.

Trilling, Lionel. The Liberal Imagination: Essays on Literature and Society. New York: Doubleday Anchor Books, 1953.

Way, Brian. F. Scott Fitzgerald and the Art of Social Fiction. London: Edward Arnold. 1980.

Druker, Don (*Chicago Reader*)

Ebert, Roger (*Chicago Sun-Times*), January 1, 1974.

A Lavish 'Gatsby' Loses Book's Spirit: The Cast By VINCENT CANBY Published: March 28, 1974

Levy, Emanuel (EmanuelLevy.com)

Puccio, John J. (DVDTown.com), Nov 21, 2003.

Review by binky013John J. Puccio (DVDTown.com), Nov 21, 2003

Variety Staff (Variety.Com)

Vivre, Merlot. Review

"The Great Gatsby," 1974, *Top Critic Review*

Too Faithful Adaptation Dampens the Many Qualties of an Elaborate Production, 11 August 2006

Surviving trailer shines light on an interesting lost film, Nov 29 2005

August 2006 Author: Ed Uyeshima from San Francisco, CA, USA.

www.illiterarty.com/reviews/book-review-great-gatsby-f-scott-fitzgerald

http://booksontrial.wordpress.com/ -One Book Review per Week

http://www.sparknotes.com/lit/gatsby/canalysis.html

http://www.gradesaver.com/the-great-gatsby/

http://www.popmatters.com/film/reviews/g/great-gatsby.shtml

http://www.amazon.com/Great-Gatsby-Robert-Redford/dp/B0000AUHQT

http://video.barnesandnoble.com/DVD/The-Great-Gatsby/Robert-Redford/e/97360846942

http://www.contactmusic.com/new/film.nsf/reviews/thegreatgatsby

http://www.rottentomatoes.com/m/1008799-great_gatsby/

http://bizzyblogging.blogspot.com/2009/07/great-gatsby-pre-review.html

http://zawan.wordpress.com/2009/07/06/the-great-gatsby-and-the-1974-movie/

www.geocities.com/andrew.../essays.htm

http://www.imdb.com/title/tt0071577/

『위대한 개츠비』와 「파열」에 나타난 들뢰즈적 탈주선

I. 서론

F. 스콧 피츠제럴드(F. Scott Fitzgerald)[1]의 『위대한 개츠비』(*The Great Gatsby*, 1925)는 그동안 여러 비평가들에 의해 다각적으로 검토되어 왔다. 이 작품은 "미국의 꿈"(American dream)과 관련하여 현대 미국의 황량한 정신세계를 전형적으로 보여주는 작품으로, 혹은 미국적 아담을 다룬 작품으로 연구되어 왔다. 가령 이 작품은 제1차 세계대전 직후 광란의 "재즈 시대"의 초상화 내지 풍속도라 할 만큼 1920년대의 미국사회를 잘 그려내고 있다. 이 시기는 대전을 겪고 살아남았다는 기쁨과, 인류 역사상 유례없는 전쟁의 참상과 수많은 젊은이들의 죽음을 목격하고 깊은 회의

---

1. 앞으로 나오는 이 작품은 『개츠비』로 줄여 표기하기로 한다.

와 허무감이 교차하던 시대였다. 한편 이 급격한 경제적 성장의 시기에 엄청난 부를 축적한 미국 상류층은 이 금주시대에 술과 재즈, 반짝이는 신형 자동차와 찰스턴 춤의 향락에 빠져 미친 듯이 흥청망청 돈을 써댔다. 이 작품은 이런 경제적 성장 뒤의 도덕적 타락과 부패, 즉 겉으로 고상하고 화려하지만 그 이면의 탐욕과 이기심, 정신적 공허감을 잘 그려냈던 것이다(한애경 155). 또한 계급 없는 사회와 경제적 번영, 압제가 없는 자유로운 정치 체제 외에 물질적 성공과 미국의 무한한 발전 가능성을 믿는 정신적 이상주의를 의미하던 "미국의 꿈"이 수단을 가리지 않는 물질적 성공과 신분 상승의 욕망으로 왜곡되었는데, 개츠비는 이 변질된 '미국의 꿈'을 잘 보여준다(한애경 155-156).[2] 이런 맥락에서 리비스(Levith)는 이 작품이 T. S. 엘리어트(Eliot)의 「황무지」처럼 현대의 황폐함을 다루고 있다고 본다. 또한 스타인브링크(Steinbrink)는 이 작품이 광란의 "20년대 재즈(Jazz) 시대"(Way 107)를 탁월하게 재창조하고 있다고 평가한다. 재즈 시대는 근본적인 패러독스를 갖고 있다. 즉 한편으로는 앞으로 가장 좋은 세상이 올 것이라는 순진한 기대와 이제는 의미 있는 삶은 돌이킬 수 없는 과거 속에서만 찾을 수 있다는 부정적인 깨달음을 갖고 있는데, 이 작품에서 이 시대의 패러독스가 잘 드러난다는 것이다.

최근의 연구에서는 미국적 정체성을 단일하게 보지 않고 더욱 복합적으로 파악하고자 한다. 워싱턴(Washington)은 이 작품이 "인종적 사회

---

2. '미국의 꿈'에 대한 가장 훌륭한 성의는 뷰리(Bewley)에게서 찾아볼 수 있다. 그는 이 구절이 본질적으로 물질과 정신이 복잡하게 얽힌 인생의 가능성을 낭만적으로 확대한 개념이며, 이 문제는 미국의 경험을 다루는 미국 예술가들이 항상 직면하는 문제, 즉 어디서 현실이 끝나고 어디서 환상이 시작되는지, 미국인의 인생관에 감추어진 경계를 결정하는 문제로 이끈다고 지적했다(Bewley 37-38).

적 혼종"의 문제에 사로잡혀 있다고 하면서 개츠비가 탐의 가족으로 대표되는 "백인중심의 문화"(45)에 얼마나 위협적이었는지 분석하고, 쉬라이너(Schreiner)는 보편화된 미국적 정체성의 매력이라는 감상적인 관점에서 벗어나서 이 소설이 인종에 대해 갖는 관심과 그 관심이 전체 담론의 발전에 어떤 영향을 미쳤는지 살펴보고 있다.

반면 자전적 에세이인 「파열」에는 긍정적 평가와 부정적인 평가가 공존해왔다. 피츠제랄드의 친구이기도 하던 존 도스 파소스(John Dos Passos)와 헤밍웨이(Hemingway)는 일제히 이 작품을 문학적인 가치가 없고 인간적인 몰락을 보여주는 징표로 공격했다. 도스 파소스는 일급소설을 쓰지 않고 그따위 글이나 쓴다고 피츠제랄드를 질책했다. 그는 피츠제럴드가 자기 소설을 이제 존중하지 않는다고 주장했다. "맙소사, 세상이 모두 불타고 있는데 그런 걱정을 할 시간이 어디 있어? . . . 우리는 역사상 가장 저주받은 비극적 순간에 살고 있어. 네가 실패하고 싶다면 그래도 좋아. 하지만 내 생각에 아놀드 진리치를 위한 글 나부랭이나 쓰는 대신 그 비극적 순간에 관해 일급소설을 써야 해(그리고 아마 넌 쓸 수 있을 거야)"(Wilson 311). 헤밍웨이도 이 작품에서 피츠제럴드가 불평이나 하는 패배자의 모습을 보여주었다고 평가했다. 헤밍웨이는 맥스 퍼킨즈에게 보낸 글에서 옛 친구인 피츠제럴드가 "뻔뻔하게도 패배"하여 몰락한 작가 중에서 "맥시 베어"같은 인물이 되고 말았다고 썼다(Berg 302). 반면 피츠제럴드의 사후에 이 작품을 책으로 출판하기도 한 에드먼드 윌슨(Edmund Wilson)은 이 작품의 가능성에 주목했으며, 이 에세이가 책으로 출판되자 일군의 비평가들은 극찬을 보내기도 했다. 윌슨은 "당시 우리가 이해하던 것보다 그 작품 안에 진실과 진심이 더 많이 들어있었던 모양이야. 그는 자기 자신을 책으로 출판하고 싶어 했지. 결국 이 에세이는 진짜 피츠제럴드를 일부 기록한 글이라 감히 말할 수 있어" (Donaldson 1980, 176 재인용). 또한 1945년에 「파열」이 처음 책으로 나왔을 때, 몇몇 평자는 그 솔직성을 높이 평가했다. 가령 라이오넬 트릴링(Lionell Trilling)은 피츠제럴드의 "당당한 자의식"을 환영했으며, 글렌웨이 웨스콧 (Glenway Wescott)도 그의 솔직함을 칭찬했다. 앤드루 웨닝(Andrew Wanning) 역시 "자신을 필사적으로 드러내려는 노력"을 감지했다(Donaldson 1980, 178 재인용). 이처럼 『위대한 개츠비』에 대한 비평적인 합의에 비해, 〈파열〉에 대해서는 엇갈린 평가가 존재한다.

이런 엇갈린 평가에도 불구하고 들뢰즈가 『천개의 고원』에서 주장한 견고한 분할선, 유연한 분할선, 탈주선이라는 분석틀로 두 작품에 접근할 때, 그동안 간과되었던 피츠제럴드의 새로운 측면을 드러낼 수 있는 측면이 드러날 뿐더러 피츠제럴드의 작품 전체에 대한 재평가가 가능할 것이다. 들뢰즈와 가타리는 『천개의 고원』에서 탈주를 그들이 "영토"라고 명명한 곳으로부터 "누군가가 떠나는 운동"(들뢰즈와 가타리 967)으로 정의한다. 이때 영토라는 개념을 확실히 이해하는 것이 중요하다. 영토는 단지 공간적 개념이 아니라 국가, 계급, 제도뿐만 아니라 개인 간의 관계나 느낌까지 포함하는 것이다. 이때 그의 첫 번째 개념인 견고한 분할선이 나오는데 영토를 구획 짓는 것이 견고한 분할선이다. "이러한 견고한 분할선으로 둘러싸인 영토는 외관상 영원히 부서지지 않을 것처럼 보인다. 그러나 이러한 영토 속에는 견고한 분할선을 뚫고 나오려는 분자들의 움직임 내지 유연한 흐름이 있다. 이 흐름은 미시적인 균열을 가져오며 탈영토화하려는 비밀스러운 선"(들뢰즈와 가타리 372-3)이라고 할 수 있는 유연한 분할선을 형성한다. "이 경우에는 나무의 초월성에 의해 규정된 거대한 운동들과 거대한 절단들 대신에 리좀의 내재성 안에 있는 격동들과 파열들이 있다. 균열은 "거의 알아채지 못하는 사이에 생기지만 정말 갑작스럽게 깨닫게 된다." 보다 유연하지만 그만큼 염려스러운, 아니 훨씬 더 염려스러운 이 분자적 선은 단순히 내적이거나 개인적인 선이 아니다. 또한 이 선은 모든 사물들을 작동시키지만 다른 단계와 다른 형식을 통해, 다른 본성을 가진 분할과 더불어, 나무의 방식이 아니라 리좀의 방식으로 분할함으로써 그렇게 한다"(들뢰즈 379-80). 견고한 분할선 위에는 발화와 대화, 물음과 답변, 끝없는 설명들이 있다. 반면, 유연한 분할선 위에는 해석을 요하는 침묵과 암시가 가득 차 있다.

이러한 견고한 분할선과 유연한 분할선 외에도 제 3의 선이 있다. 그것이 바로 탈주선이다. 탈주선은 섬광처럼 빛을 발하며 단호하게 영토를 떠나며, 진정한 단절은 되돌아갈 수 없는 무엇을 뜻하며 더 이상 과거를 존재하지 못하게 한다. "나의 영토는 잡을 수 있는 곳 바깥에 있다. 영토가 상상적이기 때문이 아니라 반대로 내가 영토를 그리고 있는 중이기 때문이다"(들뢰즈 381).

II. 본론

2.1

『개츠비』에서는 견고한 분할선과 탈주선이 확연하게 드러나는 반면, 이 두 선의 충돌에도 불구하고 미시적인 균열을 이루는 유연한 분할선을 찾기 힘들다. 탐 뷰캐넌(Tom Buchanan)과 데이지(Daisy)의 결혼생활이 견고한 분할선이라면, 개츠비라는 존재가 탈주선과 탈주선의 실패를, 이 작품의 화자인 닉 캐러웨이(Nick Carraway)의 해석은 탈주선이 지닌 잠재성을 드러낸다고 할 수 있다.

탐과 데이지는 결혼제도라는 견고한 분할선 안에 있다. 유서 깊은 집안의 시카고 거부인 탐과 루이빌의 부잣집 딸인 데이지는 그들의 사회적 지위에 맞게 결혼했다. 1919년 6월에 톰이 데이지와 결혼했을 때, 그는 "기차 4칸을 전부 빌려 하객 백여 명을 태우고 와서 그 하객들을 숙박시키기 위해 호텔 한 층을 통째로 빌렸다. 그는 데이지에게 결혼식 전날 "35만 달러짜리 진주목걸이"[3]를 선물로 줬다. 톰의 "옛 돈"에는 개츠비가 자유자재로 펑펑 쓰는 돈 이상의 힘이 있다. 자주 정사를 벌이지만, 부와 배경 덕분에 그는 데이지를 얻는 전투에서 이겼던 것이다 (Donaldson 2001, 196-7). 이 결혼을 유지시키는 것은 상대방에 대한 충실함이 아니라, 어떤 의미에서는 탐의 혼외정사를 결혼의 일부로 포함한 제도이다. 일견 혼외정사가 견고한 분할선을 위협하거나 균열을 일으키는 것으로 보일 수 있지만, 이런 일탈은 역으로 결혼제도의 견고함을 유지시키는 완충역할을 하며 오히려 결혼제도의 일부를 이루고 있다고까지 할 수 있다. 탐에게 여성은 소유의 대상일 뿐이었던 것이다. 데이지가 결혼제도를 통해 영원히 소유할 대상이라면 머틀은 일시적으로 소유해야 할 대상일 뿐이었던 것이다. 이것만이 이 두 여성 사이의 차이다.

사회적으로 열등한 여성을 이용하는 명문가 남자의 패턴이 반복된다.

---

3. F. Scott Fitzgerald, *The Great Gatsby* (서울: 신아사, 1976), 4장, 128쪽. 이제부터 나오는 본문의 인용은 이 판에 의거하여 쪽수만 표기하기로 한다.

가끔 탐은 자신의 혼외정사를 인정하지만, 항상 집으로 돌아오니까 그건 문제가 안 된다고 본다(Donaldson 2001 194). 전통적으로 부자 남자는 혼외정사의 대상으로 사회계급이 낮은 여성을 상대한다. 그런 관계는 기간이 길지 않고 쉽게 깨어지기 때문이다. 탐은 소설에서 머틀(Myrtle)을 버리지 않으며, 실은 그 정사를 계속 유지할 생각이었다. 그러나 결국 그녀가 조만간 제거되리란 것은 의문의 여지가 없는 사실이다. 마치 데이지와 결혼한 직후 만난 산타 바바라의 여자 청소부처럼 말이다.

개츠비의 낭만적 꿈은 철저하게 사춘기나 유아적인 꿈인데 반해 머틀은 관능적인 몸매에 눈에 띄게 활기차며 뜨거운 숨결의 여자로 묘사된다. 그녀는 폴로 선수이자 처음으로 주차장을 마구간으로 만든 거친 탐에게 적합한 정부라 하겠다(Levith 8). 탐은 그녀와의 밀회 장소로 뉴욕을 택한다. 2장에 나오는 일요일 파티를 위해서 머틀이 사거나 사려는 쇼핑목록이 그녀의 지위를 드러낸다. 그녀는 흥청망청 쓰고 싶지만 그렇게 소비해본 적이 없다. 그녀는 집에 도착하자 "왕궁에 귀환한 여왕처럼 당당하게 이웃을 바라보면서"(2장 66 . 46)[4] 거만하게 집안으로 들어선다. 그리고는 여기 저기 뛰어다니고 목소리는 거드름을 피우며 크게 외치고 웃음소리는 점차 더 가식적이 된다. 그녀는 오후 들어 세 번째로 크림색의 화려한 야회복으로 갈아입고 아주 거만한 자세를 취하지만, 이런 것은 정부라는 그녀의 불행한 위치를 일깨워 줄뿐이다(Donaldson 2001, 192-3).

바로 좀 전에 옷을 갈아입었던 머틀이 이제는 크림색 시폰의 화려한 야

---

4. 앞으로 나오는 『위대한 개츠비』의 번역은 『위대한 개츠비』(서울: 열린 책들, 2011)의 번역에 의거하며, 번역본의 쪽수도 병기한다.

회복을 걸치고 있었다. 옷으로 방을 쓸고 다녀서 계속 옷자락 스치는
소리가 났다. 옷의 영향 때문인지 그녀의 성격도 바뀌었다. 정비소에서
그렇게 두드러졌던 격렬한 활기가 아주 거만하게 바뀐 것이다. 그녀의
웃음과 제스처, 말투는 시간이 갈수록 더욱 가식적으로 변했다.

Mrs. Wilson had changed her costume some time before, and was now
attired in an elaborate afternoon dress of cream-colored shiffon, which
gave out a continual rustle as she swept about the room. With the
influence of the dress her personality had also undergone a change. The
intense vitality that had been so remarkable in the garage was converted
into impressive hauteur. (2장 69, 48)

이렇듯 탐이 견고한 분할선을 대표한다면, 개츠비는 제 3의 선인 탈주선
을 대표한다. 그는 우선 자신의 과거 정체와 완전히 결별하고 제이 개츠
(Jay Gats)가 아니라 개츠비로 거듭 난다.

사실, 롱아일랜드 주의 웨스트 에그에 사는 제이 개츠비는 그가 꿈꾸던
자기 자신의 모습에서 비롯된 것이다. 그는 하나님의 아들이었다. 만약
이 문장에 뭔가 의미가 있다면, 문자 그대로 바로 그런 의미였다. 그는
자기 아버지의 일, 즉 거대하고 속되며 겉만 번지르르한 아름다움에 봉
사해야 했다. 그래서 그는 열일곱 살짜리 소년이 만들어낼 수 있는 제이
개츠비 같은 인물을 꾸며 내어, 그 이미지에 끝까지 충실했던 것이다.

The truth was that Jay Gatsby of West Egg, Long Island, sprang from his
Platonic conception of himself. He was a son of God - a phrase which,

if it means anything, means just that - and he must be about His Father's business, the service of a vast, vulgar, and meretricious beauty. So he invented just the sort of Jay Gatsby that a seventeen-year-old boy would be likely to invent, and to this conception he was faithful to the end.

(6장 157, 134-5)

탈주하고 싶은 개츠비의 열망은 아름다운 초록 불빛으로 상징된다. 그는 삶의 낭만적 꿈과 환상을 갖고 "환희의 미래"(9장 270, 239)를 꿈꾸었던 것이다.

그는 이상한 방식으로 두 팔을 어두운 바다 쪽으로 뻗었는데, 멀리 떨어져 있긴 했지만 분명 몸을 부르르 떨고 있었다. 나도 모르게 바다 쪽을 바라보았지만, 저 멀리에는 부두 끝에 비추는 것 같은 자그마한 초록 불빛 말곤 아무것도 눈에 뜨지 않았다. 다시 한 번 개츠비를 찾았을 때 그는 이미 사라지고 없었다.

. . . he stretched our his arms toward the dark water in a curious way, and, far as I was from him, I could have sworn he was trembling. Involuntarily I glances seaward - and distinguished nothing except a single green light, minute and far away, that might have been the end of a dock. When I looked once more for Gatsby he had vanished . . . (1장 58, 38)

이러한 초록 불빛이 구체적으로 나타내는 것은 데이지의 사랑을 되찾는 것이다.

개츠비는 더도 덜도 말고 데이지가 톰에게 가서 '한 번도 당신을 사랑한 적이 없어요.'라고 말하기를 바랐던 것이다. 그녀가 그 말로 지난 4년의 세월을 지워 버려야, 그들은 보다 현실적인 대책을 마련할 수 있었다. 그 중 하나는 자유로워진 그녀와 함께 루이빌로 돌아가 그녀의 집에서 결혼식을 올리는 것이었다. 5년 전처럼.

He wanted nothing less of Daisy than that she should go to Tom and say: 'I never loved you.' After she had obliterated four years with that sentence they could decide upon the more practical measures to be taken. One of them was that, after she was free, they were to go back to Louisville and be married from her house - just as if it sere five years ago. (6장 173, 150)

그는 과거를 되돌릴 수 있다고 생각한다. "얼마든지 되돌릴 수 있어요! . . . 모두 예전처럼 돌려놓을 겁니다. . . . 그녀도 곧 알게 될 거예요"(6장 174, 151). 마치 울프샤임이 1919년의 월드 시리즈를 조작했듯이, 그는 자기 필요에 맞게 사람과 환경을 다 조작함으로써, 과거를 "뜯어 고칠" 것이다(Steinbrink 165). 그는 결혼제도라는 견고한 분할선을 거부하고 원래 그와 데이지가 사랑했던 시점으로 돌아가고자 한다. 정확히 "출발지로 돌아가는 것"이 개츠비의 야심이었다. 역사를 "시정"하려고 시간과 싸워 새 출발을 하고, 우주의 꾸준한 분산을 보류하는 것이다(Steinbrink 164).

　　닉의 해석에 따르면 이런 비전은 낭만적이며 아주 멋지다. 그러나 개츠비의 초록 불빛은 개츠비 자신의 열망에도 불구하고, 그 출발부터 한계가 있다. 그는 거짓 과거와 단절이라는 탈주에서 출발했지만 데이지라는 구체적인 인물과의 과거에 고착되는 순간 다시 재영토화의 과정을 밟게 된다. 그러나 이 비범한 탈주선은 곧 다시 견고한 결혼제도라는 이전의 영토로 회귀한다. 탈주하는 욕망이 항상 탈영토화에 성공하는 것은 아닌데, 이 작품이 바로 그런 예를 보여준다. 들뢰즈와 가타리에 의하면 "탈주선은 더 나쁠 수도 있다. 이것은 벽에서 다시 튀어나오거나, 블랙홀에 다시 빠지거나, 우연히 걷게 된 우회로에서 가장 견고한 절편들을 다시 만들어낼 수 있다"(들뢰즈와 가타리 391)고 한다. 이 작품의 블랙홀은 관습적인 결혼이라고 할 수 있다. 탈주하는 욕망이 블랙홀에 빠져들어 재영토화되고 만다는 것이다. 개츠비의 탈주선은 데이지라는 대상에 고착되는 순간, 부의 성취로 한정된다. 초록 불빛이 상징하는 것은 데이지에 대한 열망이지만, 현실에서는 부를 제공하는 것으로 구체화된다. 부에 대한 최종 계획은 데이지의 집에서 결혼하는 것이다. 그는 데이지를 찾기 위해 탐과 마찬가지로 "부"를 축적하고 그 부로 데이지를 유혹하고자 한다. 데이지가 감기에 걸려 이제까지보다 "더 허스키하고 매력적인"(8장 227, 199) 놀라운 목소리로 말하자, 개츠비는 그녀에게, 그리고 "부유함이 가두어 지켜주는 젊음과 신비"(8장 227, 200)에 영원히 헌신하기로 결심한다(Donaldson 2002, 205). 실제로 전쟁 뒤에 데이지가 결혼하여 떠나자, 개츠비는 군대에서 받은 마지막 돈을 들고 루이빌로 가서 다 써버린다. 그들이 함께 거닐던 거리, 데이지의 하얀 차를 타고 달리던 호젓한 장소, "늘 다른 집보다 신비하고 즐거워 보였던"(8장 231, 203) 그녀의 집을 다시 방문해 1주간 머문다. 후에 그는 이 여행에서 과거를 되찾겠다는 불가능한 꿈을 꾸게 된다. 그 불가능한 꿈이란 바로 루이빌로 돌아가 그녀의 멋진 집에서 결혼하는 꿈이다. 그는 이 꿈을 위해

1920년대 초반부터 대공황 시기까지 금주법이 시행되던 시대에 밀주와 도박, 석유와 주식 투기 등 온갖 수단을 동원하여 엄청난 돈을 벌어 데이지를 되찾아 5년 전의 과거를 되돌리려 한다.

"부에 갇힌" 그의 열망이 가장 잘 나타나는 것은, 다시 말해 그의 탈주선이 재영토화됨을 극적으로 보여주는 것은 개츠비가 데이지에게 자기 셔츠를 보여주는 장면이다. 그녀는 개츠비가 옷장에서 영국에서 수입한 많은 비싼 셔츠를 꺼내어 하나씩 테이블에 던지자, 가장 감동한다.

> 얇은 리넨 셔츠와 두꺼운 실크 셔츠, 고급 플란넬 셔츠 . . . 산호색과 풋사과색, 라벤더색과 연한 오렌지색의 줄무늬 셔츠, 소용돌이무늬 셔츠, 격자무늬 셔츠에 인디언 블루색으로 그의 이니셜이 새겨져 있었다. 갑자기 데이지가 셔츠에 머리를 파묻더니 엉엉 울기 시작했다.

> . . . shirts of sheer linen and thick silk and fine flannel . . . shirts with stripes and scrolls and plaids in coral and apple-green and lavender and faint orange, with monograms of indian blue. Suddenly, with a strained sound, Daisy bent her head into the shirts and began to cry stormily. (5장 150, 126-7)

데이지는 이 의식과도 같은 쇼를 감당할 수 없어서, 이 아름다운 고급 셔츠를 보고 흐느껴 운다. 그녀는 이처럼 개츠비 자신보다 집 구경과 셔츠에만 반응하는(Roberts 76) 세속적인 여자다.

개츠비의 탈주선의 실패는 이미 데이지라는 인물로 개츠비의 사랑이 향하는 순간 재영토화되지만, 탈주선의 실패가 현실적으로 확실해지는 것은 데이지가 사랑을 거부하는 순간이다. 데이지는 낡은 가운에 모조 다이아몬드를 달면 옷이 살아나듯이, 인생이 피상적인 것을 적절히 바꾸면 의미를 지니게 될 거라고 생각한다. 그녀는 피곤하고 무의미하지만, 뉴욕을 드나들고 세속적인 일상사에 대해 들떠서 이야기한다. 그녀는 개츠비의 헌신에 끌리지만, 그 헌신의 의미를 완전히 이해하지 못한다(Steinbrink 160). 데이지는 개츠비의 요구가 그저 일시적인 가벼운 만남이 아니라 탐과의 결혼생활이라는 안정된 틀을 깨려는 것임을 깨닫는 순간, 그의 요구를 거부한다. "'아, 당신은 너무 많은 걸 원해요!' 그녀가 개츠비를 향해 소리쳤다. '지금 당신을 사랑해요. 그걸로 충분하지 않나요? 지난 일은 나도 어쩔 수 없어요. . . . 한때는 그 사람을 사랑했어요. 하지만 당신도 사랑했어요'"(7장 204, 178-9).

개츠비가 죽는 죽음이 아니라 그녀가 그의 사랑을 거부한 순간, 그의 탈주선은 영원히 불가능해진다. 닉은 개츠비의 탈주선이 실패한 것을 이렇게 해석한다. 닉이 개츠비를 대면했을 때 닉은 이렇게 말한다. "'제이 개츠비'가 탐의 단단한 적대감에 부딪쳐 유리처럼 부서져버렸고, 기나긴 비밀 광상곡이 끝나버렸다"(8장 224, 197).[5] 톰의 무자비한 세계에 부딪쳐, 개츠비는 과거가 또한 견고하고 고정되었으며 반박할 수 없음을 강제로 보아야 했던 것이다. 개츠비는 그렇게 참으며 세운, 확실하다고

---

5. '어디 출신인지 모르는' 신흥부자 개츠비가 사는 롱아일랜드의 웨스트에그와 조상에게 재산을 상속받은 유서 깊은 가문의 탐이 사는 이스트에그의 지리적 차이는 경제적·사회적 차이를 나타낸다. 즉 웨스트에그는 낭만적 이상주의, 미숙함과 신흥 부자의 순진한 힘을 나타내며, 이스트에그는 기성 부의 힘과 편협, 부정직과 눈길을 끄는 매력을 나타낸다는 것이다(McDonell 35). 즉 돈을 벌어 경제적 약점은 극복했지만 신분상의 약점과 정복하려던 세계의 부패 때문에 젊은 나이에 폭력적인 죽음을 당한다는 것이다(Marilyn 77).

생각했던 그의 삶이 한꺼번에 그를 저버렸다는 것을 깨닫게 된다 (Steinbeck 165-6). 닉은 개츠비가 과거에 고정되어 있다는 사실을 안다. "그는 과거에 대해 많은 이야기를 했다. 그래서 나는 그가 무언가를, 그 자신에 대한 어떤 관념인 동시에 데이지를 사랑하게 만든 무언가를 되찾고 싶어 한다는 걸 알게 되었다"(6장 174, 151-2). 아마도 개츠비도 데이지의 한계를 알고 있을 것이다. "그는 알고 있었다. 이 아가씨와 키스하고, 말로는 표현할 수 없는 그의 꿈을 곧 사라질 그녀의 숨결과 영원히 결합시키면, 그의 마음은 하나님의 마음처럼 다시는 뛰지 않으리라는 것을"(6장 175, 『개츠비』 152).

개츠비의 탈주가 실패했음에도 불구하고, 탈주선은 하나의 잠재성으로 남는다. 여기서는 초록 불빛이 데이지라는 대상에 집중되어 견고한 분할선에 들어가는 것으로 끝났지만, 초록 불빛에 함축된 탈주선이 될 수 있는 잠재성은 다시 닉에 의해 서술된다.

닉은 톰과 데이지처럼 아주 경솔하게 행동할 만큼 도덕적으로 둔감하거나 무감각하지 않다. 그는 개츠비에 대한 연민과 사랑으로 개츠비의 탈주 열망을 재해석한다.

> 개츠비는 내가 내놓고 경멸하는 모든 것을 대변하는 존재였다. 그러나 인간의 성격이란 것이 성공적인 제스처의 연속이라면, 그에게는 뭔가 멋진 게 있었다. 마치 만 마일 밖에서 일어난 지진을 기록하는 저 복잡한 지진계에 연결된 것처럼, 그에게는 인생의 가능성을 감지하는 예리한 직관이 있었다. 이런 민감성은 "창조적인 기질"이라는 이름으로 미화되는 저 진부한 감수성과는 전혀 다른 것이다. 그것은 희망을 저버리지 않는 비상한 재능, 일찍이 어느 누구에게서도 보지 못했고, 앞으로도 보

지 못할 낭만적인 민감성이었다. 그래, 결국 개츠비가 옳았다. 내가 한 순간 의기양양해하다가 슬퍼하는 인간에게 잠시나마 관심을 잃어버린 이유는 바로 개츠비를 삼켜버린 것들, 즉 그의 꿈이 지나간 자리에 떠도는 더러운 먼지 때문이었다.

Gatsby, who represented everything for which I have an unaffected scorn. If personality is an unbroken series of successful gestures, then there was something gorgeous about him, some heightened sensitivity to the promises of life, as if he were related to one of those intricate machines that register earthquakes ten thousand miles away. This responsiveness had nothing to do with that flabby impressionability which is dignified under the name of the 'creative temperament' - it was an extraordinary gift for hope, a romantic readiness such as I have never found in any other person and which it is not likely I shall ever find again. No - Gatsby turned out all right at the end; it is what preyed on Gatsby, what foul dust floated in the wake of his dreams that temporarily closed out my interest in the abotive sorrows and short-winded elations of men. (1장 30-31, 13)

개츠비의 사랑을 데이지라는 구체적인 대상에 제한하지 않고 초록 불빛으로 해석하고 그 불빛의 의미를 탈주선으로 재해석한 것은 바로 닉이다. 닉의 해석을 통해서 초록색이 지닌 잠재성이 드러난다. 초록 불빛이 탈주선이 될 수 있었다는 잠재성이 부각됨으로서 개츠비의 열망이 재영토화되었음에도 불구하고, 초록 불빛은 세계를 새롭게 인식하고 세계를 탈주하는 상징이 된다. 여기서 닉은 개츠비의 열망이 개인의 사랑을 성취하는데 끝나지 않고, 한 걸음 더 나아가 견고한 분할선으로 구획된 현대 미국이라는 영토를 완전히 벗어나서 새로운 세계를 창조할 수 있는 탈주선으로 해석하고 있다.

이처럼 초록 불빛은 하나의 잠재성으로만 남는다. 『위대한 개츠비』에는 들뢰즈가 말하는 견고한 분할선과 탈주선의 충돌에도 불구하고 전혀 균열이 남지 않는다. 이는 결혼제도나 계층으로 분할된 기존의 영토가 얼마나 견고한가 하는 것을 보여준다. 그러나 피츠제럴드는 이 소설의 마지막 부분에 닉의 관점을 배치함으로써, 견고한 영토의 견고함이 언제든 허물어질 수 있는 것임을 암시한다. 〈파열〉은 견고한 영토에 대한 또 한 번의 도전이라 할 수 있다.

2.2

『위대한 개츠비』가 탈주선과 재영토화라는 극렬한 움직임을 보여줬다면, 〈파열〉은 균열에서 탈주선에 이르는 운동을 보여준다. 이때 피츠제럴드가 보여주는 운동은 단순히 개인적인 감정 토로에 지나지 않는다. 햄플(Hampl)은 그가 심리적 · 정신적인 붕괴를 이야기하지만, 자서전적인 고백체에서 기대되는 가족사나 주위인물에 대한 사적 이야기뿐 아니라 자신의 알코올 중독에 대한 고백이 없음을 지적한다. "종종 비뚤어진, 자기 비하적인 스타일로 심리적 · 정신적 파탄과 완전한 몰락을 그리지만, 그는 자서전적 요소를 많이 폭로하지는 않는다. 우리는 피츠제럴드 아내가 걸린 정신병에 대해 그가 절망했었다는 사실을 알 수가 없다. 그는 술 먹고 벌인 주연이나 유부녀와의 무모한 정사, 돈 걱정, 문학적 고뇌를 드러내지 않았다. 전형적인 개인 얘기에 등장하는 어머니와 아버지 얘기를 절대 하지 않는다. 에피소드와 장면, 거짓 공격과 돌진보다 비유적 언어를 사용할 때, 이 스토리텔링의 명장은 심지어 서술적으로 쓰지도 않았다(Hampl 104). 도날드슨은 이 단편이 노이로제와 감정적 파탄, 알콜 중독자의 몰락에 관한 이야기가 아니라고 한다. 일견 사적인 토로로 보이지만 햄플이나 도날드슨의 평가처럼 이 작품에는 개인적인 고백을 넘어서는 지향이 있다고 하겠다. 그 지향이란 바로 이미 견고한 분할선으로 구획된 영토를 완벽하게 넘어서려는 탈주의 열망이다.

견고한 분할선으로 구획된 관습적인 결혼의 모습에 많은 페이지를 할애한 『위대한 개츠비』와는 달리, 이 단편에서는 견고한 분할선에 대해 추상적으로 언급하고 넘어가는 반면, 유연한 분할선을 이루는 균열에 거의 초점을 맞추고 있다. 견고한 분할선에 대한 언급은 흔히 우리가 타격이라고 불리는 것이 중요하지 않다는 것에 그친다. 피츠제럴드에게는 큰 타격을 받은 일이 세 번 있었다. 그를 몰락시킨 세 가지 에피소드는 구체적으로 다음과 같다. 1. 나쁜 건강 때문에 프린스턴대에서 중퇴한 것(그는 자신의 나쁜 학점은 언급하지 않는다). 2. 돈이 없어서 잠시 젤다와 헤어진 것. 3. "최근 봄, 태양을 가린" 더 격렬하게 겪은 뭐라 말할 수 없는 세 번째 타격이 있었지만(71-2), 견고한 분할선 안에서 피츠제럴드에게는 이런 타격이 그다지 중요하지 않다. "바깥으로부터 오는 또는 바깥으로부터 오는 것처럼 보이는 갑작스런 커다란 타격들," 그리고 매우 의미심장한 절단들에 의해 진행되는 갑작스런 커다란 타격들이 있다. 그러면 우리는 〈부자-가난뱅이〉 같은 잇단 이항적 "선택지" 속에서 한 항에서 다른 항으로 이행하게 된다(들뢰즈 378-9).

그의 관심사는 오히려 미시적 균열, 유연한 분할선에 있다. 들뢰즈에 따르면 "피츠제럴드는 완전히 다른 절편성을 따라 일어나는 다른 유형의 파열이 있다고 말한다. 이것은 더 이상 거대한 절단들이 아니라 접시 위의 금과 같은 미시적인 균열들이다"(들뢰즈 379). 피츠제럴드는 자신을 깨진 그릇, "자기연민이라는 양철 컵"을 들고 있는 거지, 통장에서 초과 인출한 파산자, 청중을 잃을 위기에 놓인 강연자, 빈 조개껍질, 속임수가 다 떨어진 마법사 같은 존재에 비유한다(80). 이러한 균열을 의식하게 되면 자연히 자아를 대면하게 된다. 그는 "생각을 해야만 했다. 신이여 그 것은 어려운 일이었다"(78). 이어서 그는 자신의 아이디어가 전혀 없음을 받아들인다. 그가 미시적 균열 후 드러난 자아를 보았을 때 그것이 백지 상태일 뿐임을 깨닫는다. 내가 생각이란 것을 해본 적이 있는지 궁금했다." 자신은 기술의 문제 말고는 생각해본 적이 없고 다른 사람의 생각을 수동적으로 채택함으로써 자신의 정신적 발전을 은폐했다. 피츠제럴드의 결론은 더 이상 "나"는 없다. 자기 자존감을 세워줄 근거는 없음을 깨닫는다. 그의 모든 아이디어는 에드먼드 윌슨과 다른 이름 없는 사람들에게 빌린 것이며 멋진 인생(good life)에 대해서는 노스웨스트(Northwest)에서 모피업을 하는 사업가, 그의 "예술적 양심"은 여기서 이름을 언급하지는 않지만 어니스트 헤밍웨이에게서 빌린 것이고, 인간관계에 대해서는 또 다른 사람의 아이디어를 차용했음을 깨닫는다. 그리고 근 10년간 자신에게는 정치적 양심이 없었음을 깨닫는다. 그가 체제에 대해 고민할 때 그에게 "열정과 섞인 신선한 공기"(78)를 갖다 준 젊은이가 있었다. 그는 "자아가 없다는 게 이상"(78)하지만, 그 사실을 받아들인다.

그 결과 그는 자신이 살아나기 위해서는 완벽한 단절이 필요하다는 결론에 도달한다. 이런 연유로 그는 물리적·사회적 고립을 택한다. 그는 다시 자신에 대해 생각하기 위해 1,000마일이나 떨어진 곳으로 가서 아무도 없는 곳에서 돈을 다 쓴 뒤 자신이 어떻게 "슬픈 일에 슬픈 태도"를, "비극적 사건에 비극적 태도"를 취했었던가 생각해본다. "자아가 없는 상태"임을 깨달은 그는 마지막 단절로서 "작가"임을 포기한다(83). 그는 흑인 여주인이 노예를 해방하듯이, 자신을 해방하기로 결심한다. "꾸준히 내가 되고 싶었던 작가라는 존재가 너무나 짐이 되어서, 양심의 가책 없이 "그를 해방시켰다." 마치 흑인 하녀가 토요일 밤에 라이벌을 풀어준 것처럼 말이다. 그 사실을 확신하는데 몇 달 걸리더라도, 나는 새 질서를 갖고 이럭저럭 살아갈 것이다. 흑인 노예로 하여금 참기 어려운 그의 존재 상태를 견디게 해준 우스꽝스런 금욕주의 때문에 그는 그 대가로 자신의 진리감각을 잃었다. 마찬가지로, 나도 그 대가를 치러야 한다"(80).

피츠제럴드는 하나의 탈주선이 된다. "나는 살아남은 자들은 뭔가 진정한 단절(clean break)을 이뤄냈다는 생각에 이르게 되었다. 이 말은 대단히 중요하며, 탈옥과는 무관하다. 탈옥의 경우 우리는 대개 새로운 감옥에 가게 되든지, 옛 감옥에 강제 송환될 것이다. . . . 저 유명한 〈탈주〉 또는 〈모든 것으로부터의 도망〉은 덫 안에서의 소풍이다. 그 덫이 남태평양을 포함한다 해도 말이다. 남태평양은 그림을 그리거나 항해하길 원하는 자들만을 위한 곳이다. 진정한 단절은 되돌아갈 수 없는 그 무엇이다. 그것은 돌이킬 수 없다. 그것은 과거를 더 이상 존재하지 않게 만들기 때문이다"(79).

들뢰즈는 한 개인이 탈주선이 될 수 있다고 생각한다. 하지만 더 보편적인 것은 한 집단, 한 개인 자체가 탈주선으로 기능하는 경우다. 집단이나 개인은 탈주선을 따라가는 것이 아니라 오히려 그것을 창조하며,

무기를 탈취하기보다는 오히려 그 자신이 스스로 만들어낸 살아 있는 무기이다. 탈주선은 현실이다. 그것은 사회에 매우 위험하다. 비록 사회가 그것을 포기할 수 없고 때로는 배려를 해준다고 할지라도 말이다(들뢰즈 390).

이것은 일면 완벽한 타락으로 보이지만, 동물되기를 통해서 그는 능동적으로 새로운 존재가 되는 것이다. 우선 해방된 노예의 고통을 느끼겠지만 그 단계를 거친 다음에는 당신의 손을 핥는 완벽한 동물이 된다. "나는 항상 바리케이드의 다른 쪽에 있었다. 넌더리나는 무거운 느낌이 계속되었다. . . . 하지만 나는 정확하게 동물이 되려고 노력할 것이다. 그리고 나에게 적당히 고기가 붙은 뼈를 던져준다면 당신의 손을 핥아줄지도 모른다"(84). 여기서 동물되기는 인간보다 저급한 존재로의 타락을 뜻하는 것이 아니라 인간과 동물의 위계적 대립의 경계를 넘어서는 것, 위계적 대립이라는 영토로부터 영원히 탈영토화되는 것을 의미한다.

탈주선은 세상에서 도망가는 게 아니라, 오히려 관(管)에 구멍을 내듯이 세상이 달아나게 만드는 데 있다. 각 절편들이 탈주선을 막기 위해 끊임없이 경화된다 할지라도, 호시탐탐 도망가지 않는 사회 체계는 없다. 탈주선에는 그 어떤 상상적인 것도, 그 어떤 상징적인 것도 없다. 동물에게든 인간에게든 탈주선보다 능동적인 것은 없다(들뢰즈 389). 실제로 피츠제럴드는 「파열」을 쓴 이후 그동안의 몰락 상태에서 벗어나, 4년간 쓸모 있는 작가로서 생산적인 삶을 살았다.

III. 결론

들뢰즈는 견고한 분할선, 균열이라는 유연한 분열선, 탈주선을 구분한다. 결혼을 포함한 대부분의 제도는 견고한 분할선에 속한다. 피츠제럴드의 표현대로 균열은 접시의 금처럼 조금씩 오기 시작한다. 이러한 균열은 견고한 분할선으로 구획 지어진 기존의 영토를 완전히 떠나 새로운 영토를 만드는 탈주선으로 이어질 수도 있지만, 균열의 순간을 지나 다시 기존 영토로 되돌아가는 재영토화의 과정을 겪을 수도 있다.

『위대한 개츠비』에는 독특하게도 균열이 나타나지 않고, 견고한 분할선과 탈주선의 충돌만이 보인다. 견고한 분할선인 데이지와 탐의 결혼은 일견 균열이 간 것 같지만, 불륜과 가벼운 일탈은 오히려 견고한 분할선으로 구획 지어진 하나의 확고한 영토를 이루는 하나의 구성요소일 뿐이다. 여기에 예전의 자아와 완전한 결별한 개츠비의 탈주선이 충돌한다. 개츠비가 지향하는 초록 불빛은 전혀 타협하지 않고 견고한 분할선을 거부한다. 따라서 그는 데이지와 탐의 영토를 완벽하게 부인했던 것이다. 하지만 이 급작스러운 탈주선은 요지부동한 견고한 분할선 앞에서 무력할 뿐더러 이미 출발부터 견고한 분할선에 포획될 가능성을 갖고 있다. 개츠비의 초록 불빛이라는 상징에도 불구하고, 그의 구애는 "부"를 둘러싼 기존 구애자의 모습을 그대로 답습, 반복한다. 초록 불빛으로 상징되는 탈주선에 함축된 잠재성은 닉의 해석 속에서만 살아남는다. 개츠비의 탈주선이 현실에서는 실현되지 못했음에도 불구하고, 여전히 그 탈주선에 함축된 잠재적 힘은 닉의 회상 속에서 긴 울림으로 남는다.

이 『위대한 개츠비』에 비해서, 「파열」은 균열에서 성공적인 탈주에 이르는 과정을 생생하게 보여준다. 파열의 "나"는 개츠비와 달리 "금 간 접시"라는 은유를 통해 내면의 균열에 섬세하게 주목한다. 내면적 균열은 깊은 자아성찰과 완벽한 단절이라는 탈주선으로 이어진다. 「파열」의 높은 성취는 균열과 탈주선, 그 두 가지를 모두 생생하게 보여준 데 있다. 균열은 메타포에 그치지 않고 자신의 아이디어가 모두 다른 사람의 것이었으며 자신은 백지임을 깨닫는데 이른다. 그의 탈주선 또한 단순히 견고한 분할선을 부인하는데 그치지 않는다. 그는 과거의 자아와 완전히 단절하는 데서 한 걸음 더 나아가 새로운 자아로의 "되기"를 보여준다. 그의 동물되기는 인간/동물이라는 위계적 인식에서는 타락이라고 볼 수도 있겠지만, "되기"의 관점에서는 이런 이항적인 대립을 허물고 새로운 영토를 창조한 것이라 할 수 있다. 그의 동물되기는 탈주선이 왜 "무기"이자 "세상을 달아나게 하는 통로"가 될 수 있는지를 생생하게 보여준다.

『위대한 개츠비』가 견고한 분할선과 잠재적 탈주선 만을 보여주는 반면, 「파열」은 세 종류의 선을 모두 보여주주며 동시에 유연한 분열선과 탈주선을 구체적으로 형상화하고 있다. 『위대한 개츠비』에 균열이 구체적으로 나타나지 않는 것은 이 작품이 추구한 탈주가 잠재성으로 남는 것과 불가분의 관계에 있다. 반면 「파열」에서는 균열에 대한 깊은 탐색이 마지막 부분에서 나타나는 탈주선의 설득력을 높여주고 있다. 「파열」은 『위대한 개츠비』에서 잠재성의 수준에 그쳤던 탈주선을 생생하고 구체적으로 제시한 점에서 『위대한 개츠비』의 미완의 괴제를 완성시켰다고 볼 수 있다.

인용문헌

스콧 F. 피츠제럴드. 한애경 옮김. 『위대한 개츠비』. 서울: 열린 책들, 2011.

조애리. 『역사 속의 영미소설』. 서울: 동인, 2010.

_____. 『영미소설과 젠더』. 서울: L.I.E, 2010.

질 들뢰즈 & 펠릭스 가타리. 『천개의 고원』. 김재인 옮김. 서울: 새물결, 2001.

한애경. 「잭 클레이톤 감독의 〈위대한 개츠비〉와 '미국의 꿈」. 『근대영미소설』 17 (2010): 153-174.

Bewley, Marius. "Scott Fitzgerald's Criticism of America," *Twentieth Century Interpretations of The Great Gatsby*. Ed. Ernest Lockridge. Englewood Cliffs: Prentice Hall, 1968. 37-53.

Berg, A. Scott. *Max Perkins: Editor of Genius*. New York: Thomas Gongdon Books/Dutton, 1978.

Donaldson, Scott. "The Crisis of Fitzgerald's 'Crack-Up'." *Twentieth Century Literature* 26 (1980). 171-188.

_____. Possessions in *The Great Gatsby*. Southern Review 37(2001): 187-210.

Fitzgerald, F. Scott. *The Great Gatsby* (with essays in criticism). Yong-kwon Kim. 서울: 신아사, 1976

_____. *The Crack-Up*. Ed. Edmund Wilson. New York: New Directions, 1945.

Hampl, Patricia. "F. Scott Fitzgerald's Essays from the Edge." *The American Scholar* (2012): 104-111.

Levith, J. Murray. "Fitzgerald's *The Great Gatsby*." Explicator 37, (1979): 7-9.

McDonnell, Robert F. "Eggs and Eyes in *The Great Gatsby*." *Modern Fiction Studies* 7 (1961): 32-36.

Roberts, Marilyn. "Scarface, *The Great Gatsby* and the American Dream." *Literature Film Quarterly* 34 (2006): 71-78.

Schreiner, Benjamin. "Desire's Second Act: "Race" and *The Great Gatsby*'s Cynical Americanism." *Twentieth-Century Literature* 53 (2007): 153-181.

Steinbrink Jeffrey. "Boats Against the Current": Mortality and the Myth of Renewal in *The Great Gatsby." Twentieth Century Literature* 26 (1980): 157-170.

Trilling, Lionel. *The Liberal Imagination: Essays on Literature and Society.* New York: Doubleday Anchor Books, 1953.

Washington, Bryan R. *The Politics of Exile: Ideology in Henry James, F. Scott Fitzgerald, and James Baldwin.* Boston: Northeastern UP, 1995.

Way, Brian. *F. Scott Fitzgerald and the Art of Social Fiction.* London: Edward Arnold. 1980.

로제마 감독의 『맨스필드 파크』: 페미니즘과 탈식민주의의 영향

I

오스틴(Jane Austen)의 『맨스필드 파크』(*Mansfield Park*)는 여러 가지 면에서 이전 작품들과는 다르다. 첫째, 소극적이며 말이 없는 패니 프라이스(Fanny Price)는 오스틴의 대표작인 『오만과 편견』(*Pride and Prejudice*)의 재치 있고 활발한 여주인공 엘리자베스 베넷(Elizabeth Bennet)이나 『지성과 감성』(*Sense and Sensibility*)의 엘리너(Elinor)와는 매우 다른 여주인공이다. 둘째, 작가는 이 작품에서 "성직 임명"(ordination, *Letters* 2: 298, Lenta 172에서 재인용)과 관련하여 경건한 기독교인의 강한 종교적 색채를 드러낸다. 가령 메리 크로포드(Mary Crawford)는 종교적 확신 때문에 가난한 목사직을 택한 에드먼드(Edmund)의 선택을 도저히 이해하지 못하는데,

이는 그녀의 물질적이며 세속적인 가치관이 에드먼드의 경건한 가치관과 전혀 다르기 때문이다.

이제까지 이 작품에 대한 논의는 주로 패니를 당대 보수적 이데올로기에 순응하는 여성으로 볼 것이냐 아니냐 하는 논란에 집중되어 왔다. 이는 전반기의 패니와 후반기의 패니 중 어느 쪽에 초점을 맞추느냐에 따라 달라지는 것 같다. 어쨌거나 패니를 기독교적 여주인공(Christian heroine)으로 본 트릴링(Lionell Trilling)의 비평(214, Kirkham 102 재인용) 이후, 최근 논의는 크게 페미니스트 비평과 탈식민주의 비평으로 나뉠 수 있다. 페미니스트 비평에서는 패니를 당대의 보수적 이데올로기에 순종만 하는 수동적인 여주인공으로 보는 데서 한 걸음 나아가, 그녀의 계급과 성을 좀 더 면밀히 검토해야 한다고 주장한다. 따라서 계급적·성적으로 열등한 지위에도 불구하고, 패니가 결정적인 순간에 자신이 옳다고 믿는 가치관에 따라 보수적 이데올로기에 항거했다고 본다.[1] 한편 사이드(Edward Said)의 『맨스필드 파크』론으로 시작된 탈식민주의 비평에서는 패니라는 개인보다 맨스필드 파크로 대변되는 영국 부의 물적 토대나 이 부의 축적방식을 비판한다.[2] 즉 영국 상류계급 부의 토대인 서인도제도 안티구아(Antiqua) 식민농장과 더불어 이 부 이면의 도덕적 부패와 부도덕성에 주의를 환기시킨다. 또한 사이드는 에드먼드와 패니가 착한 아들딸로 맨스필드 파크에 귀속되는 결말에서 맨스필드 파크라는 장원이 안티구아에서 나온 부와 입양된 패니의 도덕적 힘이라는 두 가지 외

---

1. 본인의 졸고 「제인 오스틴과 페미니즘 『맨스필드 파크』」 231-54 참조.
2. 안티구아 에피소드에 대한 탈식민적 관점의 접근에 대해 앞의 졸고 24 참조. 이외에 Kirkham 118과 Fraiman 805-808 참조.

부 힘을 흡수하여 자기갱생에 성공했다고 본다(Said 80-97).

이 작품은 진지하고 정적인 여주인공 때문에 오스틴의 작품 중 가장 영화화하기 힘들었다고 할 수 있다.[3] 이 작품을 영화화한 영화로는 1983년의 BBC 영화(데이비드 길르 감독)와 1999년, 그리고 2007년에 만들어진 세 편의 영화가 있다.[4] 그 중에서 캐나다의 로제마(Patricia Rozema) 감독의 1999년작과 맥도널드(Ian McDonald) 감독의 2007년의 영화 두 편이 주목할 만하다. 이 두 영화는 1시간 38분과 1시간 30분으로 상영시간은 비슷하지만, 영화의 감동이나 원래 인물의 충실성 면에서 1999년 영화가 2007년 영화보다 낫다고 하겠다. 오스틴의 다른 영화, 즉『엠마』(Emma)나 『센스 & 센서빌리티』, 『오만과 편견』, 심지어『엠마』의 현대판인『클루리스』(Clueless)에 비해, 1999년의『맨스필드 파크』는 로맨스와 사회비평에 초점을 맞추고자 페미니즘적 요소와 탈식민주의 관점을 도입하여 원작과 많이 달라졌다. 필자는 물론 영화가 무조건 원작에 충실해야 한다는 "필름 나치주의자"(a book-to-film-nazi, Neamhni)는 아니지만, 이 영화는

---

3. http://www.iofilm.co.uk/films/m/mansfield_park_r2.shtml.

4. BBC는 원작에 너무 충실하고, 로제마 것은 원작과 너무 다르고, ITV(2007)가 이 두 영화 사이에서 비교적 균형이 잡혔다는 의견도 있다(Hitchcock). 2007년 영화에서는『맨스필드 파크』를 해체한 "클리프 노트"(Cliff Notes)판이라는 지적(Russel)처럼, 패니역의 빌리 파이퍼(Billy Piper)가 모자도 쓰지 않은 채 탈색한 금발을 늘어뜨리고 맨스필드 파크를 뛰어다니는 등 18세기 에티켓과 패션을 무시함으로써 원작과는 다른 패니를 연출한다. Doctor Who라는 드라마에서 선풍적인 인기를 모은 그녀가 이 영화에서 패니를 반항적인 말괄량이로 소화한 것은 외모나 감수성면에서 완전 잘못된 캐스팅이다. 그러므로 여러 가지 면에서 '신데렐라'(Cinderella) 같은 빌리는 십대의 우상이겠지만, 오스틴에 대해 조금이라도 아는 관객이라면 안 보는 게 낫다(Keyres). 즉 진지하지 못한(Keyres) 빌리를 피하고 싶다는 것이다. 또한 패니가 사교계에 데뷔하는 무도회 대신 피크닉을 가며 원래 자기 고향집이 있는 포츠머스에 가는 대신 혼자 집에 남겨지는 등 스토리도 많이 바뀌었다.

문학작품의 일반적인 영화화 과정보다 좀 더 많이 달라진 편이다.

그러므로 이 영화에 대해 당연히 찬반의 반응이 있다. 대부분의 오스틴 순수파 학자들은 이 영화가 원작에서 너무 멀어졌으며 가슴까지 보이는 정사 장면이나 너무 노골적인 동성애 장면 때문에 이 영화를 비난한다. 또한 원작에서는 슬쩍 암시만 되었던 안티구아 노예제도가 지나치게 노골적으로 표현된데 대해 당혹감을 감추지 못한다. 가령 로제마 감독이 1806년을 그린 오스틴의 원작을 현대적으로 재해석해 인종차별 및 노동계급의 빈곤 같은 사회문제를 다루었지만 오스틴의 영화 가운데 가장 실패작으로 보이며, 그런 문제를 다루려면 차라리 다른 작가의 작품을 골랐어야 했을 거라는 지적(Hitchcock)이 그 대표적인 예다. 반면에 영화만 본 관객들은 원작의 진지하고 내성적인 패니 대신 활기차고 똑똑한 패니를 좋아하며, 지루할 새 없이 박력과 활력, 스피드가 더해진 빠른 템포의 영화를 좋아한다.

이렇게 영화가 원작과 달라져서 좋다거나 싫다는 호불호의 의견은 많았지만, 이 영화에 들어간 페미니즘과 탈식민주의 요소가 영화에 어떤 영향을 미쳤는지 본격적으로 논한 연구는 별로 없었다. 따라서 페미니즘과 탈식민주의 요소에 집중하여 영화와 다른 담론의 상호텍스트성을 살필 것이다. 1999년 영화에서 두드러지게 눈에 띄는 변화로는 여러 가지가 있겠지만, 1) 주체적 여성으로 패니의 변화 및 패니와 에드먼드의 관계 변화, 2) 주체적 여성으로서 패니의 성장을 드러내는 두 가지 에피소드의 초점 변화, 그리고 3) 가부장제와 탈식민주의간의 연관성으로 정리할 수 있다. 따라서 본고에서는 이 세 가지 변화에 입각하여 1999년 영화를 원작과 비교·분석해보기로 한다.

II

　페미니즘과 탈식민주의와의 상호텍스트성을 통해 새롭게 해석된 1999
년 영화를 원작과 비교·분석하기 위해서는 원작의 핵심주제가 무엇인지
알 필요가 있다. 10명의 자녀 중 장녀인 패니는 열 살 때 자신이 살던 가난
한 포츠머스(Portsmouth)의 집을 떠나 부유한 중산 귀족(middleclass
aristocracy)인 큰 이모부 토머스 경(Sir Thomas)의 대저택인 맨스필드 파크
에서 가난한 하층 중산계급의 친척으로 더부살이를 하게 된다. 그녀는
가족이나 하녀가 아닌 이 집의 경계인으로서 애매한 처지에 있지만, 안팎
으로 붕괴될 위험에 처한 '맨스필드 파크'를 구하고 결국 맨스필드 목사
관의 안주인이 됨으로써 '맨스필드 파크'가 대변하는 가치를 이어받게 된
다. 이는 강아지를 괴롭히지 않기나 바랄 뿐 어리석고 게으른 버트람 부
인으로부터 패니로 이 저택의 안주인이 바뀌는 단순한 문제가 아니라, 다
음 세대 영국의 사활이 걸린 중요한 문제이다. 동시에 계급적·성적으로
억압받던 패니는 여러 장애를 극복하고 독립적 여성이자 진정한 주체로
거듭 난다. 따라서 원작은 붕괴하는 18세기 영국의 사회구조에 대한 심층
적 연구(Ward)이자 페미니즘의 틀에 완전히 들어맞지는 않지만 큰 틀에서
페미니즘에서 즐겨 다루는 주체적 여성으로의 성장을 보여주게 된다. 영
화에서는 이런 주제가 어떻게 재현되는지 살펴보자.

2.1 주체적 여성으로 패니의 변화 및 패니와 에드먼드의 관계 변화

　로제마는 감독이자 작가로서 페미니즘적 관점에서 원래 수줍고 소극
적인 패니를 엘리자베스처럼 적극적이며 활달한 여성으로 바꾸어버렸

다. 진짜 패니는 나약한 몸에 착하고 친절한 성격과 동정심이 많은 소녀로 집이 그리워 밤마다 울며 잠이 들곤 했다.[5] 그녀는 지적이고 예리하지만 말보다 내면에서 많은 일이 벌어지는, 수동적이며 말없는 여주인공이다. 게다가 끊임없이 "어디 있건 네가 제일 신분이 낮고 맨 마지막 차례임을 잊지 말라"(199)는 노리스 이모 때문에 패니는 더욱 주눅이 들어 남의 눈에 띄지 않게 자신을 숨긴다. 따라서 그녀는 마치 "여성의 최대 미덕이란 인내하는 일, 조용히 있는 일이다. 자기가 할 일은 타자를 위하는 것이지, 자기 즐거움을 추구하면 안 된다"(Hollis 15)는 여성에 대한 당시 규범을 대변하는 존재로 보인다. 이런 의미에서 겸손하고 경건하며 존경심이 깊은 패니는 "시대적 산물"(Keyres)이라 할 만하다.

그러나 영화의 어디서도 이런 패니는 발견하기 힘들다. 패니 역의 프랜시스 오커너(Frances O'Connor)는 처음부터 똑똑하고 활발하며 강한 정신력을 지닌 여성으로 등장한다. 이처럼 패니는 자기 의견을 적극적으로 개진하는 씩씩하고 당당한 여성으로 바뀌었다. 가령 그녀는 계단을 얌전히 다니는 적 없이 뛰어다니는가 하면, 베개싸움을 벌이기도 한다. 또한 에드먼드와 치고받고 토마스 경 때문에 흥분해 비오는 밤에 말을 타고 나가며, 무도회에서 취해 비틀대기도 한다. 이런 모습에서 19세기의 시대정신이나 자제심은 찾아보기 힘들다(nic_Cassorwary).

또한 패니와 사촌오빠인 에드먼드의 관계도 패니가 일방적으로 짝사랑하는 관계에서 "내내 사랑했다"는 패니의 고백처럼 처음부터 서로 좋아하는 연인관계로 바뀌었다.[6] 원작에서는 에드먼드를 먼저 짝사랑하던

---

5. Austen, Jane. *Mansfield Park* (Harmondsworth: Penguin Books, 1970) 10-11. 이제부터 나오는 본문의 인용은 이 판에 의거하여 면수만 표기하기로 한다.

패니가 몇 년간 아무도 모르게 자기감정을 숨기고, 에드먼드는 런던에서 이사 온 메리에게 강한 호감을 느끼는 것으로 그려져 있다. 메리는 넉넉한 재산과 지위, 미모는 물론 자유분방하고 활달한 성격에 재치와 위트까지 지닌 매력적인 여성이었던 것이다. 문제는 메리가 물질적 가치만 추구하는 세속적이며 부도덕한 여성이라는 점이다. 그녀는 유산을 상속받을 장남인 톰보다 목사 지망생인 에드먼드에게 더 끌리지만, 자기와 결혼하려면 가난한 목사직을 포기하라고 계속 만류한다. 이후 에드먼드는 12000파운드의 수입을 지닌 러시워스(Rushworth)와 결혼한 머라이어(Maria)와 헨리(Henry)의 정사를 계기로 그녀의 정체를 간파한다. 헨리가 결혼한 지 6개월도 안 된 유부녀인 마리아와 도망갔다는 이 사건의 본질보다 이 사건을 더 잘 은폐하지 못해 스캔들을 일으킨 것만 탓하는 메리를 보고 그녀의 실체를 파악한다는 것이다. 다시 말해 메리가 이 사건을 운이 없어 들킨 "한때의 장난"으로 간주하는 것을 보고 마침내 그녀의 "부패하고 타락한 마음", 즉 윤리적 결함을 깨닫게 된다는 것이다. 따라서 메리에게 온통 빠져 있던 에드먼드는 그녀에게 환멸을 느끼는 동시에, 그동안 곁에 두고 미처 깨닫지 못했던 패니의 진가를 깨닫고 그녀와 결혼하게 된다.

작가의 목표는 나약하고 수줍던 패니가 교육과 독서, 에드먼드의 도움으로 결정적 순간에 자기 목소리를 냄으로써 맨스필드 파크로 상징되는 가치를 이어받을만한 강인한 여성으로, 즉 『설득』(*Persuasion*)의 앤(Anne)처럼 엄격한 "도덕적 중심"(galensaysyes)을 지닌 인물로 훌륭하게

---

6. 기이하게도 로맨스 중심의 이 영화에는 두 사람의 이렇다 할 로맨스가 별로 없다.

성장하는 과정을 그리는 것이었다.

그런데 패니가 페미니즘의 영향으로 자율적이며 주체적인 여성으로 바뀌고 패니와 에드먼드가 처음부터 좋아하는 연인관계로 설정되면, 오히려 패니의 성장 및 이 성장에 담긴 중대한 의미가 사라진다. 물론 영화에서 소극적인 패니를 재현하려면, 표현하기도 힘들 뿐더러 매우 재미없는 인물이 되었을 것이다. 처음부터 생기발랄한 오커너는 원래 연약하고 소심한 성격뿐 아니라 불우한 환경 탓에 더욱 위축되었다가 풍부한 감성과 지성, 도덕적 분별력을 지닌 여성으로 변하는 패니의 내적 성장을 보여주려는 원작의 의도나 취지에 맞지 않는다. 즉 영화에서는 페미니즘을 강화하기 위해 패니를 처음부터 강하고 활발한 여성으로 만들었으나, 이런 변화는 진정한 주체로 변모하는 패니의 성장에 담긴 중대한 의미를 약화시킨다는 것이다.

또한 패니와 에드먼드의 관계가 처음부터 좋아하는 관계로 바뀐 것도 문제가 된다. 원작에서는 패니가 에드먼드의 아내가 되는 과정이 중요하며, 그들의 결합에는 단순한 남녀의 결합 이상의 중대한 의미, 즉 맨스필드 파크로 대변되는 전통적이며 보수적 가치가 메리나 헨리 같은 크로포드가의 외부 세력으로부터 보호될 수 있겠느냐 하는 의미가 들어있다(Hudson 53-68). 작가는 맨스필드 파크의 안주인이 윤리적으로 결함있는 세속적인 메리가 아니라, 위트나 매력은 없지만 확고한 도덕적 중심을 지닌 패니 같은 여성이 계승해야 한다고 생각했던 것이다. 즉 에드먼드와 결혼할 가능성이 전혀 없던, 권력의 변방에 있던 패니가 도덕적 미덕 때문에 에드먼드와 결혼하게 된다는 것이 이 작품의 가장 큰 아이러니다. 다시 말해 혹시나 있을지 모를 사촌간의 결혼을 미연에 방지하고자 패니를 입양해 남매처럼 자라게 했는데 우려하던 사태가 벌어져 패니가 버트람 경의 며느리, 즉 (상징적인 의미에서) 맨스필드 파크의 안주인이 되는 과정이 이 소설의 가장 큰 아이러니라는 것이다. 이에 대해 "이 소설의 아이러니는 이등시민 패니가 토마스 경의 딸로 안착하면서 팽창과 폐쇄, 흡수와 배제 사이의 경계가 허물어지는 데서 완성된다"는 지적(조선정 839)은 입양된 딸이라는 주변인에서 안주인으로의 극적 반전이 아이러니라는 점에서 음미해볼만한 지적이다. 그러나 패니가 여러 장애를 물리치고 주체적 자아로 성장하여 에드먼드와 결혼한다는 점에서 이 아이러니는 실은 계급과 성이 얽힌 페미니즘의 주제라고 보는 것이 더 정확하다.

원작의 주제가 패니의 성장이라고 할 때, 페미니즘의 영향을 받은 이 영화에서는 이 주제가 더 이상 중요하지 않게 된다. 원작에서는 맨스필드 파크에서 유일하게 패니를 무시하지 않고 돕고 격려해준 에드먼드의 도움으로 패니가 지식은 물론 판단력과 분별력을 지닌 여성으로 성장하게 된다. 가령 그는 건강을 위해 패니에게 승마를 가르치고, 읽을 만한 책을 빌려줄 뿐 아니라, 읽은 책에 관한 토론을 통해 지적 성장을 돕는다. 또한 분명한 도덕원칙과 판단력을 갖추게 함으로써 "스승"이자 "아버지" 역할을 해준다. 이처럼 에드먼드의 도움으로 패니의 인간적 성숙이 이뤄진다. 그러나 영화에서는 그녀는 이미 자율적이며 독립적 여성으로 등장하고, 때로는 에드먼드가 도덕적으로나 감정적으로 그녀에게 의존하기까지 한다. 예를 들어 조니 밀러가 연기하는 에드먼드는 너무 착해서 심지어 유약해 보인다. 이런 변화는 패니를 더욱 진취적 여성으로 부각시키려는 전략의 일환이다. 패니가 에드먼드의 가르침 외에도 광범한 독서,

불어와 역사를 가르쳐준 가정교사 리 양을 비롯하여 맨스필드 파크에서 받은 총체적 교육의 결과 괄목할 만한 성장을 이룬다는 점을 고려할 때, 에드먼드가 패니에게 의존하는 것은 바람직하지 못한 수정으로 보인다.

한편 메리가 패니에게 동성애를 느끼는 장면은 페미니즘 영화에 흔한 자매애(sisterhood) 장면과도 무관한, 가장 이해하기 힘든 부분이다. 패니와 메리는 에드먼드를 사이에 둔 삼각관계의 라이벌이자 연적관계에 있는데 왜 느닷없이 메리가 패니에게 동성애를 느끼는 장면이 설정되었을까 매우 의아하다는 점에서 이 장면은 가장 극단적인 실패의 예라고 하겠다.

또 하나 바뀐 것은 패니가 쓰는 편지의 숫자 및 편지를 쓰는 대상이 많아졌다는 점이다. 원작에서는 패니가 오빠 윌리엄에게 기껏 몇 통의 편지만 보내는데, 영화에서는 작가 지망생인 패니가 오빠는 물론 에드먼드와 여동생인 수잔(Susan) 등 여러 인물에게 자기 마음을 털어놓는 편지를 많이 보내며, 편지의 내용도 작가 오스틴의 편지와 일기, 초기 습작 등에서 발췌하여 더 방대해졌다. 패니는 메리에 대한 질투와 불편한 마음 같은 내면의 고통을 두통으로 표현할 정도로 수동적인 여주인공이므로 그녀의 편지나 일기는 알기 어려운 패니의 내면을 소상히 밝혀주며 사회에 대한 날카로운 비판을 담아내는 매우 효과적인 장치가 되기도 한다. 뿐만 아니라 영화에서 미처 다 못 그린 맨스필드 파크의 사건들을 간접적으로 설명해주기도 한다.

그런데 로제마 감독은 의도적으로 여주인공과 작가를 오버랩 시켜 패니를 오스틴 같은 작가가 되기를 열망하는 작가지망생으로 만들어 (Bezanson) 페미니스트 발언을 많이 삽입하였다. 하지만 이런 발언이 영화 속에 녹아들어갔다기보다 표면적인 선언에 그치는 느낌이 있다. 영화가 의도한 페미니즘적 요소가 소설보다 진전되었는가?라는 질문에 대해 패니에게 가해지는 억압을 적나라하게 폭로했지만, 그것이 패니에게 미치는 영향을 소설만큼 섬세하게 그리지 못했다고 대답할 수 있다. 다시 말해 페미니즘의 독립적인 여성이라는 주제가 도입되어 얼핏 페미니스트 영화인 것 같지만, 자세히 들여다보면 오히려 원작의 성장 주제를 해쳐서 페미니즘에 크게 기여하지 못했다는 것이다. 따라서 영화 속 페미니즘적 발언이 패니가 받는 계급적 · 성적 억압을 부각시키는 측면이 전혀 없지는 않지만, 여성이 어떻게 진정한 주체로 거듭 나느냐라는 페미니즘의 관점에서 볼 때 감독의 의도만큼 효과적이지 않다고 하겠다.

2.2 주체적 여성으로 패니의 성장을 드러내는 두 가지 에피소드의 초점 변화

원작에서 패니가 『연인들의 맹세』(*Lovers' Vows*)라는 연극의 공연을 거부한 일과 헨리의 청혼을 거부한 일은 도덕성과 내면의 확신, 충성심, 정직성 등 패니의 핵심 가치를 드러내는 중요한 일화이다. 영화에서는 이 두 가지 일화가 어떻게 표현되어 있는지 살펴보자.

우선 패니의 연극 공연 거부를 보자. 패니가 연극 공연에 끝까지 반대하는 것은 패니의 올바른 판단력과 가치는 물론 초반부와 달라진 패니를 보여주는 핵심적 에피소드이다. 토머스 경이 안티구아로 떠난 사이 톰과 그의 친구인 예이츠(John Yates)는 『연인들의 맹세』라는 연극의 공연을 기획한다. 처음에는 이 공연에 반대하던 에드먼드까지 재기발랄한 메리의 상대역을 하고 싶은 마음에 공연에 합류하지만, 패니만이 놀랍게도 자기 의사를 굽히지 않고 끝까지 공연에 반대한다. 즉 다른 사람은 물론 도덕적인 에드먼드조차 변한 상황에서 가장 나약하고 거의 존재도 없던 패니가 공연에 끝까지 반대하는 것은 대다수 비평가의 지적처럼, 토머스 경이 두려워 그의 가부장적 권위에 패니가 무조건 복종하는 것이라기보다 자기가 옳다고 믿는 바, 즉 도덕성을 지키기 위해서이다. 이 거부는 경제적·사회적으로 의존적인 패니의 위치를 고려할 때 큰 용기가 필요한 행동이다. 그녀가 이 공연에 반대하는 이유는 크게 두 가지다. 첫째로, 공연시기가 적절치 않다는 것이다. 즉 경제적 어려움을 극복하려는 가장의 부재를 틈타 자식들이 집을 멋대로 개조하고 돈을 낭비하면서 연극 공연에 몰두하는 것은 시기적으로 적절치 못하다는 것이다. 둘째로, 결혼제도를 비판하며 감정에 토대한 자유로운 남녀 간의 결합을 주장하는 이 연극내용[7]이 점잖지 못하기 때문에 가정에서 상연되기에 부적절하다는 것이다. 아울러 거리를 두고 주변인물을 관찰하던 자신의 자유를 뺏기고 싶지 않아서 패니는 이 공연에 반대한다.

그런데 아쉽게도 영화에서는 이 두 가지 반대 이유가 명확히 드러나지 않는다. 아울러 공연이 한창 진행되던 와중에 토머스 경의 갑작스런 귀가로 인한 연극중단에 함축된 의미도 충분히 드러나지 않는다. 따라서 이 공연반대를 통해 패니의 가치가 드러나기보다 패니는 그저 신분이 다른 사촌들 사이에서 잘 어울리지 못해 연극에도 끼지 못 하는 가난한 사촌으로 보일 따름이다.

---

7. 이 극은 독일 극작가 코체부(August von Kotzebue)의 『사생아』(*Das Kind der Liebe*)를 번역한 것이다. 작품 속에 언급된 코체부의 작품은 잉크발드(Elizabeth Inchbald)의 영역본이다.

둘째, 패니가 재산과 지위는 물론 잘생긴 외모까지 갖춘 헨리의 청혼을 거부하는 일화도 패니의 가치를 입증하는 가장 핵심적 일화이다. 연수입 4천 파운드와 노포크(Norfolk)에 영지를 소유한 그의 청혼은 그녀의 사회적·경제적 지위의 상승을 보장해주기 때문에 결혼시장에서 결코 거절하기 어려운 것이다. 즉 "보암직하고 먹음직하며 탐스런" 열매처럼 큰 유혹이다. 이 청혼이 얼마나 굉장한 제안인지는 맨스필드 파크에서 사회적·물질적으로 열등한 지위를 끊임없이 상기시키던 노리스 이모는 물론, 지참금도 없는 패니가 헨리의 청혼을 받았다는 이유로 버트람 부인이 평소 무시하던 패니를 다시 평가하는 우스꽝스러운 반응에서도 확인된다. 한편 패니의 주변인물은 패니가 왜 이렇게 조건이 좋은 결혼을 거부하는지 이해하지 못한다. 특히 토머스 경은 그녀가 "고집이나 자만심, . . . 독립적인 정신의 경향"(288) 등 부정적 세태에 물들어 배은망덕하게 이 청혼을 거절했다고 크게 분노한다. 패니는 표면상 이렇게 말하면서 헨리를 거절한다.

이제 와서 나를 사랑한다고 말하자마자 그를 사랑하란 말인가요? 도대체 요구받자마자 어떻게 그에게 애정을 줄 수 있겠어요? 그의 가족은 그만이 아니라 제 입장도 고려해야 해요. 그의 조건이 좋을수록 제가 그에게 관심을 갖는 게 더 부적절하겠죠. 그리고 여성이 남성의 애정에 그렇게 금방 보답할 수 있다고 생각한다면, 우린 정말 여성의 본성을 너무 다르게 생각하고 있어요.

How, then, was I to be in love with him the moment he said he was with me? How was I to have an attachment at his service, as soon as it was asked for? His sisters should consider me as well as him. The higher his deserts, the more improper for me ever to have thought of him. And, and we think very differently of the nature of women, if they can imagine a woman so very soon capable of returning an affection as this seems to imply. (321)

이처럼 패니는 어떻게 청혼을 받자마자 사랑할 수 있냐고 반문한다. 즉 패니는 먼저 욕망을 표현하면 안 되지만 남성의 애정표현에 즉각 반응하는 것이 은혜를 아는 여성의 태도라는 주장에 정면으로 도전한다. 또한 그녀는 헨리와 성질이나 습관이 너무 달라서 더불어 행복해질 수 없다고 한다.

그런데 그녀가 그를 거부하는 진짜 이유는 에드먼드에 대한 사랑 및 오랜 관찰로 헨리의 방탕한 과거와 부도덕한 정체를 간파했기 때문이다. 이처럼 매사 소극적이며 수동적이던 패니는 중요한 선택의 순간에 세속적인 결혼시장의 법칙이나 사회적 통념보다 자기가 옳다고 믿는 것, 즉 자신의 원칙과 감정에 따라 이 청혼을 거절한다. 이는 대단히 용기 있는 행동으로 물질적·사회적 조건에 흔들리지 않는 패니의 미덕을 보여준다. 이런 맥락에서 이 청혼 거부는 패니의 성장을 보여주는 최고의 클라이맥스라 할 수 있다.

그러나 영화에서는 헨리의 청혼 거부에 함축된 의미가 잘 드러나지 않는다. 첫째로, 앞서 보았듯이 혼자 짝사랑하는 원작과 달리 패니는 처음부터 에드먼드와 서로 사랑하는 사이로 그려져 있기 때문에, 헨리의 청혼을 거부하는데 있어 강력한 동인인 에드먼드에 대한 패니의 애정은 아예 문제가 되지 않는다.

둘째로, 헨리의 방탕하고 부도덕한 과거가 영화에서는 그리 분명하게 나타나지 않는다. 헨리는 원래 부정한 숙부인 크로포드 제독(Admiral Crawford) 밑에서 자란 데다 주변 여성을 장난삼아 사랑하는 척 하는 바람둥이 난봉꾼이다. 가령 그는 버트람 가의 두 딸인 줄리아나 머라이어와 위험한 "게임"을 즐기지만 그의 방탕한 과거가 별로 그려지지 않는다. 이런 이유로 패니가 헨리를 싫어하는 이유가 충분히 설명되지 않으며, 그가 도덕적으로 위험한 인물이라는 사실도 충분히 암시되지 않는다. 가령 패니는 머라이어와 헨리가 시시덕거리는 것은 보지만 그가 두 자매를 농락하는 것을 직접 보지는 못했다. 한편 헨리는 러시워스와 결혼한 머라이어 및 줄리아가 떠나버리자, 심심풀이 삼아 패니에게 접근했다가 그녀의 순수함과 진실함에 끌리게 된다. 그러므로 아무것도 없는 패니가 그의 청혼을 거부한 것은 그의 물질적 가치관과 방탕에 대한 패니의 도덕적 승리라고 할 만큼 대단한 결단이다.

그런데 영화에서 포츠머스까지 찾아와 애정을 토로하는 그의 모습은 진정 과거를 뉘우친 낭만적 로맨스의 구애자로 보인다. 이런 이유로 패니가 오스틴처럼 오빠인 윌리엄의 사관(Lieutenant) 승진을 도와준 헨리의 청혼을 응낙한지 하루 만에 번복하는 것은 중요한 도덕적 결정이라기보다 그저 이해할 수 없는 이상한 고집이나 변덕으로 보인다. 또한 포츠머스까지 찾아온 헨리가 패니에게 거절당하자 꽃다발을 팽개치는 장면은 그에 대한 관객의 연민과 동정마저 자아낸다. 이후 이렇게 거절당한 뒤 이어진, 과다노출로 말이 많은 헨리와 머라이어의 정사 장면[8]은 "오죽 했

---

8. 이 청혼이 거부되자 그가 벌인 마리아와의 도피행각은 헨리를 거절한 패니의 판단이 옳았음을 입증해준다. 사실 그는 가치가 없는 인물이기 때문에 그의 청혼 거부는 정당하며,

으면 그랬겠나?' 싶을 정도로 약간 정당화되는 측면이 있다. 또한 토머스 경이 이 청혼 거부에 대한 벌로 2-3개월 돌려보낸 가난하고 궁핍한 항구 도시 포츠머스에서 패니는 그곳의 "소음, 무질서, 무례함"(357)을 보고 크게 실망하는 동시에 그간 싫어하던 맨스필드 파크의 가치, 즉 "우아함, 예의, 균형과 조화, 무엇보다 평화와 평온"(354)을 새로이 인식하게 된다. 이것이 바로 사랑하는 에드먼드와 결혼할 가망이나 희망이 전혀 없는 상황에서 헨리의 결혼을 거부하고 나서 당장 직면해야 할 패니의 현실이다. 하지만 영화에서는 패니의 이런 절박한 상황이 실감나지 않으며, 포츠머스와 맨스필드 파크에서 패니가 느끼는 감정 간에도 별다른 차이가 없다. 또한 포츠머스라는 배경도 패니가 맨스필드 파크의 가치를 깨닫는 각성의 장소라기보다 헨리가 패니에게 불꽃과 비둘기를 보내는 등 그들의 로맨스를 부각시키는 황량하고 낭만적인 배경 정도로 제시된다. 이와 같이 패니의 연극 공연 및 헨리의 청혼을 거부하는 이유가 분명치 않은 관계로 이 두 가지 일화에 함축된 중요한 몇 가지 의미가 흐려졌다.

2.3 가부장제와 탈식민주의의 연관성

원작에서 가부장제와 탈식민주의의 연관성은 토머스 경의 경우에 가장 분명하다.[9] 가부장적인 토머스 경의 모습에서 19세기 초 노예무역으

이런 사실은 나중에 패니의 서부가 옳았다는 버트람 경의 깨달음으로도 입증된다. 패니가 편지로 전해들은 이들의 정사 장면이 영화에서 런던이 아니라 맨스필드 파크에서 일어나는 것도 부적절해 보인다.

9. 이런 탈식민적 요소는 스피박과 바바, 사이드 등의 탈식민 비평에서 많이 회자된 바 있다 (Said 80-97).

로 부를 획득한 식민지 수탈자로서의 면모가 강하게 암시된다. 즉 그는 매우 권위적이며 가부장적 인물로서 안티구아의 식민지 경영을 통해 탈식민주의와 연관되며, 이 가부장제와 탈식민주의의 연관성은 패니의 결혼에 미치는 토머스 경의 간섭과 억압에서 가장 직접적으로 드러난다. 그는 노예시장에서 노예를 팔듯, 때가 되면 여성을 결혼시장에 최대한 유리한 조건으로 파는 것으로 생각한다. 이런 연유로 그는 헨리와의 결혼을 대환영하며, 이 청혼을 거부한 패니를 이해하지 못 한다. 이런 그의 생각을 통해 계급적·성적으로 불리한 여주인공의 삶에 식민주의가 어떤 영향을 미치는지, 즉 결혼시장 체제가 가부장제와 제국주의적 지배 논리를 결합한 형태로 작용한다는 사실이 암시된다.[10] 구체적으로 토머스 경은 런던의 저택과 서인도제도 안티구아에 큰 농장을 소유한 준남작이자 상원의원인데, 안티구아 농장의 노예노동[11]을 통한 해외식민지 경영으로 맨스필드 파크를 부양하며, 좋은 집안과의 혼사를 통해 부와 권력을 확대하려 한다. 그가 바보 같지만 재산이 많은 러시워스와 머라이어의 결혼을 허락한 것이 그 단적인 예다.

이처럼 토머스 경은 권위적이며 억압적 태도 때문에 자녀교육에 있어 부족한 점이 있지만, 무책임한 패니의 아버지에 비해 영지와 가정관리에 있어 나름 책임감 있는 가장의 면모도 갖고 있다. 그는 어리석고 게으른 버트람 부인, 장남인 톰의 발병 및 두 딸의 방종, 톰의 친구인 예이츠의 주동에 의한 부도덕한 연극 공연 시도, 헨리와 머라이어의 스캔

---

10. 이런 맥락에서 노예제도가 먼 식민지에서만이 아니라 끊임없이 타자화되는 여성의 삶에 스민 일상의 폭력이라는 지적(조선정 847-48)은 타당하다.
11. 맨스필드 파크라는 저택의 이름은 노예제도 폐지 법안을 처음 제안한 맨스필드 경의 이름에서 나온 것이라 한다(Kirham 118).

들, 스코틀랜드로 도망친 줄리아와 예이츠의 애정행각 등 이런저런 실패와 좌절을 겪으면서 패니 덕분에 맨스필드 파크가 질서를 되찾자 젠트리 계급인 자기 딸들보다 하층 중산계급인 패니를 진짜 딸로 인정하기에 이른다. 즉 그는 과거 자신의 자녀교육의 잘못과 딸들의 부족함을 메워줄 수 있는 패니의 가치를 깨닫는다는 것이다. 이렇듯 토머스 경의 각성에는 패니의 가치를 인식하는 일이 동반되므로, 패니와 토머스 경의 각성은 맞물린 문제가 된다.

그런데 영화에서는 이런 각성의 모습 대신 가부장적인 토머스 경과 관련된 부분에서 식민지 수탈자의 모습이 강하게 암시된다. 가령 첫 장면에서 어린 패니가 마차를 타고 런던의 맨스필드 파크로 올 때, 그리고 다시 포츠머스의 집으로 쫓겨날 때 해안의 노예선과 마주치는 설정은 거의 노예나 다름없는 그녀의 처지를 암시한다. 또한 나중에 패니는 노예제도에 대해 토머스 경에게 직접 질문하는데, 이 질문은 같이 있던 머라이어와 줄리아의 싸늘한 침묵만 야기한다. 이보다 더 중요한 것은 맨스필드 파크의 경제적 기반이 안티구아 식민지 농장에 있다는 사실이 여러 번 암시되며, 토머스 경이 안티구아에서 돌아온 뒤 부쩍 자란 패니를 물오른 노예처럼 결혼시장에 내놓을 상품으로 간주하며 그녀의 의사와는 상관없이 결혼시키려 한다는 사실이다. 이처럼 그는 매우 느끼한 인물로 제시된다. 가장 충격적인 것은 패니가 병든 톰을 간호하면서 우연히 엿본 그의 그림들이다. 이 그림을 통해 토머스 경이 안티구아 노예에게 경제적·성적 약탈과 만행을 저지른 인물이라는 사실이 폭로된다. 원작에서는 암시만 되었던 식민주의가 영화에서는 쉽게 잊히지 않을 충격적인 영상으로 표현된다. 한편 패니는 노예를 노새에 비유하는 토머스 경에게 발끈 하며, 자신을 물이 올라 팔 때가 된 물건 취급을 하는데 대해 자신은 "토머스 경의 노예처럼 내다 팔리지 않겠다"고 중얼거리기도 한다.

이런 적극적인 영상화 작업으로 탈식민적 요소가 더욱 효과적으로 부각되었는가라는 질문이 제기되는데, 이 질문에 대해 긍정적인 답을 하기 어렵다. 원작의 가장 중요한 의미 중 하나는 패니와 그녀의 성장을 알아보는 토머스 경의 각성인데, 영화에서는 패니를 결혼시장에 내놓을 상품으로 간주하는 등 너무 느끼한 인물로만 그려지며 그림에서 암시되듯 식민지 수탈의 주구 내지 원흉 같은 인물로 제시됨으로써 그의 각성이 흐려지기 때문이다. 이런 맥락에서 토머스 경의 경우, 그의 가부장적 모습을 이렇게 성폭력 가해자로 그려 가부장제와 식민주의를 연관시키는 것이 탈식민주의적 관점에서의 비판에 더 효과적인지 의심스럽다는 지적(황정아 111)은 적합하다. 따라서 영화에서는 로맨스와 사회적 비판에 초점을 맞추어 원작의 감추어진 의미, 즉 탈식민주의적 관점에서 영국의 식민지 경영을 비판하려는 부주제를 부각시켰지만, 이 부주제를 지나치게 강조함으로써 오히려 그 의미가 손상되었다.

III

본고에서는 영화화 과정에서 원작의 수정된 부분이 원작의 의미를 어떻게 훼손했는지 분석해보았다. 로제마 감독이 페미니즘과 탈식민주의 요소를 영화에 넣어 크게 변한 점을 1) 주체적 여성으로 패니의 변화 및 패니와 에드먼드의 관계 변화, 2) 주체적 여성으로 패니의 성장을 드러내는 두 가지 에피소드의 초점 변화, 3) 가부장제와 탈식민주의간의 연관성으로 나누어 원작과 영화를 비교해보았다. 이러한 검토 결과, 이 세 가지 변화로 인해 "감추는 기술"(MacCarthy 469)의 명수인 오스틴이 원작에서 전하려는 핵심적 의미가 상당 부분 손상되었음을 확인하였다. 즉 연약한 여성에서 에드먼드에 대한 애정과 "올바른 일을 하고 싶다는 강한 소원"에 이끌려 자신의 신념을 끝까지 지키는 강한 여성으로 자란 패니의 성장이라는 원작의 핵심적 의미가 손상됨으로써, 일견 더 페미니스트적으로 보이는 영화가 여성 주체의 성장이라는 페미니즘의 주요 주제를 훼손시켰다는 것이다. 구체적으로 처음부터 똑똑하고 활발한 여성이 주체적인 여성처럼 보일 수도 있지만 원작의 섬세한 리얼리티를 손상시키고 도덕적 분별력을 지닌 여성으로 변하는 그녀의 내적 성장을 보여주는데 실패함으로써, 페미니즘에 크게 기여하지 못했다는 것이다. 또한 식민주의자로서 토머스경을 부각시키는 가운데 영화가 탈식민주의적 관점을 보여주는 듯 하지만 여기서도 토머스경의 각성이라는 주제가 사라짐으로써, 식민주의에 대한 효과적 비판에 이르지 못했다고 분석하였다. 전체적으로 주변인에서 중심인물로, 가족이나 하녀가 아닌 어정쩡한 위치에서 맨스필드 파크의 안주인이 되는 패니의 성장 및 이와 맞물린 토머스 경의 각성이라는 작품의 핵심 의미가 약화된 셈이다. 이런 분석은 영화가 원작과 필연적으로 상호텍스트성을 갖고 있는데 때로 그 상호텍스트성이 실패할 수도 있음을 보여줬다는 점에서 그 의미를 찾을 수 있을 것이다.

이는 오스틴 학자나 전공자에게 다소 아쉬운 점이다. 한마디로 로제마 감독은 작품을 현대적으로 재해석해 다른 어느 인물보다 패니에게 초점을 맞춰 패니를 현대 관객에게 매력적인 주체적 여성으로 바꾸고, 오스틴의 일기나 편지 등을 통해 페미니즘적 발언을 많이 넣으며, 맨스필드 파크에 미친 노예무역의 영향을 부각시키는 등 페미니즘이나 탈식민주의 요소를 과감히 많이 넣었다.[12] 그러나 패니의 성장 및 버트람 경의 각성이라는 주제의 재현에 실패했기 때문에, 템포가 빠르고 재미는 있지만 원작이 전달하려는 것과는 매우 다른 영화가 되었다고 결론지을 수 있다.

---

12. http://www.iofilm.co.uk/films/m/mansfield_park_r2.shtml

인용문헌

조선정. 「여성의 성숙과 교육: 제인 오스틴의 『맨스필드 파크』 읽기」. 『영어영문학』 52.4 (2006): 835-59.

한애경. "제인 오스틴과 페미니즘: 『맨스필드 파크』." 『근대영미소설』. 7.2 (2000): 231-54.

황정아. 「『맨스필드 파크』」. 『문학과 영화』. 101-12.

Bezanson, David. "What is it about Jane Austen?." *filmcritic.com*. 24 Dec. 1999. Web. 12 Feb. 2009.

Fraiman, Susan. "Jane Austen and Edward Said: Gender, Culture, and Imperialism." *Critical Inquiry* 21.4 (1995): 805-21.

galensaysyes. "Could have been better, but could have been... ahh, let's just stop there." *IMDb.com*. 28 Jan. 2008. Web. 8 Jan. 2010.

Halperin, John. "The Novelist as Heroine in *Mansfield Park*: A Study in Autobiography." *Modern Language Quarterly* 44.2 (1983): 136-56.

Hitchcock, James. "Getting the Balance Right." *IMDb.com*. 28 Mar. 2007. Web. 12 Feb. 2009.

Hollis, Patricia. *Women in Public, 1850-1900*. London: George Allen & Unwin, 1979.

Hudson, Glenda A. "Incestuous Relationships: *Mansfield Park* Revisited." *Eighteenth-Century Fiction* 4.1 (1991): 53-68.

Keynes, Milton /Psyche-8. "Don't bother, it's not worth it." IMDb.com. 17 April 2007. Web. 3 Feb. 2009.

Kirkham, Margaret. *Jane Austen, Feminism and Fiction*. London and Atlantic Highlands, NJ: Athlone, 1997.

Lenta, Margaret. "Androgyny and Authority in *Mansfield Park*." *Studies in the Novel* 15.3 (1983): 169-82.

Lewis, C.S. "Two Solitary Heroines." *Critics on Jane Austen*. Ed. Judith O'Neill. London: George Allen & Unwin, 1976.

MacCarthy, G. G. *The Female Pen: Women Writers and Novelists 1621-1818*. Cork:

Cork UP, 1994.

neamhni. "Standing alone it's Enjoyable." *IMDb.com*. 22 April 2007. Web. 24 Mar. 2009.

nic_Cassorwary. "Why mess with Art?." *IMDb.com*. 11 January 2004. Web. 10 Jan. 2009.

Palsa, Carl. "'What was done there is not to be told': *Mansfield Park's* Colonial Unconscious." *Textual Politics from Slavery to Post-colonialism*. New York: St. Martin's, 2000. 32-59.

Russel, Kara Dahl. "Mansfield P. Y'all." *IMDb.com*. 22 June 2008. Web. 6 Mar. 2009.

Said, Edward. "Jane Austen and Empire." *Culture and Imperialism*. New York: Vintage, 1993. 80-97.

Spivak, Gayatri Chakravorty. *In Other Worlds: Essays in Cultural Politics*. London: Methuen, 1987.

Trilling, Lionell. *The Opposing Self: Nine Essays in Criticism*. New York: Harcourt, 1978.

Ward, Robert. "Pretty but unmistakably dull." *IMDb.com*. 1 February 2004. Web. 10 Feb. 2009.

『레이디 수전』:
'정숙한 귀부인'과 여성 악당

I. 들어가며

제인 오스틴(Jane Austen, 1775-1817)의 처녀작인 『레이디 수잔』(*Lady Susan*, 1871)은 그녀의 중편집 『레이디 수전, 왓슨 가족, 그리고 샌디턴』 (*Lady Susan, The Watsons, and Sanditon*)에 실린 세 편 중 유일한 완성작으로 사후에 출판되었다. 20세가 되기 전에 쓰인 이 중편소설들은 지금까지 후기 6편의 장편소설에 비해 미숙한 초기 습작 정도로 취급됨으로써 오스틴 연구에서 상대적으로 주목받지 못했다. 가령 레이디 수전을 윤리와 도덕성이 없는, 메리 셸리의 괴물(Poovey, 1984: 174) 같은 인물로 보는 것이 이런 입장의 지적이다.

그러나 2016년 올해 위트 스틸먼(Whit Stillman) 감독이 만든 영화 〈레이디 수전〉이 개봉되었으며 〈샌디턴〉을 현재 촬영 중이라는 사실을 고려해보면, 지금까지 미숙한 습작으로 취급되던 오스틴의 중편들에 대한 재평가가 이루어지는 것으로 볼 수 있다. 일례로 『레이디 수전』은 작품의 집필 연대(1795)에서도 알 수 있듯이, 1793년 이전 재기 발랄한 젊은 오스틴의 초기 습작들(juvenilia)과 원숙기 6편의 장편소설들을 이어주는 가교 역할을 하고 있다고 재평가되고 있다(Q. D. Leavis, 1941: 61-87).[1] 따라서 이 소설에는 작가의 다른 장편소설들에서는 볼 수 없는 시도들이 눈에 띈다. 첫째, 이 작품은 오스틴의 유일한 서간체 소설로서 모두 41통의 편지로 이루어져 있다. 이러한 1인칭 서간체 형식은 여주인공과 주변 인물의 내면 묘사를 통해 독자들의 공감과 연민을 불러일으키는 데 매우 효과적이다. 둘째, "『레이디 수전』에서 중요한 존재는 레이디 수전"(Gard, 1992: 307)이라는 지적처럼, 이례적으로 악녀가 여주인공으로 등장한다. 후기 장편소설들에도 악녀 캐릭터가 등장하기는 하지만 대개는 주변 인물로 배치되고 사회에서 격리되거나 추방되는 등 확실하게 처벌받는 것에 비해 레이디 수전은 결말에 이르러서도 사회적으로 처벌받지 않으며 스스로 개심하거나 반성하는 모습을 보여주지 않는다. 가령 이 작품의 중요성을 주로 『맨스필드 파크』(Mansfield Park)의 모태가 되었다는 점에서 찾은 Q. D. 리비스(Leavis, 1983: 89)처럼, 이 작품을 『맨스필드 파크』와 비교해보면 이 점이 확인된다. 명백한 간통 현장은 없지만 유부남과의 불륜이나 간통, 유부녀의 연애가 간접적으로 암시되는 『레이디

---

1. 두디는 제인 오스틴이 "활발한 에너지"와 "비정하게 재치 있는 웃음"(Doody, 1983: xxxiv)을 보여주던 초기 습작들에 비해, 후기 소설에서는 크게 웃거나 제멋대로 하지 못하고 "품위 있고 숙녀처럼 행동해야 했다"고 지적한다(Doody, 1983: xxviii).

수전』과 달리, 『맨스필드 파크』에서는 수치스러운 사건의 당사자인 유부녀 마리아(Maria)가 여주인공이 아닌 주변인물로 등장하며 헨리 크로포드(Henry Crawford)와의 간통 이후 가족과 멀리 떨어져 살게 됨으로써 일종의 사회적 벌을 받는다. 따라서 예쁜 외모를 미끼로 아무 도덕관념 없이 돈 많은 귀족 남성을 유혹하면서도 처벌받지 않는 부도덕한 여주인공인 레이디 수전은 독자나 평자들에게 매우 불편한 "골치 거리"(Alexander and Owen, 2005: 54)였다.

그러나 최근에는 그저 부도덕한 여주인공이 아니라, 19세기 가부장적 사회에 도전한 여주인공으로 그녀를 더 적극적으로 해석하려는 시도가 두드러진다. 가령 이 작품이 오스틴의 "최초로 완성된 걸작"으로서 "오스틴의 특징을 가장 잘 보여주고, 그녀의 최고 관심사를 보여준 작품"(Mudrick, 1952: 138)이라는 해석은 레이디 수전을 긍정적으로 해석한 평가 중 고전적인 사례라고 하겠다. 또한 작가가 레이디 수전이라는 과부를 "시대를 나타내는 하나의 암호(Gevirtz, 2005: 168)로 인식하여 가부장적 계급 사회에서 겪는 여성의 곤경 내지 여성의 욕망을 그렸다는 지적도 이런 적극적 해석에 속한다. 아울러 파격적인 작품이지만 레이디 수전의 권력욕과 쾌활함, 에로틱한 반항심, 보통 여자들의 "로맨틱 넌센스"에 대한 경멸 등에서 여주인공과 동질감을 느낀다는 테리 캐슬(Terry Castle, 1990: xxvii-xxviii)이나, 토지와 사회적 주도권, 행동의 자유를 누리면서도 수전에게 속는 어리석은 남성들을 통해 사악한 여주인공보다 해묵은 남녀 간의 투쟁에서 승리하는 여성에게 초점을 맞춰 "가장 평범한 일상적 미덕"(Gard, 1992: 44)에 반항하는 "여성의 힘"을 보여준다는 올리버 맥도나(Oliver MacDonagh, 1991: 27)의 평가도 같은 맥락의 지적이다. 이외에 메리 푸비(Mary Poovey)는 이 소설을 여성의 욕구와 예의범절(propriety) 간의 복잡한 관계를 다룬 오스틴의 선구적 작품으로 높이 평가하고 있다(1984: 172). 이들은 이처럼 가부장적인 19세기 영국사회에 대한 레이디 수전의 도전과 반항에 초점을 맞추어 작가가 초기작부터 여성문제에 대해 지대한 관심을 보였다는 사실을 칭찬하고 있다.

본고에서는 이런 레이디 수전을 당대 이상적인 여성상이자 근대적 젠더 규범인 "정숙한 귀부인"(Proper Lady)과 관련하여 그녀가 과연 당대 요부 내지 "여성 악당"(Femme fatale)과 어떻게 비슷하면서도 다른지 분석해보기로 한다. 이러한 분석은 이 작품이 사후 출판된 이유와 자연스럽게 연결될 것이다.

II. 정숙한 귀부인 vs. 요부

2.1 요부로서의 레이디 수전

아무리 좋게 보아도 레이디 수전은 당대 이상인 '정숙한 귀부인'을 표방하지만, 도덕적 관념이 없는 사악한 과부로서 남자를 수중에 갖고 노는 그 대척점에 있는 악녀이자 요부, 더 나아가 '여성 악당'이라고 하겠다. 즉 좋은 어머니이자 좋은 아내 등 여성에게 요구되는 역할을 연기할 뿐 자신의 강력한 욕망을 숨기고 있다는 것이다. 구체적으로 그녀는 예쁘고 처세에 능하지만, 도덕관념이나 윤리의식 없이 19세기 정숙한 귀부인의 첫째 조건인 모성애와 아내의 의무를 저버린 바람둥이 내지 여성 난봉꾼이다. 다시 말해 "끔찍한 카리스마"(Castle, 1990: xxvii)를 지닌 요부라고 하겠다. 그녀는 남편을 잃은 지 넉 달밖에 안 된 과부이면서도 교묘히 사람들의 눈을 피해 유부남인 맨워링 씨(Mr. Manwaring)나 이미 애인이 있는 제임스 경(Sir James)과 사귀며, 시동생 집에 와서는 손아래 동서인 버넌 부인(Mrs. Vernon)의 남동생인 23세의 레지널드(Reginald)의 마음까지 얻어낸다. 즉 남편의 사후는 물론 살아생전에도 병든 남편을 돌보지 않고 다른 남자들과 놀아났던 것이다. "세상에 널리 알려진 그 여자의 나쁜 행실"[2]이나 "병상의 남편을 방치하고 다른 남자들과 어울려 사치하고 방탕한 생활을 했다"(58)는 표현에서 이러한 사실이 입증된다. 또한 버넌 부인이 어머니인 레이디 드 쿠르시나 동생과 주고받은 15통의 편지 속에서 레이디 수전은 "영국에서 가장 악명 높은 요부"(47)나 "매우 뛰어난 바람둥이"(47), "위험한 여자"(49), "교활한 여자"(55), "속임수에 능한"(78) 여자 등으로 묘사된다. 이처럼 그녀가 제임스 경으로 하여금 맨워링 양(Miss Manwaring)과 헤어지게 만들고, 유부남인 맨워링과의 관계로 인해 맨워링 부인을 질투에 불타게 만들며, 딸이 연모하는 12세나 연하인 레지널드와 연애하는 등 주변의 "온 가족을 풍비박산으로"(47) 만들고도 즐거워한다는 버넌 부인[3]의 표현에서 "가정 파괴범"(Brodie, 1994: 703)이 연상된다. 뿐만 아니라 그녀가 16세 딸 프레데리카를 자신이 사귀던 제임스 경과 억지로 결혼시키려 하는 것은 물론, 애정 없는 결혼을 원치 않는 딸을 런던의 비싼 사립학교에 보내 그 학교에서 탈출하기 위해서라면 결혼이라도 하게 할 만큼 괴롭히는 "비정"(44)하고도

---

2. 이제부터 나오는 본문의 인용은 Austen(2015) 판에 의거하여 쪽수만 표기하기로 함(58).
3. 버넌 부인만이 딸의 실패를 예상하면서도 딸을 교육시키는 수전의 모성애 가면, 즉 사려 깊은 엄마인 척 하는 "가짜 알리바이"(Cho, 2015: 139)를 의심한다.

"사악한 엄마"(Horwitz, 1987: 84)이다.

이처럼 표리부동한 그녀의 모든 행동은 사전에 계획된 연출이며, 이런 연출은 모든 관계에 적용된다. 가령 그녀는 분주한 런던 사교계를 떠나 "즐거이 은둔 생활하는"(43) 시동생 버논 경의 조용한 처칠(Churchill) 시골집에서 쉬고 싶다고 하지만, 실은 남편과의 관계를 의심하는 맨워링 부인의 질투 때문에 이곳으로 피신한 것이다. 또한 그녀는 시동생에게도 모성애가 풍부한 엄마이자 조카들의 이름을 다 외우는 좋은 큰 엄마인 척 하지만, 이는 앙숙인 "동서의 환심"(49)을 얻으려는 계산에서 나온 행동이다. 이 점은 "형님은 너무 청산유수라 진심이 전혀 느껴지지 않는다"(63)거나 "얼마나 드러내놓고 가식적으로 연기하는지, 형님에게는 정말 감정이 없다"(66)는 버논 부인의 말에서 입증된다.

2.2 요부와 다른 점

레이디 수전은 이렇듯 '정숙한 귀부인' 역할을 연기하는 요부이자 여성 악당이지만, 평범한 요부와 다른 면도 있다. 즉 뛰어난 언변과 이성적 존재라는 자부심, 남성을 지배하려는 강한 지배욕 등에 있어서 평범한 다른 요부들과는 확연히 구별된다는 것이다. 첫째, "검은 것을 희다고 믿게 할 만큼"(251) 뛰어난 그녀의 언변을 들 수 있다. 35세[4]의 그녀는 10살이나 어려 보일 정도로 아름답다. 결혼 전 형님이 남편과 자신의 결

---

4. 『이성과 감성』(*Sense and Sensibility*)에 17세 매리안(Marianne Dashwood)의 상대로 등장하는 35세 브랜든 대령(Colonel Brandon)이 관절염으로 고생하는 노총각으로 묘사된 것을 고려하면, 이 나이는 당시 기준으로 볼 때 꽤 많은 나이다. 졸고, 「여성의 몸과 히스테리: 『지성과 감성』」(2008: 56-57) 참조.

혼을 반대한 일로 그녀에게 유감이 많은 버논 부인조차 그녀의 아름다움에는 감탄할 정도이다. 오스틴은 예외적으로 그녀의 아름다움을 다음과 같이 자세히 묘사한다.

> 형님은 정말 엄청 예뻐. 더 이상 젊지도 않은 여자가 예뻐 봐야 얼마나 매력적이겠냐고 하겠지만, 나로서는 레이디 수전처럼 아름다운 여자는 거의 못 봤다고 단언할 수밖에 없어. 피부는 하얗고 눈은 매력적인 회색인데, 속눈썹까지 진해. 실제로는 나보다 열 살이나 손위지만, 외모만 보면 아무도 스물다섯 살 이상으로는 보지 않을 거야. 형님의 외모가 아름답다는 이야기는 늘상 들었지만, 칭찬하고 싶은 마음은 별로 없었어. 하지만 균형미와 광휘, 우아함까지 겸비한 보기 드문 미인이라고 생각지 않을 수가 없어. 형님은 너무나 상냥하고 솔직하고 심지어 다정해서, 우리 결혼을 늘 반대해 왔다는 사실을 모른 채 처음 만났다면 아주 친한 친구라고 착각했을 거야. . . . 형님은 영리하고 호감을 주는 사람이야. 대화가 술술 풀리게 온갖 세상 지식을 알고 있고 언어도 잘 구사하니 말도 청산유수지. 그래서 가끔 검은색도 흰색으로 착각하게 만들 지경이야. (Austen, 2015: 49-50; 오스틴, 2016)[5]

이렇게 아름다운 그녀는 자신의 미모가 아니라, 뛰어난 언변이나 지적인 대화, 풍부한 화제로 남자의 마음을 사로잡는다. 아울러 이처럼 아름다운 외모와 유창한 화술에는 반드시 "보상과 높은 평가"(64)가 뒤따른다고 강조한다. 이러한 뛰어난 화술은 여러 일화에서 확인된다. 가령 그녀는 레지널드를 사로잡을 때도 귀부인들에게 요구되는 전통적인 행동 지침

---

5. 이제부터 작품의 번역은 오스틴(2016) 판에 의거하여 쪽수만 표기하기로 함(21-22).

대로 침착하고 위엄 있는 행동과 지적인 대화로 레지널드의 마음을 얻으며, 제임스 경과의 결혼을 추진하는 엄마를 막아달라는 조카 프레데리카의 부탁 때문에 그녀와 말다툼을 한 뒤 당장이라도 떠날 태세였던 레지널드의 마음도 논리적인 언변으로 돌린다. 즉 그녀는 자신이 늘 아끼던, "서로 따뜻하게 결합된"(85) 동서 가족을 레지널드와 헤어지게 만들 수 없다면서 그의 마음을 돌렸던 것이다. 이처럼 그녀는 외모와 말재주로 외견상 모성애 넘치는 엄마이자 슬픈 미망인의 역할을 연기하면서 늘 말로 "잘 둘러대어"(94) 그녀에 대한 레지널드의 편견을 바꿀 뿐 아니라, 버논 가족에게 프레데리카가 고집불통에 멍청한 바보라는 편견을 심어주면서 어리석은 제임스 경과 반강제 결혼을 시키려 한다. 이처럼 스토리텔링 능력을 지닌 작가 자신과는 달리, 19세기 대다수 여성이 지니지 못한 뛰어난 언변 내지 수사 능력을 수전에게 부여하고 있다.

둘째로, 이런 탁월한 화술 때문에 그녀는 자신이 '이성적 존재'(a woman of the mind)라는 자부심을 갖고 있다(Poovey, 1984: 176). 실제로 그녀는 영리한 두뇌와 상당한 지적 능력 때문에 어떤 상황에서도 이성적이며 사회 규범 내지 귀부인의 행동 지침을 잘 지킨다. 가령 그녀를 못 잊어 이름을 숨기고 시동생의 처칠 집 가까이 머물게 해달라는 맨워링의 요구를 단호히 물리치며, 갑자기 처칠 집을 방문한 제임스 경도 곧 돌려보낸다. 따라서 그녀는 지나치게 낭만적인 사랑이나 남자에 집착하는 여성들을 비난한다. 일례로 그녀는 레지널드 삼촌을 연모하는 딸에게 지나치리만큼 가혹하다. 그녀는 딸이 자신의 감성을 너무 순진하게 드러내면 남자들의 조롱거리가 된다고 말한다. 같은 맥락에서 그녀는 남편에게 너무 집착하는 맨워링 부인이나, 제임스 경과의 결혼에 목숨을 건 맨워링 양도 비난한다.6 아울러 "자기 처지나 세상 여론을 잊고 행동하는 여자들은 세상에서 절대로 용서받지"(65) 못한다면서 자신이 "가장 교양 있는 영국의 요부"(47)라는 평판을 유지하기 위해 얼마나 애쓰는지를 역설한다. 이런 맥락에서 그녀를 "권모술수에 능한 셰익스피어의 악당"(Mulvihill, 2001: 629)에 비유한 것은 다소 과장된 감이 없지 않으나 적합한 지적이라고 하겠다.

셋째로, 그녀는 주위 남성을 지배하려는 강한 지배욕에 있어 다른 요부와 구별된다. 그녀는 말재주를 무기로 상대에 따라 달리 접근하여 어떤 남자든지 조정할 수 있다고 자신한다. 실제로 그녀는 유일한 친구의 남편인 존슨 씨만 빼고 죽은 남편은 물론 시동생과 맨워링 씨, 제임스 경, 하물며 레지널드까지 주위 남자를 모두 좌지우지한다. 예를 들어 어리석은 제임스 경은 그녀가 가장 손쉽게 지배하는 대표적 인물로서 그는 매사 그녀가 하라는 대로 한다. 시동생도 그녀의 모성애 연기에 꼼짝없이 속아 넘어간다. 심지어 그녀에 대한 온갖 악의적 소문 때문에 부정적 선입견을 지녔던 레지널드까지 그녀의 궤변에 속아 넘어간다. 레지널드의 이러한 변화는 "형님은 어쩌면 저렇게 쉽게 연인의 마음을 들었다 났다 하는지!"(83)라는 버논 부인의 말로 입증된다. 가령 그는 "잠시잠깐 똑똑한 여자와 즐겁게 대화"(59)를 나누는 것은 좋지만, 12살의 나이 격차는 물론 "인격적 결함"(57) 때문에 "너와 부모의 행복, 네 이름에 걸

---

6. 오스틴이 이 작품을 집필하던 18세기 말에서 19세기 초는 프랑스 혁명이 일어나기 직전으로, 영국 보수주의자들은 여성의 지나친 감성을 배격하고 이성을 중시하였다(조한선, 2016: 246-249). 이런 현상은 당시 지나치게 낭만적인 로맨스 소설이나 읽으며 지나친 상상의 나래를 펴던 당시 여성들의 폐해를 고려하면 일면 수긍되며, 이런 맥락에서 감성문화중단과 관련시킬 수 있다. 이외에 졸고, 「제인 오스틴과 '정숙한 귀부인'」, (2003: 113-139) 참조.

맞은 평판"(57)을 생각해서라도 그녀와 결혼하지 말라고 만류하는 아버지 드 쿠르시 경에게 그녀를 훌륭한 여성이라고 옹호한다. 즉 그녀는 최고의 엄마이며 그녀의 사리분별과 절약은 본받을 만하므로, 그는 그녀의 능력과 성격을 "높이 평가"(62)한다고 장황한 변호를 늘어놓는 것이다.

그런데 그녀의 이런 지배욕은 "여성 복종에 대한 은밀한 저항"(Spencer, 1986: 142)으로서 남성들에 대한 자신의 지배의지를 확인하려는 것이다. 그녀는 자신에 대한 나쁜 소문을 듣고 자신에게 적대적이던 레지널드가 자신의 매력에 굴복해 자신에게 우호적으로 바뀌는 모습을 지켜보는 것이 즐거운 일이라고 한다. 즉 "타인의 훌륭함을 인정하지 않는 사람을 변화시켜 존경하게 만드는 일"(52)이 즐겁다는 것이다. 이외에 조카의 편지 때문에 처칠을 떠나려던 레지널드가 그녀의 몇 마디 말에 금방 마음이 풀어져 "예전보다 더 온순하고 다정하며 헌신적인 인물"(85-86)로 변화되자, 그녀는 남성에게 미치는 자신의 영향력과 정복욕에 만족한다. 이런 일이 반복되면서 또한 그녀의 정복욕도 강화된다.

> 처음부터 계산된 행동이었지. 아마 지배욕이 가장 컸겠지만, 평생 이렇게 요염하게 군 적이 없어. 나는 감정과 진지한 대화로 그를 완전히 굴복시키고, 상투적인 추파 던지기 따위 없이 '반쯤은' 나와 사랑에 빠지게 했다고 감히 말할 수 있어. (Austen, 2015: 55; 오스틴, 2016: 30)

또한 그녀가 레지널드와 맨워링 중 후자를 더 좋아하는 이유도 맨워링이 무조건 자신을 믿어주며 어떤 상황에서도 자신의 편을 들어주기 때문이다. 이런 연유로 맨워링 경이 "인격과 매너"(90)는 물론 모든 면에서 더 뛰어나다고 한다. 반면 레지널드는 자신이 납득할 때까지 그가 들은 나쁜 소문에 대해 까다롭게 따지고 "꼼꼼히 해명을 요구"(65)하는 깐깐한 인물이기 때문에 부적합한 결혼상대로 간주한다.

> 단 둘이 있을 때만 빼면 레지널드는 깐깐한 사람이야. . . . 대체로 그가 아주 마음에 들어. 똑똑하고 화제가 풍부한 인물이지만, 가끔은 무례하고 까다로워. 엄청 깐깐한 구석이 있어. 나에 대해 나쁜 소문을 들으면 뭐든지 하나하나 꼼꼼히 해명을 요구해. 그리고 처음부터 끝까지 다 확인할 때까지는 절대 만족하지 않는 사람이야.
> 　이걸 일종의 사랑이라고 사람들은 말하겠지. 하지만 고백컨대 난 그런 사랑을 별로 좋아하지 않아. 다정하고 자유로운 맨워링의 성격이 훨씬 더 좋아. 그는 내 장점을 깊이 확신하는 태도로 내가 뭘 하든 옳다고 만족스러워해. 그리고 합리적인 감정에 대해 항상 논쟁하듯 마음속으로 꼬치꼬치 캐묻고 의심하는 상상력을 경멸하지. 정말 비교가 불가능할 만큼 맨워링이 레지널드보다 훌륭한 인물이야. (Austen, 2015: 64-65; 오스틴, 2016: 45-46)

따라서 그녀는 가난한 미망인이라는 사회적 약자로서 경제적 형편상 레지널드와의 재혼을 추진하면서도 결혼을 망설인다. 친구인 존슨 부인은 사치스런 생활로 빚까지 짊어진 레이디 수전에게 명문가 버논 가문의 외아들인 레지널드를 최고의 재혼 상대로 추천하지만, 그녀는 이 결혼에 큰 매력을 느끼지 않는다. 이런 연유로 런던에서 맨워링과 지내던 그녀는 레지널드에게 최대한 늦게 오라고 하면서 결혼을 지연시키며, 심지어 결혼에 회의적이라고 말한다.

. . . 결혼이라는 결말을 몹시 열망하지도 않고, 우리가 약속한 대로 레지널드가 런던에 도착할 날만 학수고대하면서 초조하게 지내고 싶지도 않았어. 무슨 핑계나 구실을 대서 런던에 늦게 오라고 할 생각이야. 맨워링이 떠날 때까지 그가 오면 안 되잖아.

난 아직도 가끔 결혼에 대해 회의적이야. 레지널드의 연로한 부친이 돌아가신다면, 망설이지 않겠지. 하지만 늙은 레지널드 경의 변덕에 의존하는 상태는 내 자유로운 영혼에 어울리지 않아. 내가 결혼을 연기하겠다고 마음만 먹으면, 변명거리는 지금도 충분해. 미망인이 된지 채 10개월도 안 됐으니까 말이야. (Austen, 2015: 90; 오스틴, 2016: 87)

이렇듯 그녀가 결혼을 망설이는 이유는 레지널드의 부친이 돌아가실 때까지 유산상속이 지연되는 데다 결혼 후 간섭할 시부모가 두렵기도 하지만, 무엇보다 결혼 이후에는 그를 지배하기가 용이하지 않을 것으로 예상되기 때문이다(Cho, 2015: 150). 이처럼 그녀는 그저 단순히 자신의 매력을 이용해 남성을 조정하고 원하는 것을 얻어내는 요부나 '여성 악당'과는 달리, 뛰어난 수사 능력과 '이성적' 특징, 강한 지배욕 등을 무기로 남편보다 헌신적인 연인을 원하는 등 로맨스나 결혼제도에 대해 냉소적인 태도를 견지한다.

2.3 결말에 대한 논란

이 작품의 결말은 서간체에서 갑자기 전지적 화자의 시점으로 바뀌며, 편지를 주고받던 등장인물들의 편지 교환이 줄어들어 "우체국 수입도 많이 줄었다"(101)고 묘사된다. 아울러 현 애인 레지널드와 옛 애인의 아내 맨워링 부인, 유일하게 그녀의 본성을 꿰뚫고 있는 존슨 씨-친구인 얼리셔(Alicia)의 남편—의 삼자대면으로 레이디 수전의 실체가 폭로된다. 즉 "진실은 이렇게나 무서운 거야!"(94)라는 그녀의 말처럼, 유부남인 맨워링이나 애인 있는 제임스 경 및 12세 연하인 레지널드와의 연애 등 그녀가 숨기고 싶어 하던 끔찍한 진실이 다 폭로된 것이다. 이에 그녀의 "마법"(95)에서 벗어난 레지널드는 그녀와의 비밀약혼을 파기하며, 맨워링과 바람을 피워 자신의 집에 머물게 해준 맨워링 부인7의 은혜를 원수로 갚은 그녀를 비난한다. 한편 레이디 수전은 이러한 폭로 때문에 자신의 재혼과 딸의 결혼이라는 두 마리 토끼를 다 놓치는 상황에 처하지만, 모든 사람의 예상을 뒤엎고 제임스 경과 결혼한다. 이 재혼은 응당 그녀의 악행에 대한 처벌을 기대했던 독자들에게 놀라운 반전이다.

그러므로 이런 결말은 끊임없는 찬반의 논란을 불러일으켰다. 이 결말을 레이디 수전의 패배로 보면서 작가가 그녀를 도덕적으로 비판한다고 보는가 하면, 그녀의 승리로 보면서 작가의 모호한 입장을 비판하기도 한다. 다시 말해 제임스 경과의 재혼을 성공이나 실패로 보느냐, 또한 그녀가 이 결혼에서 진짜 행복한가 아니면 행복한 척 하는 것이냐에 따라 찬반의 반대 입장이 생기게 된다는 것이다. 따라서 수전을 통해 여성의 욕망을 잘 그렸다는 칭찬과 좌절된 악녀라는 비판이 팽팽히 맞서고 있다. 아울러 결말에서 갑작스런 관점의 변화를 어떻게 볼 것인지, 그리고 갑자기 왜 '우체국'이 언급되는가 하는 문제도 제기된다.

그런데 이 결말에는 윤리적 결말이라거나 아니라고 주장할 수 있는

---

7. 여기서 맨워링 부인에 관해 잠시 살펴보면, 그녀는 남편의 간통을 알고도 아무 대책이 없다. 법은 바람난 남편의 편이기 때문에, 그녀는 남편의 부정에 대한 증거가 있어도 남편에게 이혼 소송을 제기하거나 레이디 수전을 간통죄로 고소하지 못하고 후견인인 존슨 씨를 찾아가 하소연이나 한다(조한선, 2016: 257 참조).

두 가지 측면이 다 존재하는 것으로 보인다. 즉 작가가 결론에서 별로 죄의식이 없는 악녀 레이디 수전을 도덕적으로 비판하는 것으로 마무리한다거나, 작가의 도덕적 입장이 모호한 채로 서둘러 논란을 봉합·마무리한다고 볼 만한 양면이 다 있다는 것이다. 우선, 이 결말을 레이디 수전의 패배로 보면 작가가 그녀를 도덕적으로 비판하는 윤리적 결말로 찬성하게 된다. 이런 입장에서는 레이디 수전이 성공할 뻔 했던 레지널드와의 재혼 및 딸과 제임스 경의 결혼 등 그녀의 원래 계획이 실패했다는 사실을 강조한다. 왜냐하면 그녀는 딸조차 거부한 어리석은 인물과 재혼했기 때문이다. 그녀는 제임스 경을 딸의 신랑감으로 추천하면서도, 자신은 돈만으로 만족할 수 없으며 그가 조금만 더 똑똑해도 그와 결혼했겠지만 너무나 어리석기 때문에 결혼하지 않겠다고 앞에서 언급한 바 있다. 이처럼 그녀가 처음부터 제임스 경의 어리석음을 간파하고 있었기 때문에, 이 재혼은 분명히 그녀의 최선이 아닌 차선책이다. 따라서 그녀가 막다른 골목에서 궁여지책으로 바보 중의 바보인 제임스 경과 결혼했다는 점에서, 그녀를 "비극의 희생자"로 보면서 "그녀를 패배시킨" 세상의 책임을 강조하기도 한다(Mudrick, 1952: 138).

반면 이 결말을 레이디 수전의 승리로 보면서 비윤리적인 결말이라고 반대하는 평자들도 있다. 왜냐하면 그녀는 이 재혼 이후에도 나름 자유를 누리며 잘 살아갈 것으로 보이기 때문이다. 가령 맥도나(MacDonah, 1991)는 무일푼의 35세 과부가 부자 청년과 결혼한 것 자체가 나름 여성의 힘을 보어주는 것이라고 본다(27). 또한 레이디 수전이 제임스 경과 갑작스레 결혼했지만 그럼에도 불구하고 자유를 계속 유지할 것이므로 이 작품의 결말을 여주인공의 패배가 아니라 자유를 지키는 것으로 해석하며, 끝에 레이디 수전이 느끼는 만족감에 작가도 대리만족을 느꼈을 거라는 스미스(Smith, 1983: 55-56)의 주장도 같은 맥락의 지적이다.

필자는 "여성 악당"인 레이디 수전에게 작품의 흐름상 윤리적 봉합이 필요하지만, 작가는 레이디 수전에게 모호한 태도를 취하는 오픈 엔딩 (open-ending)으로 작품을 마무리했다고 본다. 이렇게 보는 이유는 첫째, 어쨌든 레이디 수전이 제임스 경과의 재혼이라는 합법적 결혼제도 안에서 앞으로 더욱 마음대로 자유를 구가할 것으로 보이기 때문이다. 가령 그녀는 재혼 후에도 맨워링의 이혼 여부와 상관없이 계속 그와 연인으로 만날 것이다. 이런 맥락에서 화자는 "어리석은 지난날보다 더 가혹한 운명"(103)을 맞이한 제임스 경의 딱한 미래를 동정한다. 재혼 후 그녀는 존슨 부인에게 "다른 사람의 변덕에 내 뜻을 맞추는데 지쳤어. 아무 의무도 없고, 존경하지도 않는 사람들 때문에 내 판단을 굽히는데 지쳤어"(98)라고 말한다. 이 말은 그녀가 본성과 지배욕을 감추고 레지널드의 비위를 맞췄지만, 이제 더 이상 남자들의 비위를 맞추지 않고 자유롭게 자신이 원하는 대로 살겠다는 일종의 선언인 셈이다. 이처럼 그녀는 재혼은 했지만 실제로는 결혼제도에 편입되지 않고 그녀의 욕망과 자유의지를 여전히 유지하거나, 오히려 더욱 강화시켰다고 볼 수 있다.

둘째로, 레이디 수전은 어떤 사회적 처벌도 받지 않는다. 즉 법망을 피해 결혼제도에 복수라도 하듯, 가부장제를 대변하는 버논과 맨워링의 두 가정을 파괴하고, 친구인 존슨 부인 외에 버논 부인과 레이디 드 쿠르시, 맨워링 부인, 맨워링 양 등 모든 여성에게 상처를 주었지만, 사회적으로 처벌되거나 추방되지 않는다. 실제로 그녀는 레지널드 대신 제임스 경을 얻었으며, 맨워링과도 관계를 지속할 것이며, 그녀의 명성에 다소 흠집은 생겼지만 앞으로도 잘 살아갈 것이다. 화자는 "내가 기뻐할 이유가 없겠어?"(98)라는 레이디 수전의 말을 근거로 그녀가 두 번째 재혼에서 행복한지 불행한지 여부는 오로지 그녀만이 알며 "남편과 양심"(103) 외에 그녀에게는 거리낄 것이 없다고 한다. 이처럼 그녀는 나름 자유롭고 즐겁게 살 것이므로, 화자는 맨워링 양으로부터 제임스 경을 빼앗고 의기양양한 수전보다 2년간 비싼 옷을 사느라 가난해졌으며 십 년 연상의 여자에게 제임스 경을 빼앗긴 맨워링 양을 동정한다. 그러므로 작가는 레이디 수전보다 오히려 어리석음으로 스스로 불행을 자초한 제임스 경이나 파산한 맨워링 양을 비웃는 듯하다.

또한 최후 순간 레이디 수전의 정체를 폭로하여 그녀의 계획을 좌절시키는 것은 줄곧 그녀와 대적한 그녀의 적수인 버논 부인이 아니라, 젊은 아내와 레이디 수전에게 조롱이나 당하던 존슨 씨라는 사실에 주목할 필요가 있다. 가령 레이디 수전은 자기 친구가 그런 병약한 늙은이와 사는 게 크나큰 실수라면서 심지어 "엄격하고 통제 불능에 늙어 통풍까지 걸리다니. 안타깝지만 존슨 씨는 활기찬 생활을 하기에 너무 늙었고, 죽기에는 너무 젊다"(90)고 비웃기까지 했었다. 그런 그가 그녀의 두 가지 계획은 물론 자신의 통풍 치료를 위한 바스(Bath) 여행을 취소해 "레즈비언의 피카레스크 악한"(Lanser, 2001: 259)에 비유될 만한 레이디 수전과 존슨 부인의 런던 여행계획까지 좌절시킨다. 이처럼 평소 무력해보이던 그가 결정적 순간에 두 여성의 음모를 무력화시키는 것은 자기 능력에 관한 수전의 확신이 환상에 불과하며, 이 사회를 지배하는 실질적 힘은 결국 가부장적인 남성들에게 있다는 사실을 암시하는 것이라고 볼 수 있다. 이런 맥락에서 레이디 수전이 모든 남자를 수중에 장악한 것 같지만, 그가 "남성 중심사회를 지탱하는 인물"(조한선, 2016: 258)이라는 해석은 적합하다. 또한 이런 사실은 "결론"에서 난데없이 '우체국 수입'이 언급되는 것과도 일맥상통한다. 즉 이런 언급은 수전이 아무리 날뛰어도 존슨으로 대변되는 가부장적 사회가 존속한다는 사실을 강조한다는 것이다. 이런 맥락에서 수전이 도전한 권위적인 사회적 원칙 제도를 다시 주장한다는 지적(Poovey, 1984: 179)이 적합해진다.

한 가지 확실한 것은 "1790년대 혁명기의 재기 발랄하고 활기 넘치는 소녀"(Doody, 1993: 101)였던 오스틴이 법망을 교묘히 피해 사회를 우롱하는 이런 매력적인 여성 악당을 통해 19세기 가부장제를 유지하는 남성들 및 버논 부인과 레이디 드 쿠르시처럼 이 가부장제에 순응하는 여성들을 비웃고 있다는 점이다. 그리고 어쩌면 이런 이유로 이 작품이 작가의 사후 반세기 만에 출판되었는지도 모르겠다. 시골 목사의 딸이자 출세할 군인 오빠와 남동생들을 둔 중산계급의 '보수적 기독교 도덕가'(Poovey, 1984: 181)인 작가의 사회적 배경으로 볼 때, 이런 짐작이 설득력을 얻게 된다.

III. 나가며

이상의 분석에서 레이디 수전이 '정숙한 귀부인'을 표방하지만 속은 도덕성이 결여된 여성 악당이며, 그녀가 보통 요부와 다른 점은 뛰어난 언변과 이성적 존재라는 자부심, 지배욕 등이라는 점을 검토하였다.

한편 이 레이디 수전에서 시작된 비규범적인 '여성 악당'의 전통은 몇몇 후기 장편소설에서도 계속 면면히 이어진다. 『이성과 감성』(1811)

에서는 착하고 고지식한 에드워드가 고민 끝에 어린 시절 하숙집 주인 딸 루시 스틸(Lucy Steele)과의 비밀 약혼 때문에 그녀와 결혼하기로 결심하자, 어머니로부터 유산상속 자격을 박탈당한다. 이에 영악한 루시는 재빨리 에드워드를 버리고 유산 상속자인 에드워드의 남동생인 로버트와 결혼한다. 이처럼 그녀는 교활한 변신의 귀재로서 사랑보다 철저히 자신의 이익을 위해 약혼자를 걷어찬다. 또한 『맨스필드 파크』(1814)의 메리 크로포드(Mary Crawford)도 역시 미모를 무기로 재산 많은 사람과의 결혼을 원하는 요부의 전통을 잇는 인물이다. 아무 윤리의식 없이 현재의 즐거움만 추구하는 그녀의 인생관을 단적으로 증명하는 예는 에드먼드의 여동생인 마리아가 신혼의 남편을 버리고 런던 사교계에서 다시 만난 헨리와 도망한 스캔들에 대해 이 사건의 핵심을 파악하지 못하고 그들의 행실보다 왜 부주의하게 들켰냐고 세상에 들킨 것만 탓하는 일화이다. 이처럼 메리는 에드먼드를 사로잡을 만큼 매력적인 인물이지만, 헨리와 마리아의 불륜을 계기로 그녀의 윤리의식 부재가 드러난다. 따라서 한동안 메리에게 이끌렸던 에드먼드는 메리의 실체를 파악하는 동시에 환멸을 느끼고 이성과 분별력을 지닌 패니와 결혼하여 맨스필드 파크라는 대저택을 물려받는다. 이들의 공통점은 사랑보다 사회적·경제적 지위 상승 등 자신의 이익만 추구하는 속물적 인물, 즉 윤리의식이나 도덕관념 없이 결혼상대를 바꾸는 인물이라는 것이다. 이처럼 후기 작품의 악녀들은 여주인공이 아닌 주변인물로 등장하며, 불륜 때문에 멀리 다른 곳으로 가서 사는 마리아나, 에드먼드에게 버림받는 메리 크로포드처럼 사회적으로 처벌받는다. 따라서 이런 사악한 여성인물들에게 거리를 두는 작가의 비판적인 태도가 매우 분명해진다.

이와 달리 '결말'에서 여주인공 레이디 수전의 재혼이 승리인지 패배인지 모호하지만, 그녀는 정숙한 아내나 현숙한 어머니라는 역할을 거부한 채 가부장적인 남성들을 자유자재로 요리하면서 그들에게 당당히 맞서 도전하였다. 아울러 이러한 도전에도 불구하고, 그녀는 큰 사회적 처벌을 받지 않으며 나름 즐겁고 행복한 모습으로 결말이 마무리된다. 이런 측면에서 도전적인 수전에게 대리만족 내지 보상심리를 느끼면서 그녀가 여성의 강력한 욕망을 드러낸 최초 인물로서 영국 계급사회라는 전통적 위계에 도전한 인물이라거나(Poovey, 1984: 180), 체제전복적인 "여성 난봉꾼"(Gard, 1992: 314)이라 주장하는 평자들이 있다. 더 나아가 "근대 결혼 이야기는 근본적으로 여성 욕망 형성에 관한 이야기"(Braunschneider, 2009: 101)라는 점에서 이 작품을 오스틴의 "페미니스트 정전의 선구자"(Cho, 2015: 158)로 해석하기도 한다. 어쨌거나 이러한 결말은 레이디 수전에게 다른 여성 인물들에서는 볼 수 없는 강렬함을 부여했고, 여성을 압제하는 영국 가부장제 사회를 통쾌하게 비웃는 데 성공했다고 하겠다.

인용문헌

오스틴, 제인 (2016), 『레이디 수전 외』, 한애경 · 이봉지 역, 서울: 시공사, Austen, J.(2015), *Lady Susan, The Watsons, and Sanditon*, Penguin Books: London.

조한선 (2016), 「『레이디 수전』에 나타난 간통의 주제와 성 공포」, 『현대영어영문학』, 60.1 (2016): 243-62.

한애경 (2003), 「제인 오스틴과 '정숙한 귀부인'」, 『근대영미소설』, 10.2 (2003): 113-139.

_____ (2008), 「여성의 몸과 히스테리: 『지성과 감성』」, 『19세기 영국 여성작가 읽기』, 서울: L.I.E., 40-65.

Alexander, C., and D. Owen (2005), "Lady Susan: A Re-evaluation of Jane Austen's Epistolary Novel," *Persuasions: The Jane Austen Journal* 27, pp. 54-68.

Braunschneider, Teresa (2009), *Our Coquettes: Capacious Desire in the Eighteenth Century*, Charlottesville: U of Virginia P.

Brodie, L. F. (1994), "Jane Austen's Treatment of Widowhood," *Studies in English Literature 1500-1900*, 34(4), pp. 697-718.

Castle, T. (1990), "Introduction," *Northanger Abbey, Lady Susan, The Watsons, Sandition By Jane Austen*, ed. J. Davie, Oxford: Oxford UP, pp. vii-xxxii.

Cho, S. J. (2015), "Widowhood, Coquetry, and Desire in Jane Austen's *Lady Susan*," 『18세기 영문학』, 12(2), pp. 133-165.

Doody, M. A. (1993), "Introduction". *Catharina and other Writings by Jane Austen*, eds. M. A. Doody, and D. Murray, Oxford: Oxford UP, pp. ix-xxxviii.

Gard, R. (1992), "Early Works, Traditions, and Critics: Lady Susan and the Single Effect." *Jane Austen's Novels: The Art of Clarity*, New Haven: Yale UP, pp.25-44.

Gevirtz, K. B. (2005), "A State of Alteration, Perhaps of Improvement: Jane Austen's Widows." *Life after Death: Widows and the English Novel, Defoe to Austen*, Newark: U of Delaware P, pp. 137-68.

Horwitz, B. (1987). "Lady Susan: The Wicked Mother in Jane Austen's Novels." *Persuasions*

9: pp. 84-88.

Lanser, S. S. (2001). "Sapphic Picaresque, Sexual Difference and the Challenges of Homo-Adventuring," *Textual Practice*, 15(2), pp. 251-68.

Leavis, Q. D (1941), "A Critical Theory of Jane Austen's Writings (1)," *Scrutiny 10* (June 1941), pp. 61-87.

_____ (1983), *Collected Essays I: The Englishness of the English Novel*, Ed. G. Singh, Cambridge: Cambridge UP.

MacDonagh, O. (1991), "The Female Economy: *The Watsons, Lady Susan and Pride and Prejudice*," *Jane Austen: Real and Imagined Worlds*, New Haven: Yale UP, pp. 20-50.

Mudrick, M. (1952), "Gentility: Ironic Vision and Conventional Revision," *Jane Austen: Irony as Defense and Discovery*, Princeton, Princeton UP, pp. 127-45.

Mulvihill, J. (2001), "Lady Susan: Jane Austen's Machivellian Moment", *Romanticism*, 50(4), pp. 619-38.

Poovey, M. (1984), "Ideological Contradictions and the Consolations of Form: The Case of Jane Austen," *The Proper Lady and the Woman Writer: Ideology as Style in the Works of Mary Wollstonecraft, Mary Shelly, and Jane Austen*, Chicago: U of Chicago P, pp. 172-207.

Smith, L. W. (1983), "Jane Austen's Fiction Before 1810." *Jane Austen and the Drama of Woman*, New York: St Martins's, pp. 46-68.

Spencer, J. (1986), *The Rise of the Woman Novelist: From Aphra Behn to Jane Austen*, New York: Blackwell.

제인 오스틴의 못다 한 이야기:
〈레이디 수전〉

I

제인 오스틴(Jane Austen, 1775-1817)의 「레이디 수전」(*Lady Susan*, 1871)
은 문체나 사후출판, 주인공, 그리고 소재 등에서 다른 작품들과 구별되
는 특이한 작품이다. 즉 이 작품은 당대 소설 형식과는 다소 뒤떨어진 41
통의 편지로 이루어진 유일한 서간체 중편소설이며, 19세에 쓰인 처녀작
(1795)이지만 작가의 사후 50여 년 뒤에 출판되었고,[1] 주인공인 레이디 수
전이 19세기 이상적 여성상과는 거리가 먼 부도덕한 악녀(femme fatale)이

---

1. 이 작품은 제인 오스틴의 작품 중 유일하게 집필 연도를 알 수 없기 때문에, 대다수 평자
   들은 작가의 나이 19-20세 사이에 쓰인 것으로 추정하고 있다(Chapman, xv-xvi). 언니 카
   산드라에게 헌정된 이 작품은 유족의 허락을 받아 오스틴의 사후 약 50여 년이 지난 1871
   년에야 출판되었다.

며, 간통이 소재로 등장한다는 것이다. 이 중에서 주인공에 초점을 맞추면, 레이디 수전은 『오만과 편견』(*Pride and Prejudice*)이나 『맨스필드 파크』(*Mansfield Park*) 등 다른 작품에서 자신의 삶을 스스로 개척하는 주체적인 여성 인물과는 달리, 이기적으로 주변 사람들을 이용하면서도 죄의식이나 양심의 가책이 전혀 없으며 자신의 부도덕한 행동에 대해 사회적으로 처벌받지도 않는 악녀였다. 또한 미혼 여성들보다 행동이 자유로운 미망인이며, 작품에 직접 명시되지는 않지만 유부남과의 간통은 독자나 평자에게 매우 불편한 소재이자 "골치 거리"(Alexander and Owen 54)였다.

그러므로 이 작품은 작가의 소녀 시절에 쓰인 미숙한 습작(Litz 44, Pinion 12)이나 발랄한 실험 정도로 취급되었지만, 이후 오스틴의 "최초로 완성된 걸작"으로 인정받게 되었다(Mudrick 138). 또한 페미니즘 비평에서는 수위 높고 시원한 페미니즘 발언 덕분에 이 작품의 전복성에 주목하였다. 다시 말해 "1790년대 혁명기의 재기발랄하고 활기 넘치는 어린 소녀"(Doody 101), 즉 혈기왕성한 십대의 오스틴이 억압된 시대상에 대한 반항심을 담아 가부장적 사회를 보기 좋게 농락하는 레이디 수전을 부도덕한 간통녀가 아니라, 세상을 마음대로 지배하는 "매력적인 난봉꾼"(Gard 314)으로 만들었다는 것이다. 가령 레이디 수전이 "작가에게 매력적이며 두려운"(Gilbert and Gubar 155) 첫 번째 여주인공이라거나, 후기작에 비해 이 작품에서 작가의 가장 솔직한 마음이 표현되었다는 주장(Mudrick 127-40)은 작가의 전복적인 면모를 보여준다는 점에서 설득력 있는 지적이다.

한편 제인 오스틴 붐, 혹은 오스틴 르네상스라고 불릴 만큼 오스틴의 6편의 장편소설은 1995년경에 이르러 대부분 영화화되었다.[2] 그 중에서도 『맨스필드 파크』는 세 번(1983, 1999, 2007), 『엠마』는 현대화한 〈클루리스〉(*Clueless*)까지 합친다면 다섯 번 제작된 바 있다. 특히, 『오만과 편견』은 현대화하여 만들어진 〈브리짓 존스의 일기〉(*Bridget Jones's Diary*, 2001)까지 포함하여 가장 많이 영화화된 작품이라 할 수 있다.

그러나 예외적으로 「레이디 수전」은 오스틴 작품 중에서 가장 늦게 2016년에야 위트 스틸먼(Whit Stillman)[3] 감독에 의해 처음으로 영화화되었다. 하버드 대학 영문과 출신의 그는 오스틴의 열렬한 팬이자 마니아를 자처하는 인물로서 각본도 직접 썼으며, 무려 12년간의 오랜 준비 끝에 이 영화를 만들었다. 원제 제목은 〈사랑과 우정〉(*Love and Friendship*)이었지만, 우리나라에서는 〈레이디 수전〉이라는 제목으로 개봉되었다. 하지만 극장에서는 고정적인 오스틴 팬 외에 일반인들의 관심을 크게 끌지 못했으며 비평가들에게서도 잊힌 작품이었다.

반면 서구에서는 이 영화는 2016년 제32회 선댄스 영화제에서 처음 공개되어 폭발적인 반응을 불러일으켰다. 이후 다수의 영화제에 초청되면서 강력한 아카데미 후보작으로 거론되기도 했다. 위트 스틸먼 감독은 19세기 영국의 시대극 촬영 배경으로 고풍스러운 영국의 성들과 가옥들이 잘 보존된 아일랜드의 더블린 지역을 주요 촬영지로 삼고 네덜란드와 프랑스 등을 오가며 유럽 전원의 아름다운 풍경을 영상에 잘 재현했다. 또한 마크 수오조(Mark Suozzo) 음악 감독이 전체 음악을 담당했다.[4]

---

2. 졸고 「지성 그리고/또는 감성: 영화 〈지성과 감성〉론」, 16-17 참조.

3. 이외에 스틸먼 감독은 〈디스코의 마지막 날〉, 〈메트로폴리탄〉(1990), 〈방황하는 소녀들〉(2011) 등을 제작했다.

4. 모든 영화음악이 마크 수오조의 지휘 아래 아이리시 필름 오케스트라와 함께 녹음되었으며, 헨델과 모차르트, 비발디의 음악을 기본으로 버논과 드쿠르시, 그리고 마틴 가문을

전달매체가 다르니 원작과 영화는 당연히 달라질 수밖에 없다. 즉 영화는 원작에 함축된 많은 내용 중에서 무엇에 중점을 두느냐, 즉 감독이 강조하는 관점에 따라 강조점이 달라진다는 것이다. 오스틴 작품 중 예외적으로 수위 높은 페미니즘 발언을 하는 이 작품의 악녀 여주인공은 다른 작품의 답답한 여주인공들에 비해 좀 더 진보적이라 할 수 있지만, 영화는 여기서 한 걸음 진일보한 면모를 보여준다. 즉 영화에서는 오스틴의 심중을 헤아린 듯 "원작에서 암시만 되었거나 차마 말하지 못한 것"(와조스키)을 더욱 대담하게 밀어붙인 페미니즘 발언이 본격적으로 나온다. 영화는 대략 원작과 비슷한 줄거리로 전개되지만, 밋밋한 서간체의 원작을 더욱 극적인 영화로 만들기 위해 몇 가지가 두드러지게 달라진다. 그러므로 이 논문에서는 이러한 변화에 입각하여 영화 〈레이디 수전〉과 원작을 페미니즘 관점에서 분석하기로 한다. 즉 원작의 정신이나 의도가 영화에는 어떻게 재현되어 있는지, 다시 말해 이 영화가 과연 10대 오스틴의 기개를 잘 드러냈는지 아니면 손상시켰는지 분석해볼 것이다. 즉 영화에서 원작과 달라진 것이 무엇이며 이러한 차이를 페미니즘 관점에서는 과연 어떻게 평가할 수 있는지 검토할 것이다.

II. 영화 속 레이디 수전

2.1

많은 내용이 함축된 원작과 달리, 한 시간 반가량 상영되는 영화에서

그려내었다. 이 영화에 사용된 바로크 풍의 오케스트라 음악은 이 작품 이전의 음악이지만, 영화의 주제와 분위기에 어울린다는 생각에 사용되었다고 한다(조신희).

는 남편의 사후 먹고 살기 힘들어진 레이디 수전의 재혼과 딸의 결혼에
초점이 맞춰진다.

영화와 비교하기 위해 원작의 줄거리를 간단히 살펴보자. 오스틴의
소설에서는 대부분 몰락한 귀족 처녀들이 부자 귀족 남성과 결혼하는
해피엔딩으로 끝나지만, 이 작품은 귀족 처녀가 아닌 남편 버논 경과 사
별한 귀족 미망인 레이디 수전이 주인공이다. 즉 미망인은 가부장적 계
급사회에서 겪는 여성의 곤경을 나타내기에 적합한 "그 시대의 암호"
(Gevirtz, 2005 168)라 할 수 있다. 따라서 1790년대 미모의 미망인인 그녀
는 근대적 젠더 규범인 "정숙한 귀부인"(the Proper Lady)을 표방하지만,
실은 이와 거리가 먼 "괴물"(Poovey 174)이나 "여자 괴물"(Bush 54)로까지
표현되었다. 그녀는 "병상의 남편을 방치한 채"[5] 유부남인 맨워링 씨(Mr.
Manwaring)나 이미 마리아 맨워링(Maria Manwaring)이라는 애인이 있는 제
임스 마틴 경(Sir James Martin)과 교묘하게 바람을 피우는가 하면, 남편의
사후에는 손아래 동서인 버넌 부인(Mrs. Vernon)의 남동생인 12세 연하의
사돈총각인 레지널드 드쿠르시(Reginald De Courcy)와 사귀기도 한다. 또
한 16세의 딸 프레데리카(Frederica)에게 오로지 돈 많은 귀족이라는 이유
로 어리석은 제임스 경과의 결혼을 강요하기도 한다. 즉 그녀는 연하남
이나 유부남 등 여러 남성과 바람을 피우며 딸에게 사랑 없는 결혼을 강
요하는 등 19세기 영국의 '정숙한 귀부인'의 첫째 조건인 모성애와 아내
의 의무를 저버린 바람둥이였다는 것이다. 이처럼 이기적으로 자신의

---

5. Austen, Jane. *Lady Susan, The Watsons, and Sandition*, Penguin Books: London, 2015, 58.
   이제부터 나오는 본문의 인용은 이 판에 의거하여 면수만 표기하기로 한다. 번역은 제인
   오스틴/ 한애경·이봉지 역, 34면을 참조하였다.

재혼과 딸의 성공적 결혼만 추구하는 그녀는 딸의 신랑감이었던 제임스 경과의 재혼을 통해 사회에 정착하는 것처럼 보인다.

영화에서도 원작처럼 레이디 수전은 남편 잃은 지 넉 달 된 미망인으로서 남편의 사후 경제적으로 어려운 상황에 처해 있다. 그녀는 랭포드(Lanford)의 맨워링 씨와의 불륜으로 이내 미친 듯이 질투하는 그의 아내 때문에 더 이상 그 집에 머물 수가 없어 더부살이하던 맨워링 씨 집에서 쫓겨나 처칠(Churchill)의 시동생 집으로 온다. 시동생 집에 와서도 레이디 수전은 사돈총각인 레지널드와 염문을 뿌리며, 또한 자신의 딸 프레데리카의 신랑감으로 멍청한 부자 제임스 경과의 결혼을 추진하는 등 기회 있는 대로 주변 남자를 유혹한다. 그러다가 레지널드와 맨워링 부인의 갑작스런 방문과 존슨 부인의 외출 등 겹친 우연으로 유부남인 맨워링과의 밀회나 이미 애인이 있는 제임스 경 및 레지널드와의 연애 등 숨기고 싶어 하던 자신의 실체, 즉 "끔찍한 . . . 진실"(94)이 폭로되자, 딸에게 구애하던 제임스 경과 황급히 재혼하는 것으로 그녀의 파란만장한 삶이 마무리된다.

그런데 영화에서는 원작에 암시된 페미니즘 내용을 더 적극적으로 밀고나가 천재적으로 사람의 마음을 조정하는 악녀 레이디 수전을 여러 가지 방법으로 원작보다 매력적인 여성으로 만든다. 즉 여성의 매력을 무기로 돈 많은 귀족 남성을 유혹하는 부도덕한 여주인공을 더 호감 가는 인물로 순화시켜 옹호한다는 것이다.

첫째, 무엇보다 영화에서는 16살짜리 딸까지 딸린 돈 없는 35세 미망인이라는 레이디 수전의 궁핍한 처지와 그녀의 생존 노력이 강조된다. 즉 당대 사회적·법적·교육적 불평등으로 인한 그녀의 경제적·심리적 곤경을 부각시킨다는 것이다.[6] 그녀는 유일한 친구인 존슨 부인(Mrs. Johnson) 외에 능숙한 가식으로 모든 사람을 속이는 "위험한 주인공" (Poovey 178)이다. 실제로 그녀는 남편에게 소홀하며 여러 남자에게 꼬리 친 요물 같은 여자다. 그녀는 남편의 사후 거주할 집조차 없는[7] 사회적 약자로서 생존이 절박한 문제였다. 구체적으로 사치스런 생활로 인한 빚 때문에 조상에게 물려받은 영지 버논 성(Vernon Castle)을 판 뒤 일정한 거 처 없이 위그모어 가(Wigmor St.) 10번지에서 처칠의 시동생 집으로, 다시 런던 어퍼시모어 가(Upper Seymour St.)의 셋집을 전전하는 처지였던 것이 다. 그러므로 부자 남성과의 재혼이나 딸의 성공적인 결혼만이 그녀에게 현실적으로 유일한 해결책이라 할 수 있다. 따라서 영화에서는 이 두 가 지 목적을 위해 수단방법을 가리지 않는 그녀의 몰염치한 악행을 비난하 면서도, 궁핍한 미망인의 처지에서 벗어나려는 그녀의 몸부림을 원작보 다 사악해보이지 않고 생존을 위한 그녀의 노력에 연민을 보내지 않을 수 없게 만든다. 이런 맥락에서 가령 자신이 결혼에 반대했던, 연 1만 파 운드나 버는 은행가 출신의 시동생의 큰 저택에서 불청객으로 방 한 칸 차지한 채 시동생 부부는 물론 조카들의 비위나 맞추며, 기숙사에서 도망

---

6. 여성의 결혼을 둘러싼 좁은 세계나 그린다고 평가받던 오스틴 작품은 매럴린 버틀러 (Marilyn Butler)와 클로디아 존슨(Claudia Johnson)의 영향으로 그 시대 사회적 변화와 사 회 속 여성의 지위를 반영했다는 것으로 바뀌었다.

7. 레이디 수전이 남편의 성을 물려받았다면 별 문제 없이 살았을 것이다. 오스틴이 살았던 조지안 섭정 시대(1714-1830)에 11세기까지 거슬러 올라가는 유서 깊은 부호 요크셔의 웬 트워스 가문과 결혼으로 연결된 스태포드셔의 버논 가문 간에 웬트워스 성을 둘러싼 복 잡한 분쟁으로 웬트워스 성은 1804년 버논 가문의 집이 되었다. 이 작품 속 분쟁은 실제 사건과 거의 유사하다. 레이디 수전이 동서와 불화한 이유는 시동생의 버논 성 구입을 막았기 때문이다. 그녀의 뜻대로라면 조카인 프레데릭 버논의 상속을 박탈해야 한다. 오 스틴은 현실을 비틀어 수전의 행동을 생존을 건 치열한 싸움으로 만들었다(와조스키).

친 16세 딸까지 그 집에 얹혀사는데 어리석은 제임스 경까지 예고 없이 쳐들어오는 상황이 레이디 수전에게 얼마나 곤란한 상황이었을지 가히 미루어 짐작된다.

영화에 나타난 그녀의 물질적 곤경을 보다 구체적으로 살펴보자. 영화에서는 시동생 집에 얹혀사는 그녀의 불쌍한 처지를 더욱 강조하여 미워할 수 없는 인물로 동정과 연민을 갖게 유도한다. 가령 첫 장면은 맨워링 집에 얹혀살던 레이디 수전이 유부남 맨워링과 바람을 피워 아내의 질투로 맨워링 씨의 집을 쫓겨나는 장면으로 시작된다. 그런데 분명 맨워링 부부 파탄의 원인 제공자는 레이디 수전이지만, 맨워링의 아내 루시를 남편에게 지나치게 집착하는 질투가 심한 여성으로 그린다. 또한 제임스 경과의 결혼에 목숨 건 맨워링 양도 열 살이나 많은 레이디 수전에게 제임스 경을 뺏기는 못난 여자로 그려진다. 또한 처칠이란 시골에 위치한 시동생 집이 재미없고 따분하지만 두 조카를 공략하여 시동생 부부, 특히 손아래 동서인 버논 부인의 마음을 얻어 장기체류하려는 전략도 실은 이곳이 오갈 데 없는 그녀가 마지막으로 기댈 최후의 보루이기 때문이다. 프레데리카에 관한 말다툼 때문에 레지널드가 떠나겠다고 하자, 누군가 떠나야 한다면 손님인 자신이 떠나야 한다는 말도 시동생 집에 얹혀사는 그녀의 불쌍한 처지를 보여준다. 영화에서 더욱 선명하게 드러나듯, 그녀는 레이디 수전 버논이라는 귀족이지만 경제적으로는 하녀 한 명 거느리지 못할 어려운 형편이었던 것이다. 아울러 그녀는 딸이 다니는 런던 최고의 사립학교인 서머스 양(Summer's)의 기숙학교 학비가 비싸 감당하기 힘들다는 사실도 여러 번 언급한다. 그녀의 딸인 프레데리카가 제임스 경과 결혼하기 싫어 기숙학교에서 도망친 것도 그가 재력가라는 이유로 그녀가 무조건 그와의 결혼을 종용했기 때문이다. 이후 시동생이 도망친 조카를 찾아 집에 데려오자, 그녀는 제임스 경과의 결혼을 거부하는 딸에게 돈이 최고이며 자신들은 현재 친구들의 호의에 의지해 얹혀살면서 눈치를 봐야 하는 처지라고 따끔하게 충고한다. 더 나아가 제임스 경만이 그들로 하여금 여유롭지 못한 현실에서 벗어나 안락한 여생을 보내게 해줄 사람이라고 자신들의 현실을 상기시킨다. 이에 사랑 없이 어리석은 제임스 경과 결혼하느니 차라리 학교 선생이 되겠다는 딸에게 선생이란 못할 짓이라면서 딸의 말을 세상 물정 모르는 어리석은 철부지의 발언으로 치부한다. 또한 왜 딸을 바보 같은 제임스 경과 결혼시키려 하느냐는 레지널드의 질문에, 그녀는 도덕심과 자부심을 유지하려면 재력이 필요하다고 대답한다. 이 대답은 자신에게 집이나 재산 등 경제적 부양능력이 없으니 가난한 자신의 딸을 제임스 경과 결혼시켜 안정된 삶을 제공하려 한다는 항변이다. 이처럼 "오스틴 세계에서 권력은 여전히 재산에 근거하고, 일반적으로 남성만이 재산에 직접 관여"(Kaplan 168)하고 있기 때문이다.

레이디 수전은 이런 경제적 곤경뿐 아니라, 정신적으로도 힘든 처지에 있다. 그녀는 유일하게 속을 터놓는 친구인 알리셔 존슨 부인 외에 모두와 대립관계에 있다. 뿐만 아니라 존슨 부인은 원작의 영국인에서 코네티컷 출신의 미국인으로 바뀌어 호시탐탐 미국으로 보내버리려는 남편 때문에 언제 떠나야 할지 모르는 불안한 상태에 있다. 이러한 원작과의 차이에 의해 마음 기댈 곳 없이 정글 같은 이 사회에서 혼자 대적해야 될지도 모르는 난감한 상황 속 레이디 수전의 심리적 곤경이 강조된다.

이처럼 수단방법을 가리지 않고 원하는 것을 쟁취하려는 레이디 수전의 사악한 행동도 "자유를 원하지만 자신을 가둔 틀 밖으로 벗어날 수 없기에 그 안에서 치열하게 싸우기를 택한" "무정하고 섹시한 여성 악당"(와조)의 생존이 걸린 치열한 투쟁으로 부각시킨다. 즉 명석한 두뇌와 뛰어난 언어구사력, 빼어난 외모를 동원한 그녀의 모든 노력을 "냉정하고 치밀한 전략가"(조한선 274)의 그것으로 보이게 함으로써, 관객의 동정을 유도한다는 것이다.

둘째로, 레이디 수전은 원래 열 살이나 어려 보일 정도로 아름다운 외모를 이용하여 돈 많은 귀족 남성을 유혹하는 부도덕한 여주인공이지만, 더욱 아름답고 똑똑하며 매력적인 여성으로 등장한 영화 속 케이트 베킨세일(Kate Beckinsale)은 관객으로 하여금 그녀의 주장을 타당한 것으로 더욱 공감하고 동조하게 만든다. 〈언더월드〉(*Under World*) 시리즈의 여전사로 유명한 영국 런던 출신의 케이트 베킨세일[8]은 이전의 다소 답답했던 오스틴의 여성주인공들과 달리, 아름다운 외모와 톡톡 튀는 말투, 똑 부러지는 영국식 영어, 똑똑하고 명석한 발언, 그리고 당당한 매력으로 영국계급사회라는 전통적 위계에 도전한 명석한 레이디 수전의 매력을 배가시켰다. 즉 이 영화는 나쁘지만 빠져들게 되는 "쿨하고 요망한 여인"(장세미)을 조명하면서 그녀의 간교한 처세술을 그 시대를 살아가기 위해 애쓰는 여성으로 보이게 만든다는 것이다.

셋째, 주위 남성들도 한결 어리석고 바보 같은 인물로 만들어 레이디 수전에게 조정당해도 될 만하다고 여기게 만들었다. 원래 레이디 수전

---

8. 이외에 젊고 잘 생긴 사돈 청년 레지널드(자비에르 사무엘), 유일한 친구 존슨 부인(클로에 세비니), 어리숙한 딸 프레데리카(모피드 클라크), 덜렁대는 준남작 제임스 경(톰 베넷), 손아랫동서 캐서린 버논 부인(에마 그린웰) 등이 열연했다.

이 주위 남성을 조정하는 것은 당대 가부장제 사회 및 남성에 대한 도전을 암시하기 때문에 당대 독자들에게 가장 거슬리는 부분이었지만, 영화에서는 레이디 수전이 어리석은 주변 남자들을 조정해도 별로 거부감 없게 만들었다. 원작에서 존슨 부인의 남편인 존슨 씨(Mr. Johnson)만 제외하고, 죽은 남편은 물론 시동생 버논과 맨워링 씨, 사돈총각 레지널드, 그리고 멍청한 제임스 경 등 주변 남자는 그녀의 감언이설에 다 속는다. 즉 원작처럼 시동생 버논은 좋은 엄마인 척 하는 그녀의 모성애 연기에 넘어가 그녀를 불쌍한 형수라고 연민을 보이며, 여러 차례 그녀가 너그러운 인물이라 언급한 맨워링 씨는 그녀에게 푹 빠져 무조건 그녀 편을 들며, 애초에 그녀가 '영국 최고의 바람둥이'라는 나쁜 소문을 듣고 경계하던 레지널드조차 겉으로 결코 품위를 잃지 않는 그녀의 능숙한 연기에 속아 넘어가 실은 똑똑하고 좋은 여자라고 아버지에게 항변하게 된다. 또한 존슨 씨는 원래 레이디 수전 때문에 어지러워진 사회 질서를 바로잡고 "남성 중심 사회를 지탱하는"(조한선, 2016 258) 중요한 인물인데,[9] 영화에서는 아예 등장하지 않고 등장인물들의 발언을 통해서만 언급된다. 그는 그저 레이디 수전과 만날 경우 "고향인 미국 코네티컷으로 돌려보내겠다"고 틈만 나면 아내를 협박하고 괴롭히는 남편으로 회자될 뿐이다.

특히 제임스 경은 영화를 극적으로 만들기 위해 원작보다 더욱 어리석은 인물이 되었다. 버논이 거주하는 '처칠'(Churchill)이라는 지명에 대

---

9. 원작에서 최후 순간 레이디 수전의 정체를 폭로하여 그녀의 계획을 좌절시키는 존슨 씨를 통해 레이디 수전이 아무리 날뛰어도 이 사회를 지배하는 실질적 힘은 결국 [존슨으로 대변되는] 가부장적인 남성들에게 있다는 사실을 암시한다는 것이다. 졸고 「「레이디 수전」: '정숙한 귀부인'과 여성 악당」, 41 참조.

해 '교회'(church)와 '언덕'(hill)을 합친 '언덕 위의 교회'가 없다는 싱거운 농담이나, 십계명을 12계명으로 아는 무식함, 그리고 버논 가에서 열린 무도회에서 경망하게 춤추는 모습 등 원작에 없는 여러 일화는 바로 이런 예들이다. 그 중에서도 갑자기 방문한 버논 가에서 식사하면서 파란 콩을 세는 일화는 그의 어리석음을 바보 중의 바보로 극대화하는 것이다. 이처럼 영화에서는 그녀의 주변 모든 남성을 한층 부족한 인물로 만들어 "충격적인 카리스마"(Castle xxvii)를 지닌 그녀에게 휘둘리고 조정 당해도 될 만한 존재들로 표현하고 있다. 이런 맥락에서 적극적인 여성과 무능한 남자 간의 대조를 통해 여성의 주도권을 강조하며(Kaplan 163), 가부장제 사회에서 토지와 현금, 사회적 주도권, 행동의 자유, 느슨한 도덕적 행위 규제 등 남성들의 여러 가지 이점에도 불구하고 수전에게 속아 바보 노릇을 하는 것은 여성의 힘을 찬양한다는 지적 (MacDonagh 27-28)은 타당하다.

2.2

'가정파괴범'(Brodie, 1994:703)이라 불러도 좋을 만큼 버논과 맨워링 가정을 파괴한 레이디 수전이 그간의 악행에 처벌받기는커녕 제임스 경과 재혼하는 원작의 결말은 비평가들에게 많은 논란거리를 제공해 왔다. 결말에서 레이디 수전은 유부남인 맨워링과의 밀회나 이미 애인이 있는 제임스 경 및 레지널드와의 연애 등 숨기고 싶어 하던 자신의 수치스러운 과거가 폭로되어 레지널드와의 결혼이 취소되자, 유행성 감기에 걸리지 않도록 버논 부인이 딸을 처칠로 데려간 지 3주 만에 황급히 제임스 경과 재혼한다. 어쨌거나 과부가 부자 총각과 결혼하여(MacDonah 27) 생활이 안정되었기에 앞으로 "다른 사람[남자]의 변덕"(98)에 비위를 안 맞춰도 된다는 관점에서, 이 결말을 레이디 수전의 승리로 보기도 한다. 또한, 레이디 수전은 결혼한 후 대담하게 밀회하던 맨워링과 관계를 지속하면서 자유로이 살 것 같다는(Smith 55) 점에서도 결말을 그녀의 성공으로 평가하기도 한다. 한편 레지널드와 결혼하려던 그녀의 원래 계획이 좌절되었을 뿐 아니라, 돈은 많지만 어리석은 바보로 경멸하던 제임스 경과 황급히 재혼한 것이 최선 아닌 차선이라는 점에서 이 결말을 그녀의 패배로 보는 견해도 있다.

하지만 전반적으로는 원작의 결말은 모호한 점이 많다. 원작에서 작가는 19세기 영국사회의 분위기와 정서 때문에 레이디 수전의 승리를 그리는 대신 독자에게 도덕적 판단을 맡기는 "도덕적 공백"(Poovey 178)의 오픈엔딩으로 결말을 마무리한 듯하다. 구체적으로 레이디 수전이 행복한지 불행한지 여부는 아무도 모르고 오직 당사자인 그녀만이 알며 "남편과 양심"(103)말고 거리낄 게 없다는 식으로 결말이 얼버무려진다. 또한 갑자기 서간체에서 전지적 화자의 시점으로 바뀌는 내러티브 전환이 여주인공을 진압하려는 작가의 결심을 보여준다는 지적(Poovey 178)도 타당해 보인다. 아울러 마지막 장에서 여러 인물 간의 편지가 줄어들면서 "우체국 수입도 많이 줄었다"(101)고 갑자기 우체국까지 등장시켜[10] 정부가 개인 편지에 연루된 것처럼 서술하기도 한다. 작가는 이처럼 그녀의 재혼을 일방적 승리로 볼 수 없도록 일부러 애매모호하게 서둘러 봉합한다. 따라서 결말에 대해 이렇듯 많은 논란은 이 결말을 레이디 수

---

10. 존슨 씨가 주관이 되어 수전의 음모 때문에 뒤죽박죽이 된 상황을 바로잡기에 부도덕한 수전은 합당한 벌을 받는 것 같다는 의견도 있다. 이월지 134.

전의 승리로 보기 어렵다는 사실을 암시해주기도 한다.

그런데 고작 파멸을 면했던 원작의 레이디 수전에 비해, 영화에서는 더 큰 승리가 주어진다고 볼 수 있다. 주지하다시피 이 원작의 사후출판은 당대의 일반적인 도덕적 관념과 관련된다. 즉 죽은 남편의 가족을 교묘하게 조정하고 유혹해서 뜻하는 바를 이루지만, 처벌받거나 스스로 반성하지도 않는 이 악녀는 당대 사회에 허용되기 어려운 내용이었을 것이다. 게다가 시골 교회 목사였던 아버지, 그리고 출세를 앞둔 군인 오빠와 남동생이 여섯인 데다가, 정치적으로는 토리당이며 종교적로는 성공회 소속인 중산계급의 "보수적 기독교 도덕가"(Poovey, 1984 181)였던 작가의 배경은 매력적인 이 작품을 숨길 수밖에 없었던 이유를 보여준다. 영화는 편견이 심한 상류 사회에서 가난한 과부로 살면서 온갖 굴욕을 겪으며 고군분투한 끝에, 결국 승리를 쟁취하는 레이디 수전에 적극적으로 공감함으로써 당대에 묻힐 수밖에 없었던 이 작품의 매력을 적극적으로 드러낸다.

원작에서 레이디 수전의 간절하고도 절실한 목표대로, 영화에서의 레이디 수전은 재력가와 재혼하며 딸도 성공적인 결혼을 함으로써 소기의 목적을 달성한다. 구체적으로 레이디 수전은 제임스 경과 재혼하고 임신까지 하며, 결혼 전에도 그녀의 지시대로 행동하던 제임스 경을 결혼 후에는 더욱 좌지우지할 것으로 보인다. 이밖에 여전히 유부남으로 남는 원작과 달리, 영화에서는 아내와 이혼한 맨워링이 제임스 경 집에 손님으로 머물기 때문에 그녀는 맨워링과 더욱 거리낌 없이 만날 것으로 보인다. 또한 원작의 결말에서 사귈 것으로 암시만 되었던 딸 프레데리카가 명문가의 외아들 레지널드와 실제로 결혼까지 한다. 이로써 조건뿐 아니라 서로 사랑하는, 오히려 자신의 목표 이상으로 바람직한 결혼을 하는 해피엔딩으로 영화가 끝난다. 마지막 장면에서 레지널드가 시를 낭송하며, "켄트의 나이팅게일"에서 "서레이의 노래하는 새"로 별명이 바뀐 딸은 아름다운 노래를 하고 나서 이 모든 게 엄마 덕분이라고 엄마에게 감사 인사까지 한다. 원작에서는 기숙사에서 탈출한 "최초의 도망사건"(69) 이후 주눅 들어 말도 못할 정도로 두려워하던 "사악한 엄마"(Horowitz 84)에게 말이다. 따라서 그녀는 자신의 연애를 위해 결혼시켜 딸을 처치해 버리려 했던 원작과 달리, 영화에서 그녀는 딸의 행복과 안위를 진심으로 걱정하는 헌신적인 엄마처럼 보인다. 이런 연유로 딸의 노래는 마치 레이디 수전의 승리를 암시하는 듯하다. 이런 맥락에서 그녀의 결혼은 여자가 복종하고 조력자 역할을 하는 가부장제에 들어가지 않는다는 의견(Cho 152)은 타당하다.

하지만 원작의 배경인 1790년대로부터 약 220여 년 뒤 제작된 2016년 영화에서는 시대가 달라진 만큼 레이디 수전의 성공을 거침없이 재현한다. 그 결과 원작에 암시된 페미니즘을 더욱 적극적으로 밀고 나간 영화가 되었으며, 이것이 바로 이런 저간의 사정을 아는 대다수 서구 관객과 평자들의 열렬한 칭찬을 받게 된 이유라 할 것이다. 그러므로 오스틴이 하고 싶었지만 감히 하지 못한 이야기를 대신 해주어 속이 시원하다고 새로운 제인 오스틴 영화의 탄생에 평자들의 온갖 찬사가 쏟아진다. 가령 "우리가 원했던, 기존의 제인 오스틴 영화들을 뒤집는 새로운 영화"(New York Times)라거나, "제인 오스틴의 다른 작품을 찾아 감독에게 다시 만들게 하고 싶다"(Washington Post), "위트 스틸먼은 제인 오스틴의 문체를 스크린으로 가장 잘 옮긴 감독"(Indiewire)이며 "제인 오스틴 작품

중 가장 알려지지 않은 작품으로 역사상 최고의 오스틴 영화를 만들어 냈다"(Herald Sun (Australia))는 칭찬이 그것이다. 또한 "위트 스틸먼 감독의 전생이 제인 오스틴이라 생각될 정도!"(Cinemalogue)라는 평가도 작가의 의중을 간파하여 잘 재현했다는 극찬이다.

반면 레이디 수전의 성공이 강조된 나머지, 도전적인 그녀를 통해 가부장적인 영국사회의 변화를 요구하던 작가의 전복적 면모는 감소된 것으로 보인다. 다시 말해 이런 매력적인 악녀를 통해 여성을 압제하는 19세기 가부장적인 영국사회 남성 및 버논 부인과 레이디 드쿠르시처럼 가부장적 남성에게 순응하는 여성들, 더 나아가 19세기 "정숙한 귀부인"이라는 이상을 통렬하게 비웃던 사회비판이 약화되었다는 것이다.

한편 고전 음악과 화려한 의상,11 그리고 고풍스러운 고성과 멋진 저택 등 그저 19세 영국의 고전 시대극 정도를 기대한 우리나라 관객으로서는 이런 성공이 좀 소화하기 어렵고 난감하지 않았을까 우리나라에서 이 영화가 크게 성공하지 못한 이유를 조심스레 추정해본다.

III

이제까지 영화 「레이디 수전」이 주인공의 궁핍한 처지를 더욱 강조

---

11. 작품의 시대적 배경을 고려하여 의상에도 공을 들여 제인 오스틴 스타일의 의상 대신 새로운 의상을 제작하였다. 극의 흐름에 따라 변하는 레이디 수전의 의상은 그녀의 감정 상태를 반영해준다. 가령 자세히 살펴보면, 초반에는 남편과 사별한 미망인의 복장인 검정색과 무채색 계열의 어두운 의상을 입으며, 그녀의 욕망이 커지는 후반에는 화려한 보라색과 강렬한 빨간색 같은 과감한 색깔을 사용해 주위사람을 조정하는 장면을 효과적으로 표현하였다.

하고, 그녀를 더욱 아름답고 똑똑한 여성으로 매력을 배가시킨 한편, 주변 남성들을 더욱 멍청하고 어리석은 인물로 만듦으로써 원작보다 레이디 수전의 승리를 더욱 명시하였음을 살펴보았다. 아울러 이러한 변화는 악녀 레이디 수전을 순화하여 21세기 현대 관객의 공감을 불러일으키려는 목적에 수렴된다는 점을 확인해보았다. 이런 연유로 이 영화는 오스틴의 작품 중 가장 혁신적인 영화라 할 수 있을 것이다.

로제마 감독의 〈맨스필드 파크〉에서 노예선이나 안티구아 식민지에서 자행된 식민지 수탈을 암시하는 탐 버트람(Tom Bertram)의 그림이나 수줍고 소극적인 패니 프라이스(Fanny Price)를 매우 활발하고 적극적인 여성으로 만들어 페미니즘과 탈식민주의 내용을 더 적극적으로 강조한 것처럼,12 이 영화도 앞에서 논의한 여러 가지 장치로 페미니즘 발언을 적극 개진하고 속 시원하게 부각시켰다. 이 영화의 성공은 220여 년 전에 "제인 오스틴이 [그토록] 하고 싶었지만 하지 못한 이야기," 또는 "제인 오스틴은 이렇게 말했다"와 "제인 오스틴은 이렇게 말하고 싶었을 것이다"(와 조)를 절묘하게 조합하여 작가의 속마음을 보다 직접적으로 전해준 덕분이다. 이런 맥락에서 케이트 베킨세일은 레이디 수전을 진취적이며 자기 결정권이 있는 초기 페미니스트로 재현하였으므로, 이 영화 역시 "페미니스트 정전의 선구"(Cho, 2016 158)인 원작처럼 페미니즘 관점에서 돋보이는 영화가 되었다고 평가할 수 있다.

다만 시대적 배경 탓이기도 하지만 속마음을 분명하게 개진하지 않는 점이 오스틴의 매력이며, 바로 이런 연유로 그녀의 작품이 당대는 물

---

12. 졸고 「로제마 감독의 『맨스필드 파크』: 페미니즘과 탈식민주의의 영향」, 113-31 참조.

론 지금까지도 인기를 얻고 있다. 즉 오스틴의 매력이라면 극적 아이러니(dramatic irony)처럼 직접 드러내어 말하지 않고 암시하는 것이다. 그런데 페미니즘 내용을 적극적으로 표현하다보니 은은하게 드러나는 이런 매력적 묘미가 감소된 것은 오스틴 학자나 마니아에게 다소 아쉬운 부분이라고 하겠다. 그럼에도 불구하고, 이 영화는 이 아쉬운 점을 상쇄하는 훌륭한 페미니즘 영화라고 결론내릴 수 있다.

인용문헌

오스틴, 제인. 『레이디 수전 외』. 한애경·이봉지 역. 서울: 시공사, 2016.

조신희. 「'레이디 수잔', 클래식 선율이 흐르는 OST도 명품」. 『충청일보』 2016.11.14.

조한선. 「『레이디 수잔』에 나타난 간통의 주제와 성 공포」. 『현대영어영문학』 60.1 (2016): 243-62.

_____. 「제인 오스틴의 일탈: 『레이디 수잔』」. 『인문과학연구논총』 37.2 (2016): 263-87.

와조. 「[레이디 수잰, 제인 오스틴의 이야기는 여전히 필요하다」. *IZE*. 2016. 12. 09. 〈http://ize.co.kr/articleView.html?no=2016120420447236195〉.

와조스키. 「제인 오스틴: (4) 작품들(레이디 수잔)」. *The Common Reader*. 2016.12.18. 〈https://deedsandwords.postype.com/post/482650/〉.

이월지. 「『레이디 수잔』의 세계 -제인 오스틴의 과도기 소설」. 『근대영미소설』 12.1 (2005): 119-37.

장세미. 「제인 오스틴을 좋아한다면 꼭 보아야 할 영화 "레이디 수잔"」. *Art Insight*. 2016.12.04. 〈http://www.artinsight.co.kr/news/view.php?no=26378〉.

한애경. 「제인 오스틴과 '정숙한 귀부인'」. 『근대영미소설』 10.2 (2003): 113-39.

_____. 「『레이디 수전』: 정숙한 귀부인과 여성악당」. 『젠더와 문화』 9.2 (2016): 27-47.

_____. 「로제마 감독의 『맨스필드 파크』: 페미니즘과 탈식민주의의 영향」. 『근대영미소설』 19.1 (2012): 113-31.

_____. 「여성의 몸과 히스테리: 지성과 감성」. 『19세기 영국 여성 작가 읽기』. 서울: L.I.E. (2008): 40-65.

_____. 「지성 그리고/또는 감성: 영화 〈지성과 감성〉론」. 『문학과 영상』 2.2 (2001): 115-39.

Alexander, C., and D. Owen. "Lady Susan: A Re-evaluation of Jane Austen's Epistolary Novel." *Persuasions: The Jane Austen Journal* 27 (2005): 54-68.

Austen, Jane. *Jane Austen's Letters* (3rd edition). Ed. Deirder Le Faye. Oxford: Oxford UP, 1996.

Austen, Jane. *Lady Susan, The Watsons, and Sandition.* Penguin Books: London, 2015.

Braunschneider, T. *Our Coquettes: Capacious Desire in the Eighteenth Century.* Charlottesville: U of Virginia P, 2009.

Brodie, L. F. "Jane Austen's Treatment of Widowhood." *Studies in English Literature 1500-1900* 34.4 (1994): 697-718.

Bush, Douglas. *Jane Austen.* London & New York: The Macmillan Press Ltd., 1975.

Butler, Marilyn. "The Anti-Jacobins." *Jane Austen and the War of Ideas.* Oxford: Clarendon, 1974. 88-123.

Castle, T., "Introduction." *Northanger Abbey, Lady Susan, The Watsons, Sandition.* Ed. John Davie, Oxford: Oxford UP, 1990. vii-xxxii.

Chapman, R. W. *Lady Susan.* New York: Schocken Books, 1984.

Cho, S. J., "Widowhood, Coquetry, and Desire in Jane Austen's *Lady Susan.*" 『18세기 영문학』 12.2 (2015): 133-65.

Doody, Margaret Anne. "Jane Austen, that Disconcerting Child." *Cambridge Studies in Nineteenth Century Literature and Culture* 47 (2005): 101-21.

Gard, Roger. "Lady Susan and the Single Effect." *Essays in Criticism* 30.4 (1989): 305-25.

Gilbert, Sandra, and Gubar, Susan. "Jane Austen's Cover Story (and Its Secret Agent)." *The Madwoman in the Attic: The Woman Writer and the Nineteenth-Century Literary Imagination.* New Haven: Yale UP, 1979. 146-83.

Horowitz, Barbara. "*Lady Susan:* The Wicked Mother in Jane Austen's Novels." *Persuasion* 9 (1987): 84-88.

Johnson, Claudia. *Jane Austen: Women Politics, and the Novel.* Chicago: U of Chicago P, 1988.

Kaplan, Devorah. "Female Friendship and Epistolary Form: *Lady Susan* and the Development of Jane Austen's Fiction." *Criticism* 29.2 (1987): 163-78.

Litz, A. Walton. *Jane Austen: A Study of Her Artistic Development.* London: Chatto & Windus, 1965.

MacDonagh, Oliver. *Jane Austen: Real and Imagined Worlds.* New Haven & London: Yale UP, 1991.

Mudrick, Marvin. "Gentility: Ironic Vision and Conventional Revision." *Jane Austen: Irony as Defense and Discovery.* Princeton: Princeton UP, 1952. 127-45.

Pinion, F. B. *A Jane Austen Companion.* London & Basingtoke: Macmillan, 1973.

Poovey, Mary. *The Proper Lady and the Woman Writer: Ideology as Style in the Works of Mary Wollstonecraft, Mary Shelley, and Jane Austen.* Chicago: U of Chicago P, 1984.